말의　／　우리의
속도가　／　연애에 미친　／　영향

말의 속도가 우리의 연애에 미친 영향

초판 1쇄 발행 • 2023년 12월 29일

지은이 / 명학수
펴낸이 / 염종선
책임편집 / 한예진 이진혁
조판 / 박지현
펴낸곳 / (주)창비
등록 / 1986년 8월 5일 제85호
주소 / 10881 경기도 파주시 회동길 184
전화 / 031-955-3333
팩시밀리 / 영업 031-955-3399 · 편집 031-955-3400
홈페이지 / www.changbi.com
전자우편 / lit@changbi.com

ⓒ 명학수 2023
ISBN 978-89-364-3946-0 03810

* 이 도서는 2020년도 한국문화예술위원회 아르코문학창작기금 사업에
  선정되어 발간되었습니다.

말의   우리의
속도가   /   연애에 미친   /   영향

명학수

소설집

창비

차례

폴이라 불리는 명준

1

1985년 12월 23일, 그러니까 크리스마스를 이틀 앞둔 월요일 오후에 일어난 그 사고는 실수와 불운이 충돌해서 생긴 비극이었다. 중앙 일간지의 뉴욕 주재 특파원으로 육년째 근무 중이던 이진욱은 아들에게 줄 선물을 사기 위해 초조한 마음으로 횡단보도의 신호등이 바뀌길 기다리고 있었다. 그는 최근 몇해 동안 아내가 선물을 준비하면 카드에 간단한 인사 몇줄 적어 넣는 걸로 넘어가고는 했기 때문에 이번만큼은 자신이 직접 고른 선물을 아들에게 안겨주고 싶었다. 몇달 전부터 고민을 하다 마침 적당한 물건을 발견하고 12월 23일 퇴근 후에 대금을 치르고 가져가기로 구두로 예약까지 해뒀었다. 그런데, 거의 손에 들어온 줄 알았던 물건을 뜻밖의 인물이 나타나서 가져가버렸고, 그는 다른 선물로 대신하기보다는 뉴욕에 있는 모든 상점들을 뒤져서라도 똑같은 물건을 찾아내는 쪽을 선택했다. 갑자기 하늘에서 눈발이 날리기 시작한 탓일까? 마음이 조급해진 이진욱은 신호가 파란색으로 바뀌기를 미처 기다리지 못하고 차도로 발걸음을 크게 내딛고 말았다.

같은 시각, 이진욱의 아들은 지난해 크리스마스에 엄마가 선물로 준 『Alice's Adventures in Wonderland』를 읽고 있었다. 영문판인 데다 은유적인 수사와 말장난으로 가득 찬 책이라서 열한살짜리 한국 소년이 즐기기에 까다롭기는 했지만 이미 여러번 반복해서 읽은 소년에게 책의 내용은 익숙하기만 했다. 소년을 이상한 나라의 미로에서 끄집어낸 것은 갑자기 울리기 시작한 전화벨이었다. 전화는 한시간 동안 거의 십분 간격으로 울어댔다. 첫번째로 전화를 건 사람은 폴리스였고, 다음 사람은 닥터라고 했으며, 세번째는 다시 폴리스였다가 신분을 밝히지 않은 네번째 사람은 한국어로 다짜고짜 엄마부터 찾았다. 그들은 하나같이 전화받는 사람이 누구인지 물었다. 소년은 영어로 묻는 이에게는 "Paul Lee"라고, 한국어로 묻는 사람에게는 "이명준"이라고 대답했는데, 이것들은 'son'과 '아들'만큼 거리감을 주면서도 정확히 같은 것을 가리켰다. 하지만, 무슨 일이 일어난 건지 설명해주는 이는 아무도 없었다. 소년의 불안은 제일 먼저 엄마를 향했다. 그들이 모두 엄마를 찾았으니까. 그다음은 할머니를 떠올렸다. 두 사람은 늘 함께 있으니까. 그는 할머니와 엄마가 있을 게 분명한 곳으로 전화를 걸었다. 그곳은 맨해튼 14번가에 위치한 한인교회 안에 있는 작은 기념품 가게인데 그녀들은 그곳에서 성경이나 휴대용 십자가 같은 기독교용 서적과 물품들을 판매했다. 크리스마스 시즌은 일년 중 손님이 가장 많은 시기여서 두 사람은 이른 아침부터 밤늦게까지 끼니를 거를 정도로 정신이 없었다. 소년도 그런 사실을 잘 알고 있었지만, 손님이 너무 많아서 전화를 못 받을 거라는 생각도 들었지만, 다른 방법을 몰랐기 때문에, 누구라도 수화기를 들어주길 간절히 바라면서 초조하게 기다렸다.

이진욱은 유니언 스퀘어 근처의 좁은 스트리트를 건너다 러시아계 기사가 운전 중이던 택시와 충돌했다. 그는 비명 한마디 남기지 못한 채 정신을 잃었고, 곧바로 병원으로 이송되었으나 응급실에서 십분도 채 버티지 못하고 뇌와 심장이 차례로 기능을 멈추었다. 사망시각은 17시 21분이며 의학적 사인은 뇌출혈이었다. 택시기사는 과속은 인정했지만 피해자의 무단횡단 때문에 발생한 우발적인 사고라고 주장했다. 뉴욕시 경찰국은 불법체류자 신분이었던 택시기사를 즉각 그의 모국인 소련으로 추방했고, 사건은 가해자의 나쁜 운전습관과 피해자의 실수가 빚은 우연한 불행으로 종결되었다.

이명준의 할머니는 선물용으로 포장된 벽걸이 십자가에 리본을 묶다가 이진욱의 사망소식을 들었다. 그에게 남겨진 치명상은 숱이 많은 머리카락에 가려져 있었기 때문에 그녀의 눈에 아들의 시신은 생전처럼 깨끗하고 멀쩡했다. 그녀는 한밤중에 집에 돌아와서 하얗게 질린 손자의 얼굴을 보자마자 눈물을 터트렸다.

"명준아, 미안하다. 정말 미안해. 네 얼굴을 차마 볼 수가 없구나."

그녀는 모든 게 자기 때문이라고 가슴을 치다가 뒤늦게 깨달은 듯, 원인을 제공한 백인 남자가 있다며 그의 탓으로 돌렸다. 그 남자는 정오가 막 지났을 무렵, 상점 문을 열고 들어와서 뭔가를 찾는 듯 내부를 둘러보다 도자기 미니어처들이 놓여 있는 진열대 앞에서 잠시 망설이더니 팔을 들어서 손가락으로, 엘리베이터의 버튼을 누르듯이 정확하게 자신이 원하는 것을 가리켰다.

"왜 그거였을까? 어째서, 다른 물건도 많은데 왜 하필 그 물건을 원했을까?"

그것은 레오나르도 다빈치의 「최후의 만찬」을 입체화 해서 만든 도자기 미니어처였다. 다빈치의 원화가 주는 숭고함에는 미치지 못했지만 다른 미니어처들과 비교하면 눈에 띄게 정교하게 만들어져서 가격도 상당히 높은 편이었다. 하지만 그런 것들보다 더 중요한 점 때문에 그녀는 당황할 수밖에 없었는데, 사실 그것은 이진욱이 아들의 크리스마스 선물로 정해두고 절대 다른 사람에게 팔지 말아달라고 신신당부한 물건이었다. 그녀는 사정을 설명하고 싶었지만 도저히 말이 나오지 않았다. 아니, 애초부터 그녀의 머릿속에는 느닷없이 나타난 백인 남자에게 그 미니어처가 처한 상황을 이해시킬 만한 영어 단어는 단 한개도 들어 있지 않았다. 그녀의 며느리는 한국인 가족들에게 둘러싸여서 도저히 말을 걸 만한 상황이 아니었다.

"만약 그가 오지 않았다면, 그 남자가 다른 물건을 골랐더라면, 그 남자만 아니었다면, 명준아⋯⋯"

그녀는 소년의 손을 부여잡고 다짐했다. 그 남자는 아마도 유명한 사람일 거라고, TV와 신문에서 많이 본 얼굴이 틀림없다고, 반드시 그를 만나서 선물을 돌려받겠다고, 그래야 애비의 원(怨)도 풀리고 자신의 잘못도 조금이나마 용서받을 수 있을 거라고.

이틀 후 교회에서 장례를 치르고 화장을 한 다음 유해는 이진욱의 형이 한국으로 가져가서 선산에 묻었다. 이진욱의 형이 한국으로 함께 돌아가지 않겠냐고 물었을 때, 소년의 엄마는 단호하게 고개를 저으며 죽어도 안 간다고 말했다. 그녀는 소년에게 물었다.

"폴, 큰아버지 따라서 한국으로 돌아갈래?"

소년은 다급하게 고개를 가로저으며 엄마의 손을 잡았다. 그 순간 소년은 자신에게 벌어진 일이 무엇인지 비로소 실감했으며 오래전부터 그때를 위해 참아둔 것처럼 갑자기 눈물을 떨구었다.

할머니는 신문에 실린 조그만 사진을 가리키며 이 사

람이 그 남자라고 말했다. 앤디 워홀(Andy Warhol). 아마
도 그것은 그녀가 알파벳까지 외운 첫번째 영어 이름일
것이다. 할머니는 신문과 잡지에서 그에 관한 기사나 사
진을 발견하면 스크랩을 했고, 모르는 단어는 사전에서
뜻을 찾아내 영문 옆에 한글로 적어 넣었다. 할머니는 어
떻게든 그를 만나야 한다고, 그러기 위해서 무엇이든 할
거라고 입버릇처럼 말했다. 소년의 엄마는 가장의 부재가
남긴 재정적 위기에서 벗어나기 위해 교회의 상점을 그만
두고 급료가 더 높은 일을 찾았지만 할머니는 그러지 않
았는데, 어쩌면 앤디 워홀이 그곳을 다시 찾을지도 모른
다는 게 이유였다. 하지만 그런 일은 일어나지 않았다. 그
가 자주 나타난다는 호텔이나 식당을 알게 되면 소년과
함께 찾아가서 기다리거나 근처를 배회하기도 했지만 그
를 만날 수는 없었다. 앤디 워홀은 뉴욕의 도처에 수시로
출몰했지만 할머니만은 도저히 만날 수 없는 신기루 같은
존재였다. 일년쯤 지나서 앤디 워홀이 이탈리아에서 전시
회를 한다는 소식이 신문에 실렸다. 기사는 전시될 작품
중 하나를 사진으로 소개했는데 제목이 '최후의 만찬'이
었다.

　"이거구나. 이것 때문이었어."

할머니의 표정이 해묵은 난제의 실마리를 찾아낸 것처럼 밝아졌다. 사진 속의 작품은 레오나르도 다빈치의 원작을 실크스크린으로 찍어낸 것이어서 아무리 봐도 도자기 미니어처와는 무관해 보였지만 소년은 할머니의 감정을 존중했다.

한달이 지난 1987년 2월 22일, 앤디 워홀이 사망했다는 소식이 TV와 신문을 통해 전세계로 전해졌다. 그는 뉴욕 코넬 의료센터에서 담낭수술을 받았는데 다음 날 페니실린 알레르기로 심장마비를 일으켜 갑작스런 죽음을 맞았다. 일부 신문에서는 그를 마지막으로 간호했던 담당 간호조무사의 근무태만을 질책했고, 어느 신문은 간호조무사가 한국인임을 지적하며 의사소통도 서툰 외국인에게 환자를 맡긴 병원의 무성의와 부주의를 비난했다. 할머니는 그 가엾은 간호조무사를 만나야겠다고 했다. 소년의 엄마가 이유를 묻자 그녀는 말했다.

"지금 많이 힘들 텐데, 어떻게 모른 척하니. 다른 사람은 몰라도 나는 못 그런다. 같은 한국 사람 아니냐. 그리고 그 사람이 어쩌다 갑자기 그리 된 건지 궁금하기도 하고."

간호조무사는 병원에 없었다. 잠시 외출을 한 건지, 그
날 하루만 결근한 건지, 휴가를 떠난 건지, 아니면 병원에
서 해고당한 건지 궁금했지만 할머니는 그렇게 세세한 사
정까지는 묻지 못했다. 그녀는 서툰 영어로 간호조무사의
연락처나 주소를 알려달라고 거듭 애원했지만 직원들은
들은 척도 하지 않았다. 다행히 그 모습을 옆에서 지켜보
던 한 간호사가 주소가 적힌 쪽지를 할머니의 손에 쥐여
주며, "Mrs. Jo is my friend."라고 속삭였다. 덕분에 할머
니는 간호조무사의 주소뿐 아니라 그녀의 성씨가 '조'라
는 사실도 알게 되었다. 이름 세 글자 중에 한 자를 알게
되자 어쩐지 그녀와 친밀해진 느낌이 들어 할머니의 발걸
음은 한결 가벼워졌다. 평소라면 병원에서 근무 중인 시
간일 테지만 간호조무사는 집에 있었다. 할머니가 조 간
호사님을 만나러 왔다고 한국어로 말하자 열린 문틈으로
반쯤 보이던 그녀의 얼굴이 일그러졌다. 그녀는 할머니에
게 당신은 누구냐고 영어로 물었다. 할머니는 자신이 누
구인지 밝힌 뒤, 조 간호사님이 앤디 워홀 때문에 곤란한
지경에 처한 것 같아서 찾아왔다고 한국어로 설명했다.
그러자 그녀는 의심이 가득 담긴 눈초리로 할머니를 흘겨
보며 한국어로 물었다.

"그게 누구죠?"

할머니는 그녀와 자신, 둘 중 하나가 말귀가 어두운 모양이라고 생각했다.

"당신이 간호했던 사람이요. 며칠 전에 죽은 백인 남자."

"제가 간호했던 환자 중에 그런 이름은 없었는데요."

할머니는 머릿속이 텅 비워졌다.

"모른다구요? 앤디 워홀을? 그럴 리가요? 지금 세상 사람들이 다 아는 사람을, 어떻게 당신이 몰라요?"

"글쎄요. 누군지 모르겠네요."

그 순간, 한번도 본 적이 없는 사람을 위해 한번도 가본 적이 없는 동네에 이르도록 그녀를 떠밀었던 연민과 공감이 순식간에 사라졌다. 할머니는 앤디 워홀의 외모를 조목조목 설명하며 잘 생각해보라고, 틀림없이 당신의 환자였다고 말했다. 간호조무사는 걸쇠가 팽팽해지도록 문을 열고 할머니를 향해 다가섰다.

"이보세요, 그 환자 이름은 밥 로버트였어요. 나뿐만 아니라 담당 의사와 동료 간호사들 모두 그를 밥이라고 불렀고요. 의심스러우면 병원에 물어보세요. 만약 그 사람이 깨어났다면 자기 이름은 밥 로버트라고 스스로 밝혔을 거예요. 앤디 워홀이요? 그런 사람 몰라요. 알고 싶지도 않고요. 내가 아는 건 오직 밥 로버트, 그 사람뿐이라고요. 그러니까 당신은 사람을 잘못 찾아온 거예요. 아시겠어요?"

간호조무사는 차갑게 돌아섰고, 문은 그녀와 할머니 사이에서 굉음을 내며 닫혔다. 할머니는 하마터면 그대로 주저앉을 뻔했다. 집으로 돌아오는 내내 간호조무사가 쏟아낸 말들을 되씹었지만 참으로 오랜만에 가슴 깊이 파고든 모국어를 그녀는 한마디도 이해할 수 없었다. 할머니는 소년과 소년의 엄마에게 그날 있었던 일을 사소한 것하나까지 빠짐없이, 그리고 천천히 들려줬다. 소년의 엄마는 한숨을 뱉으며 이제 앤디 워홀은 그만 잊으라고 했다. 소년은 할머니가 부러웠다. 소년에게 할머니의 고생담은 앨리스의 모험만큼이나 흥미진진했다. 소년은 할머니가 들려준 얘기를 일기장에 적었다. 첫 문장을 영어로시작했다가 지우고 다시 한국어를 사용했다. 한참을 걸려서 두 페이지 가득 써내려간 일기장을 들고 숙제 검사를받듯 두근거리는 마음으로 할머니를 찾아갔지만, 그녀는이미 자신의 침대에서 깊이 잠들어 있었다.

일년 후, 뉴욕에서 앤디 워홀을 추모하는 대규모 전시

회가 열렸다. 소년은 할머니와 함께 전시장을 찾았다. 전시장 내부에 들어서는 순간 소년은 무덤 속으로 들어가는 느낌을 받았는데, 진열된 모든 것이 아무리 화려하고 아름답고 고가이며 심지어 예술적이라 해도, 어쨌든 고인의 유품들이었으니 그것은 당연한 일이었다. 할머니는 소년의 손을 잡고 말없이 느린 걸음만 옮겼다. 할머니에게 앤디 워홀의 작품들은 놀랍지도 낯설지도 않았다. TV나 신문이나 책에서 보던 것들을 실물로 직접 볼 때 갖게 되는 감탄이나 반가움조차 전혀 없었다. 두 사람이 동시에 걸음을 멈춘 곳은 전시실 한쪽 벽을 거의 다 차지하고 있는 대형 회화 작품 앞이었다. 그것은 검은 윤곽선의 내부에 마저 채워지지 못한 여백이 너무 많아서, 푸른색과 붉은색으로 그려지다 멈춘 붓질의 흔적이 너무 뚜렷해서, 화가의 부재가 남긴 슬픔이 고스란히 느껴지는 작품이었다. 소년은 그림 옆에 작은 글씨로 적힌 제목을 보았다. 「The Last Supper」(1986). 그것은 분명 같은 제목이지만 할머니가 일년 전에 신문에서 보았던 「최후의 만찬」과는 전혀 다른 작품이었다. 캔버스 위에 검은색 실선으로 그려진 예수와 제자들의 모습은 레오나르도 다빈치의 작품과도 많이 달라 보였다. 소년은 그림 앞에 붙박인 채 꼼짝도 않는 할머니의 손을 잡아끌었다. 할머니의 무거운 발걸음은 소년의 뒤를 따랐지만 시선은 예수의 얼굴에서 좀처럼 떨어지지 못했다. 그들은 마지막 전시물 앞에 이르렀다. 그것은 회화 작품이 아니었다. 그것은 앤디 워홀의 작업실을 그대로 재현한 공간이었고, 제목은 「The Last Atelier」였다. 외부의 출입을 거부하는 무릎 높이의 철제 펜스로부터 열걸음 정도 들어간 안쪽 벽면에 기대어진 대형 캔버스가 가장 먼저 눈에 들어온다. 그 위에 미완성으로 남겨진 예수와 제자들의 형상은 조금 전의 「The Last Supper」와 유사하다. 좌우측 벽면에는 그 공간의 주인이 화가임을 알게 해주는 화구와 잡동사니들이 아무렇게나, 그러나 비교적 청결하고 조화롭게 널려 있고, 한쪽 구석에는 화가가 근육을 키우는 데 사용했을 바벨과 벤치프레스도 보인다. 하지만 이 모든 것들이 소년의 눈에는 들어오지 않았다. 소년은 한 손으로 할머니의 팔을 꽉 쥔 채로 다른 손을 들어서 펜스 너머 아틀리에 한복판에 있는 그것을 손가락으로 가리켰다. 그것은 작은 목재 테이블 위에, 누구도 손댈 수 없는 고대의 유물처럼 놓여 있었다. 이진욱이 이명준에게 주려 했던 물건, 아빠가 아들에게 주고 싶었던 선물, 계획대로 소년의 소유가 되었다면 여러 사람의 인생을 바꿔놓았을 도자기 미니어처. 소년은 엄마의 목소리를 들었다. "그 사람을 죽게 한 건 택시 운전사예요." 할머니의 목소리도 들렸다. "진욱이가 그렇게 서둘러서 차도를 건넌 건 내 탓이야." 소년은 그들을 향해 소리치고 싶었다. "나는 그런 선물 갖고 싶지 않았어요." 소년은 그것을 처음 보았다. 아빠가 왜 그것을 선물로 주려 했는지 소년은 영원히 알 수 없을 테지만, 그런 것과 상관없이 소년은 그것을 보는 내내 저건 내 거야,라는 생각을 떨치지 못했다. 손등 위에 차가운 물기를 느낀 소년이 할머니를 바라본 순간, 한 손으로 자신의 입을 틀어막고 있던 그녀는 그 자리에 주저앉고 말았다.

할머니는 거의 말을 하지 않았다. 기념품점에 나가는 것도 그만두었고 방문자가 드문 시간에 교회에서 기도를 하거나 가끔 미술관에 들러 종일 앉아 있다 돌아오는 것 말고는 거의 외출도 하지 않았다. 그녀는 앤디 워홀의 사망 2주기를 두달쯤 앞두고 한국으로 돌아가서 소년의 큰아버지와 두해를 더 살다가 세상을 떠났다.

2

폴은 고등학교 재학 중에 연극 서클에서 활동하면서 연기의 매력에 빠졌다. 특별한 분장도 없이 표정과 몸짓과 말투의 변화만으로 전혀 다른 인물의 삶을 살아보는 것은 연기만이 줄 수 있는 카타르시스였다. 대학에 들어가서도 폴의 열정에는 변함이 없었다. 하지만 대학에는 열정만으로는 도달할 수 없는 경지가 존재했다. 그곳에는 무대와 카메라를 마치 컴퓨터 게임처럼 갖고 노는 인재들이 차고 넘쳤다. 대학은 폴에게 현실의 냉엄함을 알려주었고 자존감을 앗아갔다. 졸업 후 일년 동안 폴은 유럽과 남미와 아시아를 돌아다녔다. 그건 미국의 많은 젊은이가 한번쯤은 경험하게 되는 히피적인 일탈이었는데, 엄마는 그것을 배부른 도피라고 불렀다. 엄마는 일본인 사업가와 재혼을 해서 도쿄로 떠나더니 삼개월 내에 고정된 수입이 보장되는 일을 찾지 않으면 생활비를 끊어버리겠다고 새벽마다 전화로 십분 넘게 노발대발했다. 그는 별수 없이, 그러니까 순전히 엄마의 성화에 못 이겨 브로드웨이에 위치한 500석 규모의 어느 중형 극장에서 관리직 일자리를 얻었다. 오디션을 보러 다니지는 않았다. 애초에 아시아인을 뽑는 오디션 자체가 희귀했고 간혹 있더라도 춤과 노래가 가능한 연기자를 원하는 대형 뮤지컬들뿐이었다. 그러다 대학 때 알고 지내던 중국인 친구를 극장 로비에서 우연히 만났고, 그의 소개로 소규모의 실험적인 아트 필름을 제작하는 그룹을 알게 돼서 그들의 작업에 가끔 참여했다. 자신과 비슷한 상황에 놓인 동료들을 사귀면서 폴은 연기에 대한 열정을 되찾았고, 드물기는 했지만 그들의 인맥을 통해 대사 한마디 없는 작은 역할이라도 기회를 얻을 수 있었다.

폴과 사라 정의 만남도 그런 네트워크가 작동한 결과였다. 사라는 한인교포 3세인 여자였다. 그녀는 주로 저예산 CF나 단편영화만 만들던 감독이었는데, 자신의 첫번째 장편영화에 출연할 연기자를 찾던 중에 폴을 소개받았다. 사실 폴은 영화보다는 연극을 더 하고 싶었지만 그때 폴의 상황에서는 취향보다 기회가 우선이었다. 그는 시나리오는커녕 시놉시스조차 제대로 읽지 않고 기다렸다는 듯이 사라의 제안을 받아들였다. 영화 「Half and Quarter」는 아시아계 유색 인종과 혼혈들의 정체성 문제를 코믹하게 다룬 영화였고, 폴이 맡은 역할은 꽤 비중 있는 조연이었다. 영화의 총예산은 백만 달러에 불과했는데, 그 금액은 뉴욕에서 한편의 장편영화를 만드는 데 필요한 예산의 최소한도임에도 불구하고 제작자와 감독의 예상치일 뿐 실제 확보된 금액은 아니며, 완성 후에 극장에서 상영 가능할지 여부도 불확실하다는 건 이미 촬영이 시작된 후에야 폴이 알게 된 사실들이었지만, 그는 크게 개의치 않았다.

사라는 폴을 처음 만나는 자리에서 혹시 한국 이름이 있는지 물었다. 폴이 알려주자, 그녀는 그날부터 폴을 명준이라고 부르기 시작했다. 폴이 그 점에 대해서 불만을 토로했지만 사라는 들은 척도 않고 영화 촬영 기간 내내 그를 명준이라 불렀는데, 자신이 원하는 게 명준의 스트레스라며 감정을 컨트롤하지 말고 고스란히 발산하라고 끊임없이 그를 자극했다. 두달간의 촬영과 세달 동안의 후반작업을 마치고 영화가 완성된 후, 첫번째 시사회에서 엔딩 타이틀에 Paul Lee라는 이름이 올라가는 걸 바라보며 폴은 작품을 무사히 끝냈다는 성취감보다 사라를 향한 호감을 더 강하게 느꼈다. 그날 밤, 제작사에서 주최한 파티에서 사라는 폴에게 '은하(銀河)'라는 두 글자를 한글과 한자로 적어서 보여주며 의미를 설명했다. 폴은 한자보다는 한글이 더 쿨해 보인다며, 그래서 이게 뭐냐고 사라에게 물었다. 사라는 말했다.

"내 이름이야. 사라와 은하, 어느 쪽이 마음에 들어?"

폴은 궁금했다. 사라와 은하가 뭐가 다른지, 왜 하필 은하인지, 그럼 사라는 어떻게 되는 건지. 하지만 폴은 묻지도 질문에 답하지도 않았다. 대신 어린 시절의 기억이 떠올랐다. 엄마는 그를 폴이라 불렀고 할머니는 고집스럽게 명준이라 부르며 두 사람은 할머니가 한국으로 돌아갈 때까지 계속 다투었다. 폴은 사라와 그런 상황에 빠지고 싶지 않았다. 그의 걱정을 알아채기라도 한 듯 사라가 말했다.

"공식적으로, 대외적으로 내 이름은 사라 정이야. 하지만 아빠와 엄마는 나를 은하라고 불러. 나도 은하가 좋고. 그러니까 부탁인데, 너도 나를 은하라고 불러주면 안 될까?"

폴은 그녀가 하고 싶은 말이 무엇인지, 그녀가 원하는 게 무엇인지 어렵지 않게 이해했고, '은하'라는 두 글자에 담긴 아름다운 의미가 손에 잡힐 듯 선명해졌다. 폴은 입술을 움직여 은, 하,라고 발음해 보였다. 그리고, 자신도 털어놓을 게 있다며, 아빠와 할머니와 앤디 워홀 사이에 일어난 일들을 그녀에게 들려주었다. 폴의 이야기를 다

듣고 나서 사라는 말했다.

"이런 거 아닐까? 그 러시아인의 speeding은 일종의 지진 같은 거야. 사람들이 있건 없건 지진은 일어나잖아. 보행자와 상관없이 그의 운전은 늘 거칠었을 테고, 하필 그 순간 그곳을 지나는 우연을 빚어낸 건 순전히 자신의 실수 때문이라고 할머니는 생각했겠지."

한번도 그렇게 깊이 생각해본 적은 없었지만 꽤 그럴듯하다고 폴은 말했다. 그리고 그는 이렇게 덧붙였다.

"아빠와 할머니가 세상을 떠난 이후, 나를 명준이라고 부른 사람은 네가 처음이야."

시끌벅적한 파티에 어울리지 않는 둘만의 침묵이 잠시 흐르다 문득, 사라는 폴의 손을 잡았고, 두 사람은 누가 먼저랄 것도 없이, 마치 어제도 그제도 그랬던 것처럼 당연하다는 듯 입을 맞추었는데, 그것은 주변의 누구도 놀라지 않을 만큼 자연스러운 몸짓이었다. 일주일 후, 사라는 자신의 모든 물건을 폴의 집으로 옮겼고, 폴은 사라를 위해 꽤 많은 것들을 내다버렸다.

「Half and Quarter」는 선댄스 영화제에 출품되어 수상을 하지는 못했지만 몇몇 평론가들의 주목을 받았고, 그

덕분인지 해외의 여러 영화제에 초청되었다. 사라는 한국에서 열린 영화제에 참석하느라 일주일 동안 부산을 방문했다. 그녀는 폴도 함께 가길 원했지만 폴은 「Half and Quarter」가 관심을 받은 이후 영화와 연극에서 비록 단역이지만 일이 계속 들어오고 있던 상황이라 뉴욕을 떠날 수 없었다. 사라는 영화제가 끝난 후에도 한국을 자주 방문했다. 인터뷰를 하고 사람들을 만나고 영화 관련 행사에 참석하는 것이 사라가 소화한 주요 스케줄이었지만 그런 공식적인 업무가 끝난 후에도 그녀는 특별한 목적이나 방향 없이 이곳저곳을 돌아다녔다. 한국에서 CF나 뮤직비디오 촬영 같은 일거리들이 들어오면서 그녀가 한국에서 보내는 기간은 점점 늘어났고, 그에 대해 폴이 불만을 털어놓자 사라는 한국에서 함께 휴가를 보내자고 제안했다. 하지만 폴은 너무 바빴다. 스케줄은 마음만 먹으면 조정할 수도 있지 않나,라고 사라는 생각했지만 이제 막 제대로 된 커리어가 시작된 폴의 입장을 알기 때문에 더이상 한국행을 권하지 않았다.

　몇달 후, 사라는 한국에서 장편영화의 감독을 맡아달라는 제안을 받고 계약서에 사인을 하기 위해 한국으로 떠났다. 그녀가 없는 여섯번의 밤을 보내고 날이 밝아질 무럼 폴은 그녀의 전화를 받았다. 그녀는 흐린 음성으로 계약이 틀어졌다고 말했다. 폴은 잠에서 벗어나려 애를 쓰며 영화는 뉴욕에서도 얼마든지 만들 수 있으니 너무 낙담하지 말라고 위로했다. 사라는 대답이 없었다. 두 사람이 침묵을 지키는 잠시 동안 사라가 견디던 감정을 폴은 알지 못했다. 그래서 폴은 어서 돌아오라는 말만 반복했다. 사라는 말했다.

"네가 와주면 안 될까?"

더듬더듬, 사라는 처음으로 폴에게 한국어를 사용했다.

"나 많이 힘들어. 이리 와줘. 명준, 네가 필요해."

폴에게 사라의 한국어는 멀고 낯설었다. 폴은, 나는 갈 수 없으니 네가 돌아와야 한다고 영어로 말했다. 그의 입에서 흘러나온 영어 문장들은 짧고 냉정했다. 사라는 알았다는 말만 남기고 전화를 끊었다.

사라는 폴의 곁으로 돌아오는 대신 한통의 이메일을 보냈다. 아빠와 엄마가 한국으로 와서 그녀와 함께 지낼 예정이며 아무래도 체류 기간이 예정보다 길어질 것 같다고, 미안하다고 그녀는 적었다. 미안하다는 말보다, 체류 기간이 길어질 거라는 말보다, 아빠와 엄마라는 말이 폴에게는 더 의미심장했다. 그렇다. 그녀에게는 아빠와 엄마가 있었다. 같이 산 지 일년이 넘었는데 폴은 그들의 존재를 전혀 못 느꼈다. 폴은 그것이 새삼 이상하게 여겨졌고, 뭔가 중요한 것을 빠뜨린 느낌에 사로잡혔지만 그게 뭔지는 알지 못했다.

사라의 두번째 이메일이 도착한 건 한달 후였다. 이메일에는 LP와 CD와 몇권의 도서와 몇점의 의류로 이루어진 목록과 함께 한국의 주소 한개가 적혀있었다. 그녀가 주소를 알려주면서 원한 게 단지 그런 물건들만은 아니었음을 모르지 않았지만 폴은 그녀의 기대를 모른 척했다. 폴은 사라가 원한 물건들을 세개의 상자에 나눠서 한국으로 부쳤다. 수신인의 이름은 '정은하'라고 한글로 적었다. 여전히 그녀의 많은 짐이 집안을 차지하고 있었지만 그는 그것들을 건드리지 않았다. 그녀가 두고 간 것들을 어찌하면 좋을지 그녀에게 묻지도 않았다. 그것이 무엇이든 폴에게 남겨진 것들은 이제 사라와 무관하다는 것을 그는 잘 알고 있었다. 폴은 그녀의 흔적을 지우는 대신 그녀를 찾으러 돌아다녔다. 폴과 사라를 모두 아는 친구들을 일부러 만나서 혹시나 하는 마음으로 사라의 얘기를 꺼내보기도 했다. 하지만 오히려 그쪽에서 먼저 사라의 안부를 물어 왔다. 그는 인터넷에 들어가서 한국의 최신 뉴스

들을 찾아서 읽었고 사라의 이름을 검색했다. '사라 정'을 키워드로 검색하면 폴이 이미 알고 있는 과거의 기사들만 찾아졌고, '정은하'로 검색하면 사라와 무관해 보이는 문서와 기사들만 떴다. 전화를 걸어서 그녀에게 직접 근황과 안부를 물으면 간단히 해결될 일이었지만 폴은 그러지 않았다. 폴이 물으면 사라도 물을 테고 그러면 폴은 대답을 해야 한다. 하지만, 그는 할 말이 없었다. 이제 그만둬야겠다고, 사라와 폴 사이에, 어쩌면 은하와 명준 사이에, 나쁜 감정은 남지 않았으니 이만하면 해피엔드라고 폴은 생각했다.

3

천천히, 아주 천천히 명준은 잊혔다. 명준을 기억하는 사람들은 모두 폴의 곁을 떠났고 폴이 명준인 걸 알지만 한번도 폴을 명준이라 불러본 적이 없는 폴의 엄마는 일년에 한번쯤은 폴이 도쿄로 와주길 원했다. 그러나 폴은 뉴욕을 떠나지 않았다. 아무도 그를 명준이라 부르지 않았으므로 명준은 폴로부터 멀어졌다. 폴은 명준을 잊었다.

언젠가부터 조금씩 일이 줄기 시작해서 이유가 뭘까 고민하며 거울을 보다가, 폴은 어느덧 대머리가 되어가는 중년의 아시아인을 발견했다. 나이를 먹는 것은 누구나 겪는 일이고 자연스러운 현상이었지만 아빠가 대머리가 아니었기에 아무런 각오도 예감도 없었으므로 폴은 크게 놀라고 말았다. 두피에서 머리카락이 빠져나가는 속도만큼 그의 일은 줄어들었다. 머리 벗겨진 사십대 중반의 아시아인이 맡을 배역은 그에게 남은 머리카락만큼이나 희귀했다. 뉴욕에는 젊고 잘생기고 건강한 흑발을 소유한 동양인들이 드물지 않았으니까.

브로드웨이의 한 극단이 앤디 워홀을 연기할 배우를 뽑는 공개 오디션을 연다는 소식을 들었을 때, 폴은 그것이 요절한 예술가가 뒤늦게 자신에게 내민 사죄의 손길이라고 생각했다. 그것은 터무니없는 생각처럼 보였지만, 「Half and Quarter」 이후에 대표작이라 할 만한 게 없었던 폴에게 주어진 터닝 포인트이자 마지막 기회라고 여기는 것보다 덜 절박해 보였다. 폴은 소파에 앉아서 할머니의 스크랩북을 펼쳤다. 분주한 기념품 가게 안으로 들어오는 남자가 보인다. 은색의 머리카락과 마른 얼굴과 입가의 가는 주름. 그는 할머니를 향해 미소를 지으며 긴 팔을 뻗어서 무언가를 가리킨다. 움푹 들어간 그의 두 눈에는 오랫동안 기다려온 크리스마스 선물을 품에 안은 어린아이의 기쁨이 가득하다. 서둘러 작업실로 돌아갔겠지, 머릿속은 이미 영감으로 가득 찼을 테고, 바로 옆에서 사신(死神)이 기회만 엿보고 있는 줄은 꿈에도 몰랐을 거야. 미완의 화폭 안에서 부활을 기다리고 있는 예수의 모습을 바라보며 폴은 생각했다. 이건 운명이야.

이마를 반쯤 덮은 은색 머리카락과 까만 선글라스와 검정 터틀넥과 블랙 슈트. 이런 것들만 있으면 누구라도 앤디 워홀처럼 뉴욕의 거리를 돌아다닐 수 있다. 때문에 폴이 이런 차림으로 오디션장에 나타났을 때 관계자들의 반응은 냉담했다. 하지만, 폴이 입을 열어 대사를 말하기 시작하자 연출자와 작가와 제작자와 투자자들은 차례로 자세를 고쳐 앉으며 관심을 드러냈다.

"나는 하나의 미스터리로 남고 싶어요. 그래서 나에 대해서 있는 그대로 솔직하게 말하지 않으려 애를 쓰죠. 만약 나의 어린 시절에 대해서 누가 물으면 매번 다르게 지어냅니다."

폴은, 아니 앤디 워홀은 수줍은 듯 입을 조금씩 움직이며 낮고 가는 음성으로 천천히 말을 이어갔다.

"이건 단순히 내 인생의 한 부분을 말하지 않거나 감추려는 게 아니라, 전에 내가 말했던 것을 잊어버려서 다시 그 이야기를 지어내는 것일 뿐이에요. 사실은 무엇이 진짜인지 나도 잘 모를 때가 있답니다."

폴이 대사를 멈추고 선글라스를 벗어 자신의 인종을 드러냈을 때 어떤 참관인들은 당황했지만 작가와 연출자는 그의 두 눈에서 앤디 워홀 특유의 거리감과 무심함을 발견했다. 폴은 지친 기색을 한껏 드러낸 몸짓으로 의자에 주저앉았다. 그는 정면을 한번 슬쩍 바라본 다음, 왼손을 천천히 들어 올려서 은색의 머리카락을 움켜쥐더니, 마치 머리 위에 있던 모자를 가볍게 들어 올리듯이, 늘 해오던 일상 중의 하나인 것처럼, 가발을 벗었다. 분장으로는 도저히 만들어낼 수 없는 약간의 옆머리만 남은 민머리를 손으로 쓸어내며 폴은 한숨을 내쉬었다. 소곤거리고 웅성거리는 소음이 사방에 가득했다. 그러나 소음의 파문은 그를 비켜갔다.

"내 이름은 밥 로버트입니다. 사람들이 내게 이름을 물으면 나는 그렇게 대답합니다. 내일은 잭 로버트가 될지도 모릅니다. 어쩌면 마이클 로버트일 수도 있고요. 하지만 저는 밥 로버트가 좋아요. 저에게 이름은 가발과 같은 것이죠. 저를 지켜주니까요."

앤디 워홀이 대머리였음을 소문으로만 들어서 알고 있을 뿐 실제로 본 적은 없는 투자자들과 제작자는 너무 놀라서 말을 잃었고 작가는 벌떡 일어나서 박수를 쳤으며 연출자는 자리를 박차고 나와 폴을 힘껏 껴안았다.

폴의 기대와 달리 「A man named Bob Robert」의 진행은 지지부진했다. 작가는 대본을 계속 수정했고 연출자는 대본이 나오지 않으면 아무것도 할 수 없다고 버텼으며 제작자는 홍보와 무대에 쓸 돈이 부족하다며 투자자들만 쫓아다녔다. 하지만 투자자들은 하루 빨리 모든 배우들이 모여서 reading부터 시작하라고, 그렇지 않으면 한푼도 줄 수 없다고 선언했다. 폴은 이번 공연에 모든 것을 걸었다. 앤디 워홀의 복장과 표정과 말투와 몸짓, 그리고 취향까지도 연구했으며 밤에는 앤디 워홀의 일기를 읽다가 잠이 들었다. 가끔 그는 은발 가발과 선글라스를 쓰고 앤디 워홀이 즐겨 찾던 미드타운의 호텔과 레스토랑 근처로 산

책을 나갔는데, 그에게 사진 한장만 같이 찍어도 되겠느냐는 사람들이 있어서 진짜 앤디 워홀이라도 된 듯 수줍은 미소를 지으며 포즈를 취해주고는 의기양양한 기분이 되어 집으로 돌아왔다. 급기야 인내심이 부족했던 투자자들이 작가를 교체하는 결단을 내린 뒤에야 작업은 속도를 냈다. 그후에도 연출자가 두번이나 바뀌는 우여곡절이 있었지만, 오디션이 끝나고 16개월 만에 「A man named Bob Robert」는 무대에 올려졌다.

연극 「A man named Bob Robert」는 앤디 워홀이 담낭수술을 받기 위해 밥 로버트라는 이름으로 입원해서 다음날 세상을 떠날 때까지의 이틀이라는 시간을 통해 한 예술가의 비밀과 진실을 파헤쳐 보이겠다고 선언한 작품이다. 공연이 시작된 이후, 워홀재단에서 소송을 제기하겠다고 으름장을 놓는 바람에 일부 대사가 삭제되거나 수정되었고 공연 횟수가 거듭 되면서 점차 대사보다는 퍼포먼스가 큰 비중을 차지하게 되었다. 특히 일부 장면이 화제가 되었는데, '문제의 그 장면'에 대해 어떤 평론가는 "예술가와 그를 사랑하는 모든 대중을 모독하는 포르노그래피"라고 비난했고, 다른 평론가는 "관객의 관심을 얻어낸 유일한 장면"이라고 비꼬았다. 제작사 측에서는 그 장면이 담긴 사진이나 동영상이 외부로 유출되는 것을 극도로 꺼렸으며 아마도 워홀재단과 어떤 합의가 있었을 것이라는 게 기자들의 추측이었다. 폴은 그 장면이 전혀 힘들지 않았다. 오디션에서 보여주었던 퍼포먼스를 평소처럼 반복하면 될 뿐이고 가발을 벗었을 때 관객들이 보는 것은 폴이 아니라 극중 인물일 테니 대단한 각오나 훈련 같은 건 필요하지 않았다. 오히려 그에게 힘든 장면은 따로 있었다. 의사와 간호사들이 밥 로버트의 죽음을 확인하고 무대 밖으로 사라지면 폴은 가발도 선글라스도 없이 홀로 서서 긴 독백을 끝내고 느리게 발을 옮겨 침대 위에 눕는다. 눈을 감지도 않았는데 일제히 모든 빛이 사라지고 무대의 막이 완전히 닫힐 때까지 그는 어둠 속에서 숨을 죽인 채 누워 있어야 한다. 무덤 안에 홀로 남은 듯 가슴을 짓누르는 막막한 어둠의 무게 때문에 폴은 숨이 막힐 지경이 되었다. 막이 닫히고 관객들이 모두 빠져나가고 사방이 고요한 중에 누군가 다가와서 손을 대며, 이봐요, 앤디, 다 끝났어요,라고 말해주면 그때서야 폴은 마법에서 풀려난 듯 침대에서 일어났다.

폴은 공연이 끝난 후에도 분장을 지우지 않았다. 은발의 가발을 쓰고 선글라스를 착용한 다음 극장 밖으로 나가면 앤디 워홀을 기다리고 있던 사람들이 서로 앞다투어 사진을 찍으려 했다. 어떤 이들은 그를 앤디라고 불렀고, 또다른 이들은 밥이라고 부르며 친근하게 다가왔다. 그는 흔쾌히 사진 촬영에 응해주고 그대로 브로드웨이의 거리를 지나 집까지 걸어갔다. 관객의 상당수는 아시아인이고 그중에는 한국인들도 많았는데, 그들은 폴이 한국인이 맞는지 묻기도 했다. 그럴 때면 그는 연극에서 사용한 말투와 악센트를 그대로 살려서 극중 대사로 답했다.

"사람들은 내가 누구인지 모릅니다. 그들은 보고 싶은 것만 보고 믿고 싶은 것만 믿으니까요. 사실은 나도 내가 누구인지 잘 모르겠어요."

그의 영어 대사가 끝나면 사람들은 마치 정답을 들은 것처럼 박수를 쳤다.

그는 인파를 헤치고 오프브로드웨이를 지나 웨스트 57번가로 걸어갔다. 길을 건너기 위해 신호등이 바뀌길 기다리고 있는데, 뒤에서 부르는 소리가 들린다. 어떤 동양인 여자가 그를 향해 다가온다. 그녀는 말을 고르는 듯 망설이다 겨우 입을 뗀다.

"명준, 이명준 맞죠?"

여자가 건네는 뜻밖의 한국어가 그를 한발 물러서게 한다. 이제는 까마득히 멀어졌지만 그 세 글자가 누구를 가리키는지, 그 이름을 아는 사람이 지구상에 몇명이나 되는지, 그리고 그들이 누구인지 그는 잘 알고 있었다. 여자가 또 묻는다.

"잘 지냈어요?"

여자의 얼굴을 바라보며 그녀의 한국어가 무슨 뜻인지 생각한다. 낯선 언어에 담긴 의미가 퍽이나 멀게 느껴진다. 그는 여자의 이름을 묻지 않는다. 명준이라는 사람을 아느냐고 묻지도 않는다. 그들이 서로 아는 사이인지, 만난 적이 있는지 묻지도 않는다. 그는 여전히 무대 위에서 연기 중이고, 그러니, 여자의 한국어에 대한 응답으로 영어를 사용할 수밖에 없다.

"내 이름은 앤디 워홀입니다. 사람들이 내게 이름을 물으면 나는 그렇게 대답합니다. 내일은 밥 로버트가 될지도 모릅니다. 하지만, 지금 이곳에서 저는 앤디 워홀입니다."

여자는 할 말을 잃은 듯 멍한 표정이다. 정해진 대사를 모두 소화한 배우처럼 그는 돌아서서 때마침 바뀐 신호

에 따라 횡단보도를 건너 무대를 벗어난다. 차도 너머에
도착해서 여자가 서 있는 쪽을 향해 고개를 돌린다. 여자
가 이쪽을 향해 가볍게 손을 흔든다. 신호가 바뀌고 택시
와 승용차들이 거친 소음을 토해내며 저쪽과 이쪽 사이를
빠르게 지나간다. 차량들 사이로 여자가 돌아서는 모습이
보인다. 거리는 음악과 웃음소리와 누군가를 부르는 외침
과 차량 경적 소리로 시끄럽다. 몇몇 중국인들이 게이바
를 배경으로 단체사진을 찍는다. 그들은 손을 들어 V자를
만들었지만 다들 피곤해 보였고 아무도 웃고 있지 않았
다. 그는 걷기 시작했다. 늘 가던 길을 따라 타임스 스퀘어
쪽으로, 거기서 그를 반겨줄 관광객들을 생각하며, 걸음
을 재촉했다.

미친개의 처분에 관한 보고서

내가 탄 기차가 햇빛로 32단지에 도착한 시각은 오전 9시 8분이었다. 지정된 시각보다 8분 늦었는데 그것은 나의 게으름이나 실수가 빚어낸 오차가 아니라 기차의 배차 간격과 운행시각 때문에 생긴 불가피한 차이였다. 역에서 단지 입구까지는 걸어서 5분 정도 소요되었으며 기온, 풍량, 공기의 질 등은 현장에서 활동하기에 적당한 조건이었다.

햇빛로 32단지는 신도시 리빌딩 프로젝트의 초기 단계에서 발생했던 착오를 수정, 보완하여 안정화 단계로 들어설 무렵 조성된 소형 주택 단지다. 당시에 도시건설국과 기존 거주자들 사이에서 발생한 '행정적 마찰'을 우리 조직이 개입하여 극적으로 해결했던 곳이기도 하다. 전체 세대의 70퍼센트 이상이 리빌딩 이전부터 살았던 주민들이며 모든 주민은 67채의 세대별 단독주택에서 거주 중이다. 집집마다 열평 정도의 마당을 보유하고 있는데 이것이 개를 기르는 선택을 하는 데 적지 않은 영향을 미쳐서 모든 세대가 개를 한마리씩 기르는 드문 현상이 일어난 것으로 보인다. 개들의 품종이나 연령, 암수 구분 등에 대한 정보는 전혀 없었다.

나는 기차에서 내리기 전에 가방을 열어 67개의 통지문이 빠짐없이 들어 있는지 확인하고 주머니에서 녹음기를 꺼내 성능과 배터리가 정상인지 점검했다. 나는 현장에서 늘 녹음기를 사용했다. 녹음기에는 내 목소리뿐만 아니라 타인의 음성과 현장의 각종 소음이 가감 없이 저장된다. 이 문서에서 큰따옴표("") 안에 들어간 문장들은 그런 기록으로부터 인용된 것들이다. 저장된 음성의 주인들은 자신의 목소리가 녹음된 사실을 모른다. 이것은 비난의 여지가 있더라도 다소 불가피한 측면이 있는데, 처음에 나는 녹음기를 손에 들고 누구나 볼 수 있도록, 그래야만 음질이 좋을 것이라는 기술적인 고려에 따라, 최대한 말하는 자의 입 가까이로 가져갔다. 그러자 사람들은 뱉으려던 말을 도로 삼키거나 마구 쏟아내던 욕설을 더듬거리다 순한 말로 바꾸었고, 나중에는 내가 나타나기만 해도 대화를 멈추고 뿔뿔이 흩어졌다. 나의 녹음기가 현장의 상황을 왜곡하는 현상이 나타난 것이다. 어쩔 수 없이 나는 녹음기를 감춰야만 했다. 녹음된 음성 파일은 보고서와 함께 제출할 예정이다.

자리에서 일어나 모자를 쓰고 플랫폼에 내려서자 역무원이 다가와서 가방을 들어주겠다며 손을 내밀었다. 하지만 그의 친절이 누구에게나 베풀어지는 일반적인 서비스가 아니었으므로 나는 거절했다. 아무리 모자와 가방이 우리 조직의 정체성을 짧고 분명하게 각인할 만큼 인상적이라 해도 그것을 배경 삼아 권위를 내세우거나 특혜를 누리고 싶은 마음은 추호도 없었다. 그것은 우리 조직의 기본 행동강령과도 완전히 배치되는 처사임을 나는 잘 알고 있다. 하지만, 함께 기차에서 내린 칠십대 노인은 내 차림새를 훑어보더니 당황한 낯빛이 되어 달아나듯 저만치로 앞서갔고, 역에서 기차를 기다리던 사람들도 황급히 내게서 등을 돌리거나 나로부터 일정한 거리를 두고 물러섰다. 그들이 그렇게 과민반응을 보인 이유는 신도시 리빌딩 과정에서 우리 조직이 보여준 행정적 능력을 기억하기 때문일 것이다.

햇빛로 32단지에 도착해서 우선적으로 착수한 작업은 통지문을 세대주에게 직접 전달하는 일이었다. 나는 명부에 적힌 주소의 순서대로 그들을 방문했다. 예상치 못한 오류가 발생하는 걸 예방하기 위해 집안에 들어서면 우선 개가 있는지 확인할 작정이었는데, 어느 집이든 현관문을 열자마자 사람보다 개가 먼저 달려 나와 짖어댔기 때문에 굳이 애쓸 필요도 없었다. 나는 세대주에게 통지문을 건넸고 나의 임무가 정상적으로 이행되었음을 인증하기 위해 세대주에게 통지문을 소리 내어 읽을 것을 요구한 뒤, 녹음기를 작동시켰다.

"햇빛로 32단지 주민들에게 아래와 같은 사실을 통지함. 하나, 햇빛로 32단지에서 기르는 개들 중에 미친개가 있으니 찾아내서 제거하기 바람. 둘, 미친개를 식별할 수 있는 건 햇빛로 32단지에 거주 중인 십대 청소년들뿐임. 단, 그들도 다른 세대의 개만 식별 가능함. 셋, 그들은 타인의 개에 대한 정보를 같은 세대의 구성원은 물론 누구에게도 발설해서는 안 됨, 법률적으로 타인의 재산권과

명예에 대한 훼손 행위가 될 소지가 있음. 넷, 미친개의 제거는 오직 미친개의 주인만 할 수 있음. 이를 어길 경우 법률적 분쟁의 여지가 있음. 다섯, 빠른 시일 내에 작업에 착수하기 바람. 만약 상황이 조기에 종식되지 않을 경우 적절한 행정조치가 있을 예정임. 본 통지문은 전문가들의 엄격한 감수와 충분한 법적 검토를 거친 후 작성된 것임을 보증함. 작성 및 발신, 국가관리국."

읽기를 마친 세대주는 의문으로 가득 찬 얼굴로 나를 바라보았다. 그의 얼굴 위에는 뭔가 묻고 싶은데 무얼 물어야 할지 몰라서 말문이 막혀버린 자의 막막함이 고스란히 담겨 있었다. 나는 그의 심정을 이해한다. 나 역시 통지문을 처음 접했을 때 그랬으니까. 그래서 나의 상관인 부장에게 의문을 제기했을 때 그는 이렇게 말했다.

"거기에 그렇게 적혀 있으면 그런 거야. 왜 그러냐고? 나도 몰라. 그러니 자네도 몰라야지. 이 일의 핵심은 그거야. 우리는 몰라야 돼. 명심해. 모르는 척하는 게 아니라 모르는 거야. 만약, 주민들이 똑같은 질문을 하면 솔직하게 말해. 모른다고."

따라서 통지문에 적힌 내용에 관한 한, 내가 아는 건 그들이 아는 만큼이고, 그들이 모르는 건 나도 모르는 사실이므로 내가 그들에게 해줄 수 있는 건 아무것도 없었다.

67세대를 모두 돌아다니며 같은 작업을 반복한다고 생각하면 꽤 고단할 것 같지만 처음 다섯 집 정도만 무사히 전달하면 다음부터는 의외로 순조롭게 진행된다. 통지문을 받은 사람들이 이웃들에게 연락을 하고, 연락을 받은 사람들은 계획했던 외출을 포기하거나 이미 밖에 나가 있더라도 세대주만은 서둘러 집으로 돌아와서 나의 방문을 기다린다. 그들은 내게 차나 식사도 권하지 않았다. 날씨를 묻거나 힘들지 않느냐고 위로를 하며 물 한잔 건네는 경우도 없다. 이러한 그들의 응대는 나에게 큰 도움이 되었다. 한 집에서 그런 것들 때문에 지체하게 되면 이후 작업에도 영향을 주고, 그러다 자칫 당일 내에 방문과 전달을 완료하지 못하면 전체 일정에 차질을 빚는다. 통지문 전달은 오전 9시 20분에 시작해서 오후 11시 40분에 종료되었다. 한 집도 빠짐없이 무사히 전달했으며 그 과정에서 불미스러운 사태는 한건도 일어나지 않았다. 다만, 한 집에서 시간이 지체되는 일은 있었다. 그 집의 세대주가 대화는 가능하지만 한글을 읽고 쓰는 데는 서툰 인도인이어서 어쩔 수 없이 그의 한국인 아내가 통지문을 읽어야만 했다. 아내가 통지문을 읽는 동안 남편은 아내의 얼굴을 바라보고 있었고, 그들의 아들임이 분명한 소년은 옆에 앉아서 작은 개를 끌어안고 있었으며, 개는 금방이라도 내게 달려들 것처럼 으르렁거렸다. 아내가 읽기를 마치자 통지문을 건네받은 남편은 마치 아내가 제대로 읽었는지 확인이라도 하듯 두 눈을 부릅뜨고 A4 크기의 문서를 샅샅이 훑어보았다. 두 사람의 눈빛이 이전에 다른 집 세대주들이 보여준 것과 동일했으므로 나는 그들이 내용을 제대로 인지한 것으로 판단했다. 세대주가 통지문에서 눈을 떼고 나를 바라보며 물었다.

"무슨 말인지 잘 모르겠군요. 우리 흰별이가 미친개라는 겁니까?"

나는 아무 말도 하지 않았다. 할 일을 마쳤으니 그대로 돌아서서 나오면 끝이었다. 하지만 소년이 나 대신 대답했고, 순간 인도인과 한국인의 혈통을 반반씩 이어받은 소년에 대한 호기심이 생겨서 발길을 멈추었다.

"아니야, 아빠. 그런 뜻 아니야."

개는 작은 혀를 내밀어서 소년의 손등을 핥고 있었다. 세대주의 아내가 물었다.

"그런 거지? 우리 흰별이는 괜찮은 거지?"

소년은 하얀 털로 뒤덮인 개의 등을 쓰다듬으며 대답
했다.

"아니. 그런 것도 아니야. 아직은 몰라."

소년의 아빠가 다시 물었다.

"그게 무슨 말이냐? 흰별이가 미친개일 수도 있다는
거니?"

"그럴 수도 있어. 하지만 아닐 수도 있어. 그건 다른 개
들의 상태에 달려있대. 만약 다른 집의 개들이 모두 정상
이면 흰별이는 미친개가 되는 거야."

인도인 아빠와 한국인 엄마는 멍한 표정으로 나를 바
라보았다. 세대별 가족 명부에 따르면 소년의 나이는 열
한살이었다. 하얀 개가 마치 자신에게 닥친 운명에 저항
이라도 하듯 나를 향해 이빨을 드러내며 짖기 시작해서
나는 뒤늦게 본분을 깨닫고 서둘러 다음 집으로 이동했
다. 나는 통지문 전달을 마친 후에 햇빛로 32단지의 관할
지구대에서 준비해준 숙소로 가서 거의 열네시간 만에 가
방을 손에서 내려놓았다. 녹음기의 전원을 끄고 침대에
누웠을 때는 자정을 훌쩍 넘긴 시각이었다.

통지문을 받은 후, 주민들이 가장 먼저 찾아간 곳은 동

물병원이었다. 그들은 수의사에게 개를 검진해달라고 요구했다. 갑자기 몰려든 사람들과 개들 때문에 당황한 수의사가 관할 지구대에 협조를 요청했고 경감이 달려가서 사람들을 말렸지만 아무 소용이 없었다. 어떤 주민들은 대도시까지 차를 몰고 가서 검사를 받기도 했다. 수의사의 검사만으로 안심이 되지 않은 몇몇 사람들이 경감에게 통지문을 내보이며 대책 마련을 요구했지만 경감은 자신의 권한 밖이라며 난색을 표했다. 주민들이 저마다 통지문을 손에 들고 모여서 걱정을 나누다가 주민회의를 열어야 한다는 공감대가 만들어졌고, 마침내 통지문이 전달된 다음 날 정오 무렵에 단지 내에 위치한 실내체육관에서 모임이 이뤄졌다. 그곳은 평소 주민들이 배드민턴이나 농구 같은 운동을 하거나 자체적인 소규모 행사를 치르는 장소였다. 나는 모자도 쓰지 않고 가방도 없이 녹음기만 주머니에 넣은 채 경찰들과 함께 체육관으로 갔다. 나는 실내에 들어서자마자 녹음기를 작동했다. 예상대로 주민들은 잔뜩 화가 나 있었다. 통지문이 그들에게 남긴 불편은 대부분 의문에서 비롯되었지만 해결할 방법을 몰랐기에 그것은 금세 불만으로 바뀌었고, 자신의 불만이 혼자만의 것이 아님을 알게 되자 결국 분노가 되었다. 그들이 쏟아낸 의문과 분노의 진술들은 욕설과 비속어가 대부분이라 차마 옮기지 못했으니 현장의 목소리를 날것 그대로 듣고 싶다면 함께 제출한 음성파일을 참고하기 바란다.

주민들은 나를 발견하고 입을 다물었다. 그것은 자신들의 생각을 들키는 게 두려워 방패 삼아 내미는 침묵이 아니었다. 할 말도 많고 던지고 싶은 질문도 많지만 무엇부터 꺼내야 좋을지 몰라 망설이는 얼굴들이었다. 나는 분위기를 파악하고 그들이 헛수고를 하기 전에 미리 나의 입장을 밝혔다. 나는 이번 일에 관한 한 당신들보다 아는 게 없다, 나의 임무는 관찰과 기록이며 아무런 권한도 부여받지 못했다, 나는 개도 기르지 않는다, 그러니 나는 당신들에게 아무런 도움도 줄 수 없다. 내 말이 끝나자 한 남자가 통지문이 무슨 뜻인지 모르겠으니 설명해달라고 요구했다. 남자는 나에게 통지문을 건네주려 했지만 그 안에 적힌 문장들은 빠짐없이 내 머릿속에 들어 있었으므로 나는 그저 떠올리기만 하면 되었다. 나는 그에게 한 단어씩 끊어서 천천히 들려주고 그 문장을 풀어서 부연 설명을 했다. 듣고 있던 남자는 내 설명이 채 끝나기도 전에 목소리를 높였다.

"나도 글씨는 읽을 줄 압니다. 그 정도는 이해한다고요.

그걸 몰라서 그러는 게 아니잖아요."

그는 통지문을 내 턱 밑까지 들이대며 한층 격해진 목소리로 물었다.

"여기 보면 십대 아이들만 미친개를 식별할 수 있다고 되어 있는데 이게 무슨 뜻입니까? 동물병원에서는 우리 개가 정상이라는데 그게 다 헛소리란 말입니까?"

나는 부장이 내게 말한 것을 그대로 전달했다.

"통지문에 적힌 그대로입니다. 거기에 그렇다고 명시되어 있으면 그런 겁니다."

남자는 거칠게 한숨을 뱉었고, 옆에 있던 다른 사내가 불쑥 나섰다.

"그러면, 병원도 못 믿고 십대 애들도 다른 집의 개만 식별 가능하면, 도대체 우리 개가 미친개인지 아닌지는 어떻게 알아냅니까?"

내 입에서 그의 물음에 대한 대답이 나오길 기다리는 건 그 남자만이 아니었다. 거기 있던 모든 주민들이 눈을 크게 뜨고 내 입만 바라보고 있었다. 나는 최대한 밝은 미소를 띠며 성의가 담긴 말투로 답하려 애를 썼다. 나도 여러분을 돕고 싶다, 내가 할 수 있는 범위에서, 내가 아는 한도 내에서, 여러분이 자율적으로 문제를 해결하도록 돕겠다, 하지만 그 질문에 관해서라면, 그건 나도 모른다. 무엇이 그들을 자극했는지 모르겠지만 일제히 사방에서 항의와 욕설이 쏟아졌고 주민들의 일부는 주먹이라도 휘두를 기세로 나를 향해 거칠게 다가왔다. 경찰들이 다급하게 막아서서 나를 체육관 밖으로 끌어내지 않았다면 사태는 훨씬 심각해질 수도 있었다. 경찰은 분위기가 가라앉을 때까지 밖에서 기다리는 게 좋겠다고 말했고 나도 동의했다. 그렇지만 상황은 쉽게 바뀌지 않았다. 경감은 오늘은 일단 주민들을 자극하지 않는 게 좋겠다고 말했다. 나는 경감에게 그래도 나의 임무를 포기할 수는 없으니 관찰과 기록 중에 기록만이라도 부탁한다고 말했다. 경감은 나의 부탁을 들어주었고 나는 경감에게 녹음기 사용법과 주의사항을 알려주고 숙소로 돌아왔다. 경감은 해질녘이 다 되어서야 회의가 끝났다며 녹음기를 돌려주었다. 저장된 파일 안에서 주민들은 처음에는 나를 무능한 허수아비로 낙인찍었고, 그러다 통지문의 무례와 무성의를 길게 헐뜯더니, 나중에는 우리 조직의 처사가 반생명적이라고 성토했다. 그들의 분노가 가리키는 표적은 명확했지만 그것을 통제하는 법을 몰랐기에 동력을 잃고 도중에서 추락하거나 방향 없이 헤매다가 엉뚱한 곳에 꽂히고 말았다. 경감의 전언에 의하면 다행히 그런 와중에도 통지문을 찢거나 구겨서 버리는 사람은 없었다고 한다.

주민들의 회의는 다음 날 정오에 다시 열렸다. 나는 일부러 삼십분쯤 늦게 실내체육관에 도착했다. 모자를 눌러쓰고 텅 빈 가방은 손아귀에 단단히 움켜쥐었다. 그래서인지 일부 주민들만이 차가운 시선을 보냈을 뿐 대부분은 나를 멀리했다. 실내에는 전날보다 훨씬 많은 사람들이 모여 있었다. 아마 거의 모든 세대주와 자녀들까지 함께 참석한 것 같았다. 나는 체육관에 들어서자마자 주머니에 들어 있는 녹음기의 전원을 켰다.

규모는 커졌지만 분위기는 크게 달라진 게 없었다. 주민들은 손때가 타서 너덜너덜해진 통지문에 코를 박고는 문장과 문장 사이를 미로처럼 헤매고 있었다. 그러다 고개를 들어 주위를 둘러보며 분통을 터트리거나 한숨을 내쉬었다. 그렇게 한시간쯤 지나자 소음과 소란이 서서히 잦아들면서 문득 묵직한 침묵이 체육관을 가득 채웠다. 한시 바삐 걸음을 옮겨야 하는데 어디로 가야 할지 몰라서 돌연 멈춰버린 정지의 상태. 바위처럼 꼼짝 않고 버티던 침묵에 균열을 일으킨 것은 어느 여자의 앙칼진 음성이었다.

"언제까지 이러고 있어야 되죠? 어제도 그랬고, 오늘도 이렇게 불평불만만 쏟아내면서 시간만 낭비할 건가요? 뭔가 해야 되잖아요."

여자의 말에 찬성하는 의견이 이어지고, 눈앞에 닥친 현실을 인정하고 빨리 실질적인 대책을 마련하자는 발언도 나오지만 논의는 거기서 뚝 멈추고 다시 소강상태가 되었다. 어느 노부인이 오랜만에 입을 연 듯 헛기침으로 목을 가다듬은 뒤 말을 꺼냈다.

"저는 통지문이 이해가 안 갑니다. 무슨 뜻인지 아무리 읽어도 모르겠어요. 누가 저한테 설명 좀 해주시겠어요? 뭘 알아야 대책을 마련하든지 하죠."

그러자 젊은 남자가 자신을 모바일 게임 업체에서 일하는 프로그래머라고 소개하고는 노부인의 말대로 일의 순서상 통지문의 내용을 올바로 이해하는 게 먼저인 것 같다며 자신이 알아낸 걸 공유해도 되겠느냐고 물었다. 그가 원한 건 대답이었지만 돌아온 건 질문이었다.

"애들은 뭡니까? 십대 애들만 미친개를 알아볼 수 있다는 게 무슨 뜻이죠?"

프로그래머는 나를 힐긋 보더니 대답했다.

"그건 모릅니다. 여기에 그렇다고 적혀 있으니 그렇게 알고 따르는 수밖에요."

기다렸다는 듯 여기저기서 질문들이 나오기 시작했다.

"그럼, 여기 적힌 대로 아이들에게 모든 걸 맡겨야 하나요? 우리 애는 아무리 봐도 그 정도 지능은 아닌 거 같은데요."

"애들이 뭘 압니까? 우리도 모르는 걸 애들이 안다는 게 말이 돼요?"

다시 소란이 퍼졌다. 하지만 프로그래머는 냉철하게 대처했다.

"알겠습니다. 그럼 이렇게 하죠. 지금 여기 있는 십대분들에게 묻겠습니다."

그는 말을 멈추고 시선을 움직여서 아이들의 주의를 모은 뒤, 다시 말을 이어갔다.

"핵심은 이겁니다. 다른 집의 개가 미친개인지 아닌지 식별해서 그걸 토대로 우리 개가 미친개인지를 판단해야 한다. 이게 가능하다고 생각하는 십대는 손을 들어볼까요?"

상당수의 아이들이 손을 들었다. 프로그래머는 그중 가장 어려보이는 소년을 지목해서 개를 등장시키지 않고 설명할 수 있느냐고 물었다. 소년은 고개를 끄덕였다. 그는 인도인 아버지와 한국인 어머니 사이에서 태어난 그 소년이었다.

"네개의 모자가 있습니다. 빨간 모자와 파란 모자가 섞여 있는데 몇개씩인지는 아무도 몰라요. 나를 포함해서 이렇게 네 사람에게 모자를 하나씩 씌우면, 그럼, 다른 사람의 모자는 보이지만 내 머리 위에 있는 모자는 볼 수 없습니다. 어쩔 수 없이 다른 사람의 모자를 잘 보고 내 모자가 무슨 색인지 알아내야 합니다. 만약에 나를 빼고 여기 세 사람이 모두 파란색이면 내 모자는, 당연히 빨간색. 금방 알 수 있죠. 이번에는, 세명의 모자가 둘은 파란색인데 하나는 빨간색이라면, 그러면 내 모자는 파란색일 수도 있고 빨간색일 수도 있죠. 그래서 나는 빨간 모자를 쓴 사람을 유심히 봐요. 그의 입장에서 보면 파란 모자가 두개 그리고 내 모자인데, 내가 파란 모자라면 파란 모자가 세개인 거니까 그는 자기 모자의 색이 빨간색인 걸 바로 알 수 있죠. 하지만, 내가 빨간 모자라면 그 사람도 나처럼 당황할 겁니다. 그러니까 저는 그 사람의 반응을 잘 보고, 그의 표정이 밝으면 나는 파란 모자, 그의 표정이 어두우면 나는 빨간 모자. 빨간 모자가 미친개."

인도인과 그의 아내는 박수를 쳤다. 프로그래머는 소년의 설명이 아주 쉽고 명쾌했다고 칭찬했다. 하지만 모두에게 그런 건 아니었던 모양이다. 어른들은 자신의 아이가 소년의 설명을 이해했는지 확인하느라고 바빴다. 하지만 정작 아이들에 비해 어른들의 학습효과는 제로에 가까웠다. 그들의 머릿속에는 오직 불만과 의심만 가득했다.

어떤 남자: 그게 뭡니까? 과학적인 방법을 놔두고 우리가 왜 추리를 해야 하죠?

프로그래머: 과학으로는 불가능하기 때문에 이런 방법을 택한 거 아닐까요?

다른 남자: 누가 그런 방법을 택했죠? 우리는 선택한 적이 없는데요.

프로그래머: (통지문을 들어 보이며) 선택은 저들의 몫이고 우리는 따라야만 합니다.

어떤 여자: 전 확신해요. 우리 애는 미치지 않았어요. 여기 진단서도 있다구요.

프로그래머: 지금 상황에서 그건 아무 의미 없습니다.

다른 여자: 왜요? 수의사가 정밀 검사한 게 가장 정확하지 않나요?

프로그래머: (한숨을 내쉬고 다시 통지문을 들어 보이

며) 여기 적힌 내용에 따르면, 논리적으로 그럴 수밖에 없습니다.

주민들은 통지문을 무시하고 거기서 벗어나려 했지만 뜻대로 되지 않았다. 시간이 가고 논의가 이어질수록 A4 크기의 용지 위에 고딕체로 작성된 문장들이 단순한 메시지가 아님을 확인하게 될 뿐이었다. 내가 집집마다 방문해서 직접 그것을 전달해야만 했던 이유를 그들은 알았을까?

"우리는 무조건 이걸 믿고 따라야 합니다."

굵고 낮은 목소리를 지닌 중년 여자가 나섰다. 그녀는 자신을 변호사라고 소개했다.

"이 문서는 저들이 우리를 골탕 먹이려고 만든 함정일 수도 있지만 사실은 저들과 우리 사이의 계약서나 마찬가지입니다. 일단은 지키는 게 좋아요. 만약 통지문에서 지시한 대로 따랐음에도 문제가 발생해서 우리에게 손해를 끼친다면 저들에게 책임을 묻고 손해배상을 요구할 수 있는 강력한 증거물이 될 테니까요. 나중에는 이것이 우리를 지켜주는 보험증서가 될 수도 있습니다."

그녀의 발언이 끝난 뒤에는 길고 무거운 침묵이 이어졌다. 체육관에 모인 주민들은 모두 평균 이상의 지능을 소유한 사람들이었다. 하지만 그들 대부분은 불안과 편견에 발목이 잡혀서 좀처럼 이성적이고 합리적인 판단에 이르지 못했다. 다시 비슷한 질문이 반복되었고 프로그래머와 변호사는 그들을 이해시키느라 같은 대답을 수없이 되풀이해야 했다. 급기야 서로에게 짜증을 내고 무시하다 비난하며 갈등을 일으키더니 그런 답답한 상황을 견디지 못하고 자리를 떠버리는 주민들도 생겨났다. 그날의 회의는 그렇게 뚜렷한 성과 없이 끝나고 말았다.

다음 날 정오에 시작된 세번째 모임에서는 프로그래머와 변호사가 회의를 주도했고, 일부 주민들이 거기에 의견을 보태며 따라갔다. 나머지는 가만히 지켜보기만 했다. 근본적인 의문이나 대안 없는 반대의사를 제기하면 즉시 야유를 받으며 묵살당했다. 두번의 모임에서 주민들이 깨달은 게 있다면 한시라도 빨리 이 상황에서 벗어나려면 입을 굳게 다물고 협조하는 수밖에 없다는 사실이었다. 긴 회의 끝에 결정된 '세부 행동 규칙'은 아래와 같다.
하나, 각 세대별로 10세 이상 20세 미만 중 1인을 대표로 정한다.
둘, 대표는 일출 이후부터 일몰 직전까지 모든 집을 방문하여 개의 상태를 식별한다.

셋, 일출 이후부터 일몰까지 각 가정의 개는 마당에 있어야 한다.

넷, 일몰 이후부터 자정 사이 본인 가정에서 기르는 개의 상태를 판단하여 제거한다.

다섯, 제거에는 관할 지구대에서 인증한 총기만 사용한다. 단, 총기를 지정된 용도 이외의 목적으로 사용할 경우 그에 상응하는 형사처벌을 받게 되므로 주의할 것.

여섯, 위의 행동규칙들은 내일부터 시행되며, 미친개가 제거되었음이 입증될 때까지 지속된다.

모든 개들을 체육관에 한데 모아놓고 십대들에게 살피도록 하자는 제안도 있었지만 작업이 완전히 끝나기까지 하루 이틀이 아니라 일주일이나 열흘 심지어 그 이상의 시간이 걸릴 경우 그 방법이 훨씬 번거롭고 힘들 거라는 반론이 많았다. 네번째 항목에서는 어떤 주민이 일찍 잠자리에 드는 사람들의 편의를 고려해서 되도록 이른 시간에 제거를 끝냈으면 좋겠다는 발언을 했는데, 대다수 주민들이 당신 개가 미친개로 드러나면 꼭 그렇게 하라고 비난을 퍼부어서 한동안 말싸움이 벌어지기도 했다. '제거'라는 단어에 거부감을 표하는 주민들도 있었지만 그건 이미 통지문에서 사용된 표현이므로 그대로 쓸 수밖에 없었다. 정작 주민들을 괴롭힌 문제는 따로 있었는데 바로 미친개를 처리하는 방법이었다. 미친개를 찾아낸 후에 제거하는 방법을 결정하는 과정에서 우선적으로 고려된 것은 개에게 최소한의 고통을 줘야 한다거나 실행 과정과 사후 처리에서 주민들에게 어떠한 후유증도 남겨서는 안된다는, 생명 윤리와 인권의 문제 같은 것들이 아니었다. 그런 부분에 대한 지적이 전혀 없지는 않았지만 차후에 제기된 '현실적인 절차상의 문제들' 때문에 크게 주목받지 못했다. 가장 먼저 제안된 방법이 동물병원에서 안락사에 흔히 사용되는 약물을 이용하자는 것이었다. 하지만 통지문의 네번째 항목, '미친개의 제거는 오직 미친개의 주인만 할 수 있음' 때문에 제외되었다. 그외에도 여러 방법들이 거론되었지만 제거에 필요한 인력, 장비, 비용, 시간 등을 고려했을 때 총보다 나은 것을 찾지 못했다. 사냥이 취미라고 밝힌 주민은 잔뜩 상기된 표정으로 총의 장점을 이렇게 설명했다.

"어떤 방법보다 빠르고 정확하고 간단합니다. 거기다 총성이 크게 울릴 테니 매우 극적이죠. 다른 방법들은 익숙해지는 데 시간이 걸리지만 이건 초보자라도 쉽게 사용 가능합니다. 뒤처리도 간단하고요."

그의 말에는 일리가 있었다. 미친개의 식별 여부를 모든 주민에게 별도의 인력과 장비의 도움 없이 일시에 알릴 수 있다는 점에서 효율적이었고, 미친개의 제거를 주인이 직접 책임지는 것이니 차후에 법적인 분쟁이 일어날 여지도 없을 것이라는 점에서 덜 불안했다. 그리고 무엇보다 주민들 상당수는 이미 잔뜩 지쳐 있었다. 그들은 쉽게 동의를 하지도 않았지만 그렇다고 흐름을 바꿀 만큼 뚜렷하게 반대의사를 드러내지도 않았다. 더구나 그들 대부분은 자신의 개는 절대 미친개가 아니라고, 그러니 어떤 방법이든 나와는 상관없는 일이라고 굳게 믿고 있었다. 분위기를 감지한 경감은 재빠르게 움직였다. 그는 필요한 총기는 얼마든지 확보 가능하다고 말했다. 지구대에서 보관 중인 사냥용 엽총이 있었고, 나머지는 총기의 판매와 대여를 하는 업체에서 협조를 받으면 되고, 비록 소수이긴 하지만 이미 허가받은 엽총을 소지하고 있는 세대도 있었다. 경감은 개인지 늑대인지 분간할 수 없는 모형과 권총을 들고 나와서 시범도 보였다.

"명심하세요. 이건 여러분의 귀여운 반려동물이 아닙니다. 우리 단지의 평화를 위협하는 미친개입니다. 그래도 이놈이 불쌍하다는 생각이 들면, 이렇게 이마를 겨누고, 정확하게 쏘세요. 그러면 고통을 느끼기도 전에 숨이 먼저 끊어질 겁니다. 망설이지 마세요. 방아쇠를 힘껏 당겨서 단숨에 끝내야 합니다. 잊지 마세요. 여러분들이 쏴야 하는 건 미친개입니다."

어떤 여자가 손을 들더니 물었다.

"꼭 그걸 사용해야 하나요? 저는 총을 만져본 적도 없는데요."

그녀의 딸로 보이는 여자 아이가 옆에서 그녀의 손을 꼭 잡고 있었는데 아이의 두 눈에는 이미 눈물이 가득했다. 옆에 있던 노인이 아이에게 다가가서 머리를 쓰다듬으며 말했다.

"걱정 마라, 얘야. 저건 미친개한테만 쓰는 거지 아무 개나 다 쏘라는 게 아니야. 너희 개는 괜찮을 테니 안심해라."

아이의 엄마는 당황한 듯 아이의 등을 쓸어주며 진정시키려 했지만 아이는 그 자리에 주저앉아서 울음을 터트렸다. 사람들은 경감에게 어린 애들도 있는데 뭐하는 짓이냐고 소리를 질렀다. 경감은 당황한 듯 권총을 집어넣더니 회의가 끝난 뒤에 총기 실습 교육을 할 테니 원하는 분들은 지구대로 오라는 말만 남기고 서둘러 물러났다. 그의 퇴장이 어떤 신호인 것처럼 사람들은 이제 그만하면

됐다며 하나둘씩 자리를 떴다.

모든 준비는 순조롭게 진행됐다. 경찰은 각 세대별로 총기 한자루와 총알 두발을 나눠주었다. 불미스러운 총기 사고가 발생할 가능성은 경찰들 사이에서만 조용히 언급되었고 엽총을 받아든 주민들은 총을 사용할 일은 없을 것이라는 믿음에 기대어 모든 걸 담담하게 받아들였다. 하지만 그들은 알고 있었다. 누군가의 총에서는 반드시 총알이 발사되어야 하고 어느 집의 개는 아무 영문도 모른 채 그 총알을 감당해야만 한다는 것을. 그렇지 않으면 햇빛로 32단지에 들이닥친 재앙은 끝나지 않을 테니까. 다만 그들은 그런 불행이 자신에게만은 절대 일어나지 않을 것이라고 믿고 있었다.

묘한 긴장감과 함께 첫날이 시작되었다. 나는 단지 내의 이곳저곳을 느긋하게 걸으며 주민들의 동태를 살폈다. 그들은 전날과 다름없이 기상을 하고 아침을 먹고 출근을 하고 학교에 갔다. 십대 소년과 소녀 들은 낮은 담장 너머로 마당에 있는 개들을 관찰했으며, 개들은 꼬리를 흔들며 그들을 반겼다. 개의 주인들 중 몇명이 아이들에게 자신의 개에 대해 물었고, 아이들은 모른다고 대답했다. 그

때마다 어른들은 짜증을 냈지만 아이들의 답변이 무지의 표현이 아님을 그들은 알지 못했다. 해가 지면 개들은 마당에서 자취를 감추었고 가족들은 집 안에 모여서 아이의 판단을 기다렸다. 거리에서 느껴지는 햇빛로 32단지의 저녁은 고요했지만 자정에 가까워질수록 긴장감은 고조되었다. 만약 햇빛로 32단지에 미친개가 단 한마리뿐이라면, 그 미친개를 기르는 세대의 자녀는 다른 집의 개들이 모두 미친개가 아님을 확인했을 것이다. 통지문에 따르면 반드시 미친개가 존재해야 하므로, 그의 개는 미친개일 수밖에 없다. 아이는 이런 추론을 부모에게 설명하고 부모 중 한 사람은 자정이 되기 전에 총을 사용해야 한다. 그럼 나머지 주민들은 단 한발의 총성을 듣게 될 것이다. 하지만 첫날 자정이 지나도록 총성은 울리지 않았다. 그것은 미친개가 한마리가 아니라는, 즉 두마리 이상이라는 뜻이었다.

둘째날. 어떤 아이는 학교를 가고 어떤 아이는 학교를 가지 않았다. 부모는 자녀의 심정을 이해하고 결석을 허락했다. 지난밤의 긴장과 불안은 체육관에서 회의를 할 때 예상했던 것보다 훨씬 컸다고 주민들은 서로에게 털어놓았다. 그들은 이삼일 내로 끝을 보기를 바랐다. 미친개가 만약 한마리였다면 하루 만에 끝났을 것이다. 이런 아이가 있을지도 모른다. 아이가 보기에 자기 집을 제외하고 다른 집에 미친개는 한마리였다. 그런데 첫날 총성이 울리지 않았다. 둘째날, 학교도 가지 않고 종일 다른 집의 개를 살펴봐도 마찬가지. 그는 집에서 곰곰 생각한다. 첫날 총성이 울리지 않았으니 미친개는 두마리 이상이다. 그런데, 다른 집들 중에는 미친개가 한마리. 그렇다면, 미친개가 한마리 더 있어야 하니 아이의 개는 미친개가 될 수밖에 없다. 그의 결론은 완벽한 논리를 근거로 한 합리적 판단이며, 두번째 날 자정 전에 두발의 총성이 울리면서 상황은 끝났을 것이다. 그러나 실제로 둘째날은 지독할 정도로 조용했다. 주민들은 자정이 지나도 잠들지 못했다. 미친개가 세마리 이상이라니. 그들은 다음 날에도 똑같은 과정을 반복할 것을 예상하며 뜬 눈으로 밤을 지새웠다.

셋째날. 첫날이나 둘째날과는 전혀 다른 하루가 시작되었다. 아이들은 아무도 학교에 가지 않았고 어른들도 출근을 하지 않았다. 어른들은 아이들에게 두 눈을 똑바로 뜨고 제대로 보라고 다그쳤다. 길 가던 노인이 곁눈으로 마당을 슬쩍 보고 지나는 아이를 붙들어서 장난하지 말고 성의 있게 하라고 야단을 치는 바람에 아이가 울음을 터트렸고, 급기야 아이의 아빠와 노인이 멱살을 잡고 몸싸움을 했다. 아이의 눈에 미친개는 몇마리였을까? 만약 두마리였다면, 그럼에도 두번째 날에 총성은 울리지 않았으니 그건 미친개가 세마리라는 뜻이고, 결국 아이의 개가 미친개라는 결론에 도달할 수밖에 없다. 하지만 어른들의 조바심에도 불구하고 세번째 밤에도 총알은 발사되지 않았다. 그건 미친개가 네마리 이상이라는 뜻이었다.

미친개를 찾는 작업이 시작되고 일주일이 지났다. 그동안 십대 소년 소녀 들은 매일 똑같은 과정을 성실하게 이행했지만 아무 일도 일어나지 않았다. 총을 사용하지 않고 자정을 맞는 것이 어떤 의미인지 대부분의 주민들은 알고 있었다. 물론 굳은 표정으로 나를 노려보며 이렇게 말하는 사람이 있기는 했다.

"당신이 우리 동네에 미친개가 있다고 그랬죠? 봐요. 아무 일 없잖아요. 괜히 헛소문 퍼트려서 불안감 조성하지 말고 당장 여길 떠나세요."

하마터면 그 주민에게 화를 낼 뻔했다. 당신의 어리석음이 더 큰 불안감의 근원이라고 받아칠 뻔했다. 하지만 아무 일 없이 하루가 지날 때마다 미친개가 한마리씩 늘어나는 셈이라는 걸 그에게 납득시킬 자신이 없었기 때문에 나는 참았다. 제발 그가 다른 사람의 화는 돋우지 않길 진심으로 기도할 뿐이었다.

부장에게 전화가 왔다. 그는 정확한 상황을 알고 싶어했다. 그는 나의 보고를 별말 없이 듣기만 했다. 그는 상황에 큰 변화가 없으면 매주 전화로 보고하라고 지시했다. 상황에 변화가 없는데 뭘 보고하느냐고 반문했더니 그런 사실을 보고하면 된다고 말했다.

또 일곱번의 자정이 지났다. 해 질 녘이 되면 아이들은 길게 늘어진 저마다의 그림자를 끌고 집으로 돌아갔다. 아이들은 때로는 학교에 가고 때로는 결석을 했다. 아무 일 없이 평범한 하루가 지나갈 때마다 아이들의 근심은 불어났고 그만큼 늙어갔다. 개들은 일몰부터 자정까지 내내 짖어댔다. 어느 한마리가 짖기 시작하면 다른 집 개들도 뒤를 따랐고 마침내 모든 개들이 한마리의 괴물처럼 동시에 울부짖었다. 사람들은 개들을 말리지 않았다.

그것이 개들에 대한 최소한의 예의라고 생각했고, 어차피 자정이 되기 전에 그칠 수밖에 없을 것이라 생각했기 때문이었다. 그러나 개들의 울음소리는 자정이 지나도록 그치지 않았다.

나는 개들이 우는 소리를 녹음해서 부장에게 들려주었다. 그는 개들이 점점 미쳐가는 것 같다고 말했다. 14일이 지났으니 미친개는 최소한 열다섯마리 이상이라고 나는 보고했다.

21일이 경과했다. 적어도 스물두마리가 미친개일 것이라는 추론은 주민들 모두를 악몽 속으로 몰아넣었다. 이틀 전, 자정을 삼십여분 앞둔 시각에 한발의 총성이 울렸다. 드디어 끝이구나, 하는 기쁨은 잠시였고 자정까지 발사된 것이 그것뿐이어서 사고였음을 직감했는데, 아니나다를까 스트레스를 견디다 못한 세대주가 마당에서 하늘을 향해 방아쇠를 당겨버린 것이었다. 재산이나 인명에 피해가 생긴 건 아니어서 평소 같으면 구두경고로 끝날 사안이었지만 경감은 본보기를 보여주는 차원에서 조서를 꾸며 경찰서로 넘겼다. 아마 벌금형이 떨어질 거라고 그는 말했다. 그 세대주의 총기 사용은 금지되었고 그의 아내가 대신 총을 넘겨받았다. 부장에게 그런 사실을 보고했더니 부장은 부인이 있어서 다행이군,이라고 말했다. 나도 동감이라고 대꾸했다. 하지만 그것이 실수였다는 사실이 확인된 순간, 많은 주민들이 그랬듯이 나 또한 분노가 치밀었다는 사실은 말하지 않았다.

또 일주일이 지났다. 언젠가부터 개들은 잘 짖지도 않고 울지도 않았다. 아마도 총소리를 들은 이후부터일 것이다. 개들은 집 밖에서 인간들과 어울려 산책을 하지도 못했고 거실 소파나 주인의 침대 위에서 뒹굴지도 못했다. 그들은 24시간 내내 마당에서만 지냈다. 마당에서 먹고 마당에서 자고, 아마도 마당에서 최후를 맞게 될 것이다. 인간과 일족인 것처럼 섞여 살다가 돌연 짐승의 처지가 되자, 그들은 감정을 드러내지 않게 되었다. 하소연도 하지 않았다. 그런 행동이 아무 소용없다는 것을 천둥처럼 터져 나온 총성과 함께 깨달은 것일까? 나는 부장에게 전화를 걸어서 아무 일도 없었으며 미친개는 스물아홉마리 이상이 되었다고 보고했다. 그리고 개들이 짖지도 않고 살만 쪄서 걱정이라는 말도 덧붙였다. 부장은, 그런 건

보고할 필요 없다고 말했다.

　일주일 후, 단지 내에서 동물병원을 운영 중인 수의사가 나를 찾아와서 이사를 가고 싶은데 그래도 괜찮겠냐고 묻기에 이유가 뭐냐고 했더니 손님이 뚝 끊겼다고, 햇빛로 32단지는 물론이고 이웃 단지에서도 아무도 오지 않는다고 말했다. 어찌 보면 당연한 일이었고 그의 입장에도 동정이 갔지만 나는 단호하게 안 된다고 말했다. 일단 통지문을 수령했으니 거기 적힌 규칙들을 따라야만 하고, 그리고 무엇보다 만약 이사와 함께 그의 개가 여기서 사라지면 그동안 진행되었던 아이들의 추리와 계산은 무용지물이 되어버리고, 수의사의 아이가 갖고 있던 관찰의 결과도 사라지는 셈이니 어쩔 수 없이 모든 걸 처음부터 다시 시작해야만 한다. 말 그대로 리셋. 과연 주민들이 그걸 순순히 받아들일까? 수의사는 나의 설명을 끝까지 듣고서 힘없이 중얼거렸다.

　"역시 예상대로군요. 결국 우리는 여기에 갇힌 셈이에요."

　미친개를 식별하는 작업이 시작되고 서른다섯번의 자정이 지나갔다. 미친개는 서른여섯마리 이상. 마침내 절반을 넘겼다. 나는 부장에게 전화를 걸지 않았다.

서른일곱번째 자정을 5분쯤 앞두고 갑자기 총성이 울렸다. 단 한발뿐이어서 또 누군가가 밤하늘을 향해 헛되이 총알 한발을 날려 보낸 게 틀림없다고 생각했다. 경감과 함께 총이 발사된 집으로 달려가보니 마당 한복판에 총을 든 여자가 서 있었고 그녀는 우리를 보자 흥분이 채 가시지 않은 음성으로 빠르게 내뱉었다.

"여기, 미친개요. 내가 미친개를 제거했어요."

여자가 손가락으로 가리키는 곳에 한마리의 개가 쓰러져 있었다. 개의 몸이 얼룩무늬로 덮여 있었는데 개가 원래 갖고 있던 것인지 피의 흔적인지는 어둠에 가려서 분간할 수 없었다. 개는 꼼짝도 하지 않았다. 경감이 여자가 들고 있는 엽총의 총신을 움켜쥐고 하늘을 향하도록 비틀자 여자는 총에서 두 손을 떼더니 한발 물러섰다. 열걸음 정도 떨어진 곳에서 그녀의 딸이 이쪽을 바라보고 있었다. 여자가 들뜬 목소리로 말했다.

"이게 나를 물었어요. 이 미친 개새끼가 내 발을 물어서, 여기, 여기 좀 보세요."

여자는 신고 있던 슬리퍼에서 맨발을 빼내더니 앞으로

내밀었다. 나는 딸에게 다가가서 저 개가 너희 개가 맞느냐고 물었다. 딸은 고개를 끄덕였다. 어리석은 질문이지만 오로지 본능에 떠밀려서 저 개가 미친개가 맞느냐고 물었다. 예상대로 딸은 고개를 가로저었다.

"아뇨. 몰라요. 아직 어느 쪽인지 확실하지 않아요."

여자는 펄쩍 뛰며 딸을 향해 소리를 질렀다.

"미쳤다니까. 나를 물었다고. 한번도 아니고 두번이나. 지금까지 재가 누구 문 적 있었니? 단 한번도 없었잖아. 근데 이상해졌어. 갑자기 미쳐가지고 나를 문 거야."

딸은 차가운 말투로 여자에게 쏘아붙였다.

"이제 상관없잖아. 어차피 죽었는데, 뭐."

딸은 차갑게 돌아서더니 집 안으로 들어가버렸다. 경감은 여자를 지구대로 데려가서 조서를 작성했다. 동물보호법 위반으로 처리될 거라고, 개였으니 망정이지 딸이었으면 어쩔 뻔했냐고 그는 말했다. 나는 부장에게 사건을 보고했다. 그는 모든 작업을 중단하고 당장 철수할 것을 지시했다. 예상대로였다. 여자의 집을 제외한 나머지 66세대의 십대들 머릿속에서 축조되고 있던 논리의 성이 도미노처럼 순식간에 붕괴되고 말았으니, 어쩔 수 없다.

경찰은 날이 밝자마자 모든 가정에서 총기와 총알을 수

거했고 나는 첫번째 기차를 타고 햇빛로 32단지를 떠났다.

나는 오랜만에 돌아온 사무실의 내 책상에서 보고서를 작성하는 중이다. 지금은 자정에 가까운 시각이다. 나는 돌아오자마자 국장이 주재하는 대책회의에 부장과 함께 참석했다. 회의는 점심시간을 지나 퇴근시간 무렵까지 계속됐고, 논의된 안건은 세가지였다.

첫째, 예측 가능한 돌발변수와 그 대책은 무엇인가?

둘째, 미친개를 식별하는 과정에서 적용된 추론 과정은 과연 타당한가?

셋째, 우리 조직의 개입 범위는 어디까지인가?

부장은 내게 내일부터 열흘간의 휴가를 주었다. 그 열흘 동안 회의 내용과 이 보고서를 바탕으로 통지문이 수정, 보완될 것이라고 그는 말했다. 비록 '미친개를 제거'하려던 원래의 목표는 달성하지 못했지만, 이번 실패를 계기로 우리 조직의 업무 추진 방법이 좀더 정교해질 것이라고 나는 확신한다. 나는 휴가를 마치고 돌아오면 다시 햇빛로 32단지로 투입될 예정이다. 그때 내 가방 안에는 더욱 빈틈없는 논리와 엄정한 규칙으로 새롭게 작성된 66통의 통지문이 들어 있으리라 믿는다.

dmswl

현우는 한 손에 휴대폰을 들고 샌드위치를 씹으며 dmswl
에 들어간다. 점심시간에 그곳을 방문하는 건 현우의 하
루 중 가장 중요한 일과다. 그는 오전에 업데이트된 게시
물을 연다. 검은 바탕 위에 선명하게 드러난 하얀 빛의 형
상이 화면을 절반쯤 채운다. 그것은 자궁에서 자라는 중
인 태아를 초음파로 촬영한 사진임을 한눈에 알 수 있다.
함께 게시된 문장은 사진 속 태아의 운명을 예언한다.

'어느덧 37주, 미안, 너무 오래 기다렸지, 조금만 참아
줘, 곧 만날 거야, 우리.'

아직 댓글은 없다. 현우는 어제의 게시물을 터치한다.
여고생이다. 가슴 부위에 학교 마크가 선명하게 새겨진
교복을 단정하게 입은 여고생. 하지만 현우는 세련된 교
복보다, 길고 마른 다리와 금방이라도 부러질 듯 연약해

보이는 팔보다 다른 것을 먼저 보게 된다. 교복 상의 안에서 완만한 곡선을 이루며 솟아오른 아랫배. 배를 감싼 블라우스의 끝을 치마 안으로 넣어서 매우 불편해 보이지만 그렇게 해서라도 실체를 드러내려는 도발적인 신체에서 현우는 눈을 떼지 못한다. 아무런 설명이 없어도 게시물이 방문객의 시선에 전하려는 메시지는 명확하다. 다른 게시물들 역시 다를 바 없다. 교복 상의가 반팔 셔츠인 사진에서는 얇은 천으로 가려진 둥근 배의 윤곽이 흐릿한 음영으로 비쳐 보인다. 침대 위에서 잠옷을 입고 앉아 있거나 체육복 바지에 헐렁한 티셔츠 하나만 걸친 채 소파 위에 누워 있기도 하지만 몸의 윤곽이 고스란히 드러나기 때문인지 대부분의 사진에서 인물의 복장은 교복이다. 휴대폰으로 얼굴을 가리고 산모수첩과 태아 다이어리와 세 장의 초음파 사진으로 리얼리티를 보완하는 기지를 발휘해서 아무런 개념 없이 몸매만 찍어 올리는 건 절대 아님을 과시하고 있지만, dmswl의 주인이 은지라는 사실을 모르는 누군가 인스타그램의 수많은 계정을 헤매다 우연히 이곳에 들른다면 여고생의 선정적인 사진을 모아놓은 수상쩍은 계정이라고 신고를 할지도 모른다. 어쩌면 악의를 품고 캡처를 해서 임신한 여고생 어쩌고 하는 제목을 붙여 음란 사이트에 올릴 수도 있다. 현우 역시 그런 위험성을 모르지 않았다. 하지만 그렇다 한들 그가 할 수 있는 일이 딱히 없었으므로 그는 금세 잊었다. 인스타그램의 게시물을 따라 시간은 거꾸로 흐른다. dmswl의 이미지와 이미지 사이에는 시간의 흐름에 따른 우연적인 연관성과 규칙적인 변화가 존재하지만 그런 디테일까지 신경 쓰는 댓글은 없다. 네달 가까이 하루나 이틀 간격으로 거침없이 이어진 업데이트의 시작은 빨간색 두줄이 표시된 임신 테스트기와 하나의 문장이었다.

'돌이킬 수 없는 건 돌이킬 필요가 없어야 한다고, 누가 그랬지?'

이 문장을 볼 때마다 현우는 뭐라고 응답을 해줘야만 할 것 같은 의무감에 시달린다. 임신 테스트기와 그전의 게시물 사이에는 두달의 공백이 존재한다. 대부분 그런 시간의 차이를 알아차리기는 퍽이나 힘들지만 현우에게 그 경계는 높고 가파른 산맥처럼 뚜렷하다. 두달이라는 시간을 거슬러 마침내 도착한 곳에 남겨진 이미지들은 찰나의 순간에만 존재했던 환영들일 뿐, 지금 그곳에서 은지의 존재는 희미하고 낯설기만 하다. 서로 다른 색으로 장식된 열개의 손톱, 흙투성이의 캔버스화, 새빨간 립스틱, 줄이 뒤엉킨 하얀 이어폰, 설탕가루가 뿌려진 초콜릿 도넛, 한입 베어 문 민트색 마카롱, 펼쳐진 노트와 수학 문제집과 테디베어 인형과 치즈 떡볶이와 아이스 캐러멜 마키아토와 물에 젖은 맨발과 생크림 케이크 위에서 빛나는 촛불들. dmswl을 처음 방문한 그날부터 줄곧 현우는 은지의 게시물뿐만 아니라 은지가 팔로우한 계정들과 은지의 팔로워의 팔로워의 팔로워까지 찾아가서 계정의 주인이 어떤 사람인지 은지와 무슨 관계인지 혹시 은지가 작성한 댓글은 없는지 살피다가 겨우 빠져나오고는 했다. 돌아다니면 다닐수록 아무런 소득도 없이 현우의 내부에는 자기혐오와 허망함만 점점 쌓여갔고 그런 방황이 부질없는 집착이며 뒤늦은 후회라는 걸 알면서도 현우는 그만두지 못했다. 오늘도 마찬가지다. 새로운 팔로워도 없고 추가된 댓글도 없지만 현우는 점심시간 내내 계정과 계정 사이를 넘나들며 의미 없는 시간만 보내다 결국 오늘의 게시물로 다시 돌아오고 만다. 현우는 초음파가 포착한 태아를 물끄러미 바라보다 다시 문장을 읽는다. 여전히 댓글은 없다. 그는 망설인다. 댓글을 달고 싶은데 뭐라고 써야 할지, 하고 싶은 수많은 말 중에 어느 것이 적당한지. 그는 한참을 망설이다 결국 하트만 누르고 dmswl에서 나온다.

언젠가부터 dmswl에 팔로워가 늘어나면서 악플도 많아졌다. 윤희는 모든 댓글을 꼼꼼하게 읽었으며 악플에 예민하게 반응했다. 적당히 무시하고 넘어가는 게 상책이라고 현우가 말릴 때마다 윤희는 오히려 그의 무심함을 비난했다. 오늘도 윤희는 종일 병원에서 낯선 이들의 치아와 씨름하다 돌아온 현우가 듣든 말든 악플 한개를 소리 내어 읽더니 마치 그 악플의 주인이 현우인 것처럼 화를 낸다.

"관종? 은지가 관종이야? 당신, 관종이 무슨 뜻인지 알아?"

옷을 갈아입느라 악플과 윤희의 하소연을 대강 흘려듣던 현우는 휴대폰으로 검색한 결과를 큰 소리로 읽는다.

"관종. 관심종자의 줄임말. 관심을 얻기 위해 무슨 짓이든 가리지 않고 하는 사람을 일컫는 신조어."

윤희는 화가 나면 늘 그랬듯 빠른 말투로 쏘아붙인다.

"그래 관심, 그 빌어먹을 관심 때문에 은지가 임신을 했다는 거야? 응? 말 좀 해봐."

윤희는 은지를 닮았다. 아니, 은지는 윤희를 닮았다. 마른 체형과 가는 손목과 화가 났을 때 얼굴에 그려지는 표정과 입모양까지. 윤희가 머리를 뒤로 모아서 고정시킨 것도 은지의 머리핀이다.

"아니야. 임신 때문이 아니라, 그걸 인스타에 올리는 행위가 거슬린다는 거야."

은지가 인스타그램에 dmswl을 만들고 처음으로 올린 게시물에 가장 먼저 댓글을 단 사람은 윤희였다. 두 사람은 서로의 팔로워가 되어 매일 모든 게시물에 댓글을 달아주고 하트를 눌렀다.

"그게 어때서. 온갖 쓰레기 같은 것들도 다 처올리는데, 임신이 왜? 임신이 죄야? 생명을 잉태한 게 죄냐고."

현우는 은지를 달래듯 윤희를 진정시키려 한다.

"신경 쓰지 마. 그런 악플을 다는 인간들이야말로 진짜 관종이고 등신들인데 거기에 일일이 반응해봤자 우리만 손해야."

악플러가 겨냥한 건 임신한 여고생이었을지 몰라도 상처와 분노는 늘 윤희에게 남았다.

"어떻게 신경을 안 써, 내 딸이 관종이라는데, 부모 관심 못 받아서 남들 관심이라도 구걸하려고 별짓 다 한다고, 이렇게 난리를 쳐야 관심을 얻는 거냐고 놀리는데, 당신은 괜찮아? 당신은 아무렇지도 않냐고."

윤희가 화를 견디지 못하고 사나운 걸음으로 은지의 방으로 들어가 거실 가득 울리도록 파열음을 내며 문을 닫아버리는 모습을 보며 현우는 은지가 가끔 했던 행동이 떠올랐고 느닷없이 떠오른 기억은 그를 아무런 경계도 없는 우주의 막막한 어둠 속으로 내몰고 만다. 현우는 dmswl에 들어가 게시물들을 뒤져서 윤희가 읽었던 댓글을 찾아낸다.

'존나 짜증나는 관종이네, 뭔가 갈 데까지 간 느낌이랄까, 솔직히 저 배 속에 있는 게 진짜 인간인지 의심스럽다. 이렇게까지 해서 얻는 게 뭔지 궁금하기도 하고, 하긴 팔로워가 존나 많아진 거 같기는 한데, 정작 엄빠 관심은 딴 데 있나, 엄빠 알면 이 짓도 끝일 텐데, 아직 이러고 있는 거 보니 ㅋㅋ 과연 저기서 뭐가 나올지 출산일이 기다려진다 진심 ㅋㅋㅋ'

그것을 읽는 동안 현우의 핏줄을 따라 온몸 구석구석까지 퍼져나간 유일한 감정은 분명 살의였다. 뜻하지 않게 찾아든 낯선 공격성을 조금이나마 해소할 구실을 찾아서 댓글 주인의 계정에 들어가봐도 흔한 풍경 사진 두장뿐이다. 댓글에 달린 답글들도 댓글에 동조하며 dmswl을 비웃고 조롱하고 의심하는 것들이 대부분이다. 현우는 그중에서 dmswl이 작성한 답글을 발견한다.

'불쌍하다. 너야말로 이런 식으로 관심을 구걸하는구나, 아무런 애정도 받지 못한 티가 곳곳에서 느껴져, 지금까지 살면서 뭔가 소중한 걸 네 안에 품어본 적도 없겠지, 누군가를 온몸으로 보호하고 아껴주고 보살핀다는 게 뭔지 알기는 하니, 우리 부모님은 늘 나를 믿고 도와주셔, 네 주변에 있는 꽉 막힌 꼰대들이랑은 차원이 다르다고. 그러니 제발 부탁인데 개똥만도 못한 관심 사양할 테니 당장 꺼져줄래.'

답글을 여러번 반복해서 읽는 동안 현우의 내부에서 그를 괴롭히던 충동은 사라졌지만 마음은 여전히 진공의 우주를 떠돌았는데 그것은 악플러나 은지 때문이 아니라 윤희 때문이었다. 현우는 은지의 닫힌 방문 앞에 섰다. 완강하게 닫힌 문의 저편은 고요하다. 손가락을 말아서 가볍게 두번, 그리고 다시 두번 문을 두드려보지만 방 안에서는 아무런 기척이 없다. 문손잡이를 손에 쥐고 돌려보니 부드럽게 움직인다. 문이 반쯤 열렸을 때 현우의 간담이 서늘해진다. 침대 위에 누워 있는 모습이 영락없이 은지였다. 현우는 무심코 방 안으로 옮기려던 발길을 멈춘다. 은지의 방에 은지는 없다. 6개월이 흘렀어도 시간과 무관하게 모든 것이 그대로이지만 은지는 없다. 그래서 현우는 그 방에 들어가지 않는다. 지금 은지의 방에 있는 건 윤희였다. 은지의 잠옷을 입은 윤희가 은지의 침대 위에서 은지가 늘 안고 자던 테디베어 인형을 가슴에 품고 한껏 웅크린 채 옆으로 누워 있다. 다행히 윤희는 울고 있지 않다. 하지만 눈물조차 나오지 않는 감정의 정체가 무엇인지 알기에 현우의 근심은 줄지 않는다. 현우는 문 밖에 서서 뭘 좀 먹어야 하지 않겠냐고 묻는다. 윤희는 아무런 대답이 없다. 그녀는 꼼짝도 하지 않는다. 현우는 윤희의 등을 잠시 바라보다 조용히 문을 닫는다.

엘리베이터 문이 열리고 현우가 나타나자 민수는 당황한 기색을 보이며 한발 물러서더니 곧 고개를 꾸벅 숙여인사를 한다. 현우는 교복을 입은 사내아이를 보는 순간그가 민수임을 바로 알아챈다. 여기서 뭐하는 건지, 언제부터 집 앞에서 기다린 건지, 혹시 윤희와 마주친 건 아닌지 궁금했지만 현우는 묻지 않는다. 대신 민수의 손목을 잡아당겨 엘리베이터에 태운다. 엘리베이터가 일층으로 내려가는 내내 민수는 아무 말 없이 바닥만 쳐다본다. 두사람은 아파트 단지 내의 놀이터로 가서 벤치에 앉는다.

사위는 이미 어두웠지만 드문드문 흐린 등이 켜 있고 고
등학생 정도로 보이는 세명의 여자아이들이 두개의 그네
에 앉거나 옆에 서서 대화를 나누고 있다. 그들의 목소리
는 컸지만 대화 내용을 알아들을 수 있는 정도는 아니다.
현우는 민수에게 화가 나 있지도 않고 화를 낼 생각도 없
다. 하지만 그의 말투는 까칠하다.

"다시는 만나고 싶지 않다고 분명히 말했을 텐데, 자꾸
찾아오는 이유가 뭐지?"

현우는 요전에도 민수가 집 앞에서 서성이다 돌아간
적이 있음을 알고 있다. 민수는 십대 소년이 어른을 대할
때 취하는 본능적인 조심성을 보이며 잠시 주저하다 낮은
음성으로 말문을 연다.

"은지 인스타그램이요, 그게 너무 이상해서, 어떻게 된
건지, 혹시 아시나 해서……"

"이상하다고? 뭐가 이상한데?"

"모르세요? 다 알고 계시잖아요."

현우는 별거 아니라는 듯 가볍게 한마디 던진다.

"하긴 요즘 악플이 부쩍 늘어난 것 같기는 하던데."

민수는 불안을 감추지 못한다.

"그 정도가 아니라고요. 원래 은지가 임신 중이었다는

거 아는 사람 아무도 없었어요. 교감이나 몇몇 선생님들은 사고 때문에 어쩔 수 없이 알았지만, 애들은 아무도 몰랐다고요. 그런데 지금은, 인스타그램 때문에 전교생이 다 알게 됐어요."

민수의 말에 망설임이나 머뭇거림은 없다. 소년은 다급하고 절박하다.

"아무런 증거도 없는데, 다들 나만 쳐다보면서, 수군거리고, 킥킥대고, 욕하고, 놀리고. 담임도 나를 불러서 무슨 짓을 한 거냐고 추궁하고."

민수의 말이 끊기자 현우가 입을 연다.

"그건 사실이잖아. 내가 기억하기로 너는 분명히 6개월 전에 우리 앞에서 무릎까지 꿇고 아기의 아빠가 너라고 스스로 털어놓았던 거 같은데, 이제 와서 모든 걸 부인하고 싶은 거냐?"

현우의 말에 민수는 답답하다는 듯 고개를 좌우로 흔든다.

"아뇨, 그렇지 않아요. 그게 아니라고요."

현우는 민수의 애타는 시선을 외면한다. 현우의 눈길은 밤의 공중에서 그네를 타는 여자아이들로 향한다. 민수는 중요한 사실을 전달하듯 힘주어 말한다.

"교감이 법적인 조치를 취할 거라고 했어요."

현우는 민수를 향해 짐짓 미소를 지어 보인다.

"이런, 전혀 예상 밖이구나. 그렇게까지 일이 커질 줄은 몰랐는걸. 법적인 조치? 누구한테? 은지한테? 어떻게?"

현우와 민수의 시선이 부딪치고 민수의 얼굴 위로 뭔가를 알아챈 표정이 지나간다.

"이유가 뭐죠? 저에 대한 응징 같은 건가요?"

현우의 얼굴이 일그러진다.

"응징? 우리가 너를? 왜? 응징이 필요한 정도에 따라 줄을 세운다면 너는 우리보다 한참 뒤야. 그리고, 이유가 뭐냐고? 수십가지를 댈 수도 있지, 하지만 그중에 네가 이해할 수 있는 게 몇개나 될지 모르겠다. 원래 자식에 대한 부모의 집착이 때로는 광기처럼 보이기도 하니까."

민수의 시선은 현우의 얼굴에 들러붙어 좀처럼 떨어지지 않는다.

"그런다고 뭐가 달라지죠? 은지가 다시 살아나기라도 하나요?"

현우는 민수의 얼굴을 응시한다.

"안 될까?"

민수는 멍한 표정으로 대답한다.

"될 리가 없잖아요."

"정말?"

"당연하죠."

"그걸 어떻게 알지?"

"그건, 그러니까 사진 속 여고생은, 은지가 아니잖아요."

"확실하니?"

"물론이죠."

"그게 은지가 아니라는 거 확실해?"

"당연하죠, 말이 안 되잖아요."

민수의 말투는 단호하지만 눈빛은 흔들린다. 현우는 말한다.

"이상하구나. 그럼 뭐가 문제지? 그게 은지가 아니라면 너랑 아무 관계도 없는데, 도대체 뭐가 두려워서 여기까지 찾아온 거냐?"

민수는 아랫입술을 깨물더니 고개를 돌린다. 여자아이들의 웃음소리가 밤하늘 가득 울려 퍼진다. 현우는 그들을 바라본다. 서로의 몸을 밀어서 멀리 띄워 보내는 아이들. 우주의 저 끝으로 달아나려 하지만 지상에 매인 사슬에 붙들려 원래의 자리로 돌아오고 마는 아이들. 시간이 얼마나 흘렀을까? 민수의 음성이 나지막이 들려온다.

"애들은 그걸 은지라고 불러요, 은지가 사진을 올렸다, 은지가 댓글을 달았다, 며칠 후면 은지가 아기를 낳는다, 그럼 너는, 아빠가 되는 거네, 내 앞에서, 큰 소리로 떠들어댄다고요."

민수는 고개를 떨구더니 어깨를 떨며 울기 시작한다. 6개월 전에도 민수는 은지의 발인을 몇시간 앞둔 새벽에 찾아와서 무릎을 꿇고 눈물을 흘렸다. 윤희는 민수의 뺨을 한차례 때렸고 현우는 윤희를 말리지 않았다. 그건 사고 직후 달려간 병원에서 은지의 사망과 임신 소식을 동시에 들었을 때 그들이 감당해야 했던 충격과 혼란의 극히 일부를 드러낸 것에 불과했다. 휴대폰의 착신음이 울린다. 윤희다. 그녀는 왜 아직 집에 오지 않느냐고 물었고 현우는 후배가 병원에 찾아와서 수다 좀 떠느라 출발이 늦어졌지만 지금 가는 중이니 곧 도착할 거라고 말한다. 세명의 여자아이들은 서로에게 손을 흔들며 세 방향으로 흩어진다. 민수는 여전히 울고 있다. 그의 눈물이 두 손을 적시고 흘러서 무릎 위로 뚝뚝 떨어진다. 현우는 눈물을 닦을 만한 뭔가를 민수에게 건네주고 싶지만 그의 수중에는 그럴 만한 게 아무 것도 없다.

윤희는 다림질을 하고 있다. 수증기를 뿜으며 다리미가
지날 때마다 연한 분홍색 바탕 위에서 하얀 코끼리의 얼
굴들이 환한 미소를 드러낸다. 옆에서 다림질을 기다리는
옷들을 들어서 펼쳐 보던 현우가 말한다.

"포토샵으로 하면 간단한 걸, 왜 이렇게 고생을 사서 하
는지 모르겠다."

윤희는 오전 내내 그것들을 세탁기에 넣어 한번 돌리
고 꺼내서 삼십분 넘게 삶은 다음 다시 한번 더 세탁을 했
다. 그래도 지워지지 않으면 그만한 이유가 있을 테니 억
지로 손보지 않고 그대로 두려 했는데, 다행인지 불행인
지 코끼리의 얼굴 위에 남아 있던 얼룩은 말끔히 사라졌
다. 윤희는 다림질을 마친 조그만 옷들을 은지의 침대 위
에 펼쳐 놓고 은지의 휴대폰으로 촬영해서 dmswl에 올린
다. 사진 아래에 덧붙일 문장은 은지의 휴대폰에 저장된
은지의 일기에서 고른다. 은지는 중2가 되고 학기 초부터
삼년 넘게 매일 일기를 썼다. 서너개의 짧은 문장이 대부
분이고 가끔 단어 한개뿐인 날도 있지만 빼먹은 날은 없
었다. 윤희는 은지가 사고를 당하기 열흘 전에 작성한 일
기를 선택해서 붙여 넣고 해시태그도 작성한다. 복사해서
오려 붙이고 짧은 낱말 몇개만 입력하면 되는 작업이지만

손이 떨려서인지 윤희는 여러차례 실수를 반복하다 겨우 끝낸다.

'할머니가 엄마를 낳고 엄마는 나를 낳고 나도 조만간……ㅋㅋ 두근두근 #나의배냇저고리 #내아이의배냇저고리.'

현우는 위스키 병의 마개를 열어서 스트레이트 잔을 가득 채운다. 그들은 매일 술을 마신다. 술의 도움이 있어야만 잠을 잘 수 있기 때문이다. 윤희를 위해서는 위스키에 얼음과 약간의 생수를 섞는다. 윤희는 식탁에 앉아 두툼한 앨범을 펼쳐서 들여다보고 있다. 현우는 식탁 위에 위스키 한병과 술잔 두개를 내려놓고 윤희의 왼쪽에 앉는다. 식탁 위에 놓인 탁상용 달력에 빨간 동그라미로 표시해둔 날짜가 눈에 들어온다. 그것은 윤희가 어림잡아 계산해서 추정한 출산 예정일이다.

"댓글들이 출산일에 관심이 많은데, 뭔가 단단히 벼르는 느낌이랄까."

현우는 말을 멈추고 위스키 한잔을 마신다.

"괴물이라도 나오길 기다리는 거 같아."

현우는 두번째 잔을 채워 바로 입에 털어 넣는다. 윤희는 얼음과 물이 섞인 술잔을 들어서 입으로 가져간다. 하지만 그녀의 시선과 관심은 앨범을 벗어나지 않는다. 현우도 그녀 쪽으로 몸을 기울여 앨범 속 사진들을 본다. 두 사람의 시선은 계속 엇갈리기만 해서 서로 다른 사진들을 보게 되지만 거기 있는 모든 사진의 주인공이 한 사람이라서 같은 사진을 보는 것이나 다를 바 없다. 현우는 세번째 잔을 비운다. 윤희도 천천히 자신의 술을 입 안으로 흘려 넣는다. 앨범의 내부에는 그들이 이미 지나온 시간들만 망각을 견디며 남아 있다. 하지만 두 사람은 어떤 방법으로도 수정할 수 없는 과거에는 관심이 없다. 그들이 원하는 건 추억도 아니고 위안은 더더욱 아니다. 그들은 자신들이 만들어갈 미래를 상상하며 사진들을 관찰한다. 문득 현우는 옆이 허전함을 느낀다. 마치 넋이 몸을 떠난 것처럼 윤희의 얼굴에서 표정과 시선이 보이지 않는다. 드문 일이 아니어서 현우는 놀라지 않는다. 그는 잔을 들어 그녀의 잔에 가볍게 부딪친다. 주술에서 풀려나듯 윤희가 돌아온다. 그들은 술잔을 든다. 어느새 윤희의 술잔도 바닥을 드러낸다. 현우가 술병을 들어서 두개의 잔을 채우고 생수가 필요한지 묻자 윤희는 괜찮다고 대답한다. 윤희는 손끝으로 사진 하나를 톡톡 두드린다. 현우는 그것을 본다. 눈도 제대로 뜨지 못하는 갓난아기. 윤희가 말한다.

"이게 좋아."

현우가 묻는다.

"왜?"

윤희가 대답한다.

"태어나서 처음 찍은 사진이잖아."

"그걸 누가 알겠어."

"누가 알긴 우리가 알지."

윤희는 앨범에서 사진을 꺼내 식탁 위에 내려놓으며 덧붙인다.

"그리고, 이제 다들 알게 될 테고."

현우는 사진을 집어 들고 유심히 바라본다. 그는 종이 위에 인화된 이미지를 dmswl의 게시물로 바꾸기 위해 거쳐야만 하는 작업 과정을 머릿속에 떠올려본다.

"포토샵은 절대 안 돼."

윤희의 말투는 단호하다. 현우는 고개를 끄덕이며 중얼거린다.

"생애 최초의 사진이라."

그는 사진을 내려놓고 술잔을 집어 든다.

은하

내게는 나를 만나기만 하면 소설의 시대는 끝났다고 놀려대던 친구가 한명 있었다. 현실이 온통 흥미진진한 스펙터클 어드벤처로 넘쳐나는데 누가 그런 따분한 거짓말에 시간을 낭비하겠느냐는 게 그의 주장의 핵심이었다. 그는 나와 같은 고등학교를 졸업하고 같은 대학에 진학해서 미영과 함께 신문방송학과에 재학 중이었다. 어느날 친구는 보르헤스에게 영생이 주어졌다면 소설의 유효기간이 좀더 연장되었을지 모른다고 중얼거리고는 내 손에 있던 보르헤스의 책을 낚아채더니 일주일 후에 돌려주겠다며 가져갔다. 그는 일주일이 지나고 열흘이 지나도 소식이 없다가 2주가 지나서야 책을 돌려줄 테니 학교 앞에 있는 cafe afrika에서 보자고 문자메시지를 보냈다. 나는 친구를 기다렸다. afrika에 손님이라고는 나와 어떤 여

자애, 딱 둘뿐이었는데, 그애는 햇빛이 한뼘도 들지 않는
구석에 놓인 연두색 소파에 앉아서 레이먼드 카버의『사
랑을 말할 때 우리가 이야기하는 것』을 읽고 있었다. 너무
작위적이라고 비웃어도 어쩔 수 없다. 그게 사실이니까.
십분쯤 지나서 친구에게 전화가 왔다. 광고 촬영을 보조
하는 아르바이트를 하는 중인데 촬영 스케줄이 갑자기 바
뀌어서 못 온다고, 그래서 부득이하게 천사를 파견했으니
책은 그를 통해 받으라고 말했다. 천사가 누구냐고 물으
며 나는 본능적으로 카버의 여자애를 바라봤는데 친구는
천사에게 말은 걸어도 좋으나 손가락 하나도 건드려서는
안 된다고 주의를 주었다. 하지만 나는 친구의 선의도 알
아채지 못할 만큼 바보가 아니었다. 그애와 나를 이어주
기 위해 일부러 만든 자리가 분명했다. 훗날 친구는 절대
아니라고, 그건 자신이 저지른 최악의 실수였다고 부인하
긴 했지만 말이다. 친구의 이름을 대고 상황을 설명하자
그녀는 초록색 백팩에서 보르헤스의『허구들』을 꺼내 테
이블 위에 놓았다. 그녀는 내게는 눈길도 주지 않고 젊은
보르헤스의 잘난 얼굴을 빤히 보다가 그의 이마를 손끝으
로 톡톡 두드리며, 이거 재미있냐고 물었다. 나는 고개를
크게 끄덕였다. 그리고 카버의 표지를 손끝으로 톡톡 두

드리며, 이 남자 좋아하냐고 물었다. 그녀는 웃었다. 친구는 쓸데없는 수작하지 말라고 신신당부했지만 그건 이제 막 스무살이 된 남녀의 호르몬을 과소평가한 요구였다. 카버와 보르헤스에게는 미안한 얘기지만, 그들의 걸작도 그날만큼은 완전히 우리의 관심 밖에 있었다. 나는, 그리고 미영은 오래 전부터 갈구해 온 연인처럼 서로를 향해 빠져들었다.

우리는 매일 만났다. 둘 다 강의가 없는 시간에는 도서관이나 카페에서 늘 붙어 있었고 한쪽만 수업에 들어간 경우에는 빈자리를 지키며 서로를 기다렸다. 손을 잡는 순간과 입을 맞추는 어느 아찔한 저녁의 찰나들은 아무런 예감 없이 돌연 다가왔다가 격렬한 여운을 남기며 지나갔다. 나는 부모님과 함께 살고 있었고 미영은 학교 근처의 낡은 재래식 가옥에서 자취를 하고 있었다. 화장실도 샤워실도 모두 공용인 데다 빨래는 코인세탁방을 이용하거나 샤워실에서 손빨래를 해야 할 정도로 열악했지만, 미영의 말에 따르면 월세가 워낙 싸서 빈방이 나길 기다리는 학생들이 일년 내내 대기 중인 집이었다. 미영은 여름방학 동안 부모님이 살고 있는 강릉에서 지내려던 계획을

나 때문에 포기했다. 그리고 한여름의 열기로 한껏 달아오른 세평 남짓한 크기의 그녀의 방에서 우리는 캔맥주를 마시다가 다급하게 서툰 섹스를 치렀다. 미지근한 선풍기 바람이 나의 알몸을 훑으며 지날 때마다 소름이 올라오던 기억은 아직도 생생하다. 내 젖꼭지를 만지작거리던 그녀의 손끝이 아쉽게 식어가던 내 몸의 열기에 다시 스위치를 켰지만, 옆방 학생들이 귀가하는 소음이 들려오자 미영은 그 오래된 주택의 가장 끔찍한 약점이 방음이라고 말하며 쿡쿡 웃었다.

　미영과 나는 공통점이 많았다. 우리는 12월에 태어났고 혈액형은 B형이었으며 술은 한모금만 마셔도 얼굴이 빨개졌다. 히치콕의 영화는 좋아했지만 공포영화는 싫어했고 코끼리는 좋아하면서 동물원은 없어져야 한다고 여겼으며 한밤중에 너바나의 「breed」를 듣는 걸 좋아했다. 그리고 우리 둘 다 아버지와 단둘이 있는 걸 불편해했다. 당연히 다른 점도 있었는데, 특히 독서의 취향과 방법이 그랬다. 미영은 다양한 분야의 많은 책을 빠르게 읽었으며 소설가 중에는 배수아와 레이먼드 카버를 좋아했는데, 특히 그녀에게 카버는 거의 신앙의 대상이었다. 반면에 나는 마음에 꽂힌 일부 작가의 제한된 작품들을 여러번 반복해서 느리게 읽는 편이었다. 고등학교를 다니던 3년 내내 카프카를 읽다가 대학 입학을 앞둔 겨울에 우연히 보르헤스와 만났는데 그의 소설들은 읽을수록 어딘가 모르게 카프카와 닮은 면이 보여서 미영을 만나기 시작하던 무렵에는 카프카의 『성』과 보르헤스의 단편들을 반복해서 읽던 중이었다. 미영도 카프카의 작품들을 좋아하긴 했지만 몇몇 단편들에 국한되었고 보르헤스에 대해서는 이게 소설이냐며 고개를 갸우뚱거렸다.

단 한번, 우리의 서로 다른 취향을 동시에 만족시킨 소설이 있었다. cafe afrika에서는 손님이 별로 없는 평일 밤에 문을 잠그고 DVD로 고전 예술영화를 틀어주곤 했는데, 어느 날 그곳에서 본 영화가 「프라하의 봄」이었다. 영화를 보는 동안 나는 줄리엣 비노쉬에게 반했고 미영은 다니엘 데이 루이스에 푹 빠졌다. 그리고 어처구니없지만, 이제 막 연애를 시작한 연인답게 주인공들의 사랑 어딘가에서 우리의 연애와 비슷한 부분을 발견하고는 서로의 손을 꼭 잡은 채 영화의 여운을 길게 곱씹었다. 우리는 바로 다음 날부터 영화의 원작 소설인 밀란 쿤데라의

『참을 수 없는 존재의 가벼움』을 읽기 시작했다. 카페에서, 도서관에서, 빈 강의실에서, 그리고 학교 곳곳에 놓인 벤치에서 아무런 말도 없이 오직 그것만 읽었다. 먼저 읽기를 끝낸 미영은 내가 아직 절반도 못 읽은 걸 확인하고는 다시 처음부터 읽었다. 책을 읽다가 인상적인 부분에는 밑줄을 그었다. 나는 파란색 볼펜으로, 미영은 연필로. 내가 다 읽었다고 말하자 미영은 책을 덮고 벌떡 일어나서 내 손을 잡아당겼다. 우리는 그날 처음으로 모텔에 갔다. 다음 날 오전에 거기서 나올 때까지 우리는 한숨도 자지 않았다. 섹스를 하다 지치면 『참을 수 없는 존재의 가벼움』을 꺼내서 밑줄 친 부분을 소리 내어 읽었다. 섹스를 하다 소설을 읽고, 소설을 읽다 다시 섹스를 하고. 우리의 독서는 황홀했고 우리의 오르가즘은 영원히 지속될 것만 같았다.

소년과 소녀는 열일곱살의 여름방학에 친구들과 들른 노래방에서 우연히 만나 일주일 후부터 교제를 시작한다. 한달 뒤, 배 속에 아기가 생겼음을 알게 된 소녀는 전에 6개월 동안 사귀었던 오빠가 아기 아빠인 것 같다고 소년에게 털어놓는다. 소년은 소녀가 오빠라고 부르는 남자를 찾아간다. 하지만 그 남자는 자기는 모르는 일이라며 오히려 화를 낸다. 소년은 주먹을 휘둘러서 그의 이 두개를 부러뜨린다. 소년은 소년원으로 보내지고 소녀는 학교와 집을 떠나서 아는 언니들의 집을 전전한다. 소년이 소년원에서 나와 다시 소녀를 만났을 때 소녀는 작은이모가 한달만 쓰라며 내준 좁은 방에서 갓난아기에게 젖을 물리고 있었다. 소년과 소녀는 자신들과 아이가 한 식구가 되는 과정을 싸이월드 미니홈피에 사진과 글로 게시했다. 미니홈피의 방문자들 중에는 철없는 청소년들의 문제적 행동이라며 비난하는 이들도 있었고 순수한 두 영혼의 안타까운 러브스토리라며 응원하는 이들도 있었지만, 쓸거리를 찾아서 인터넷을 떠돌다 우연히 들른 소설가에게 그들의 기록은 그럴듯한 서사를 잉태한 씨앗이었다. 소설가는 그것을 소설로 재창조했다. 그의 소설에서 소년과 소녀는 각자의 이름에서 한 글자씩 가져다 아이의 이름을 '은하'라고 지었고 그것이 소설의 제목이 되었다. 소설 『은하』는 등단한 지 십년이 되어가지만 거의 무명이나 다름없는 작가의 작품이어서 출간 초기에는 아무런 주목도 받지 못하다 소설의 주인공들이 실존 인물이라는 소문이 인터넷에 퍼지면서 관심을 모으더니 소설 부문 베스트셀러 상위권에 들어갔고, 겨울이 시작될 무렵 마침내 미영의 손에 도달하기에 이르렀다.

미영은 내게 생일선물이라며 『은하』를 사주었다. 그리고 자신의 생일선물도 『은하』이기를 바란다고 내 눈을 보며 말했다. 사실 『은하』는 내 취향이 전혀 아니었다. 십대들의 일탈과 방황이라는 소재도 식상한 데다 실화를 바탕으로 했다는 사실은 문학적으로 치명적인 결함처럼 여겨졌다. 하지만 미영은 달랐다.

"그게 왜? 그러니까 재미있는 거지. 허구가 아니라 진짜라는 뜻이잖아."

미영은 내가 반론을 내놓으려 하면 일단 읽은 다음에 얘기하자며 내 입을 막았다. 『은하』는 지루하고 평범했다. 작가는 두 청소년의 파란만장한 우여곡절을 섬세하고 감각적인 문장으로 꼼꼼하게 서술했지만 특별한 구석은 전혀 없었다. 겨우 이런 소설 때문에 우리 사이에 균열이 생기는 건 끔찍한 일이었다. 그래서 미영이 내 의견을 물었을 때 나는 내 생각을 그대로 전할 수는 없었고, 그렇다고 좋은 말만 골라서 할 수도 없었으므로, 그녀도 동의할 것이 분명한 부분만 조심스레 언급했다.

"소년 말이야. 겨우 열일곱이잖아. 그렇게 어린애가 그런 결정을 한다는 게 말이 돼?"

내 예상은 빗나갔다. 미영의 눈빛이 달라지더니 말투도 이내 차가워졌다.

"사랑하잖아. 사랑하는 사람이 곤경에 처했는데 그걸 모른 척해?"

"사랑? 이제 겨우 열일곱인 아이들이? 좋아, 그렇다고 쳐. 하지만 소설에는 그들이 정말 그럴 정도로 사랑하는지 나와 있지 않아. 도대체 납득이 안 된다고, 개연성이 없어."

"사랑만큼 선명한 개연성이 어디 있어? 그애가 그런 결정을 했다는 사실 자체가 사랑의 증거잖아. 그만큼 사랑한다는 거잖아."

대화를 할수록 상황은 나빠졌다. 나는 미영과 싸우고 싶지 않아서 입을 다물었다. 모든 게 『은하』 탓이었지만 『은하』는 한권의 소설에 불과했으므로 나는 어찌할 도리가 없었다. 그후에도 우리는 『은하』를 두고 자주 싸웠는데 결론 없는 논쟁은 늘 나의 잘못으로 귀결되는 느낌이었다. 한해를 보내고 새해를 맞는 시간에도 눈이 쏟아지는 길 위에서 우리는 『은하』 때문에 말다툼을 했다.

"그건 그냥 소설이야. 작가가 지어낸 얘기라고."

"잊었어? 그건 실화야."

"실화를 바탕으로 한 거지. 일부만 실화고 나머지는 작가의 창작이잖아."

"그러니까, 네 말은 은하에 나오는 그런 사랑은 현실에선 불가능하다, 있을 수 없는 일이다, 어떤 바보 같은 인간이 다른 남자의 애를 자기 자식처럼 키우겠냐, 그런 말이지?"

"내 말은, 그러니까, 말이 안 된다는 거야. 도대체가 그럴 만한 개연성이 없잖아."

"또 개연성이야. 그래서, 네가 보기에 우리는 개연성이 있어 보여?"

나는 할 말을 잃었다. 미영은 분명 내게 화를 내고 있는데 나는 미영이 그러는 이유를 알 수 없었다. 잠깐의 침묵이 지나간 뒤에 미영이 낮은 목소리로 말했다.

"그거 알아? 애들이랑 우리랑 겨우 세 살 차이야."

그해 1월은 지독하게 추웠다. 눈이 너무 많이 내려서 며칠 동안 집에만 틀어박혀 있어야 했다. 그 무렵 소설 『은하』의 실제 주인공들이 출판사와 작가를 상대로 소송을 제기했다. 자신들이 미니홈피에 올린 글을 작가가 무단으로 인용 또는 일부 변형하여 사용했으며 자신들과 식구들에 대해서 지나치게 부정적으로 묘사함으로써 일상 생활이 힘들 정도로 정신적 피해를 입었다고 주장했고, 출판사에게 해당 소설의 판매중지와 적절한 피해보상을 요구했다. 우리는 1월이 끝나갈 즈음, 거의 열흘 만에 만났다. 미영은 두 팔로 나의 허리를 감으며 품 안으로 파고들었다. 우리는 돈가스를 먹고 007 영화를 보고 떡볶이와 아이스크림을 먹은 다음, 모텔에 가서 국산 에로영화를 보았다. 영화가 중반에 이르렀을 때 미영은 잠들었다. 나는 그녀의 들숨과 날숨이 빚어내는 나른한 숨소리를 들으며 카프카의 『성』을 펼쳤지만 계속 같은 페이지만 맴돌고 앞으로 한발도 나아가지 못했다. 다음 날 아침, 우리는 콩나물해장국을 먹으러 갔다. 미영은 이번 설 연휴는 강릉에서 지내야 할 거 같다고 말했다. 나는 휴학계를 내고 군에 입대하기로 했는데, 어차피 갈 거면 일찍 갔다 오는 게 나을 거 같아서 부모님과 상의 끝에 내린 결정이라고, 별로 어렵지도 않은 얘기를 다소 두서없이 털어놓았다. 미영은 고개를 끄덕였다. 그녀는 젓가락으로 콩나물을 집어서 입 안 가득 넣고 천천히 씹으며 『은하』에 관한 소식을 전했다.

"그거 표절이래. 미니홈피에서 토씨 하나 안 고치고 그대로 갖다 쓴 문장들이 꽤 있었나봐. 네 말이 맞았어. 『은하』는 쓰레기야. 소설이 아니라 쓰레기."

나도 인터넷에서 본 기억이 있는 얘기였다. 하지만 아직 재판 중이니 정확한 건 모른다고, 그리고 무엇보다 나는 『은하』가 쓰레기라고 한 적이 없다고 말하고 싶었지만 그건 생각일 뿐 차마 말이 되어 나오지는 않았고, 그저 해장국만 크게 한술 떠서 입에 넣었다.

설 연휴가 끝나고 며칠이 지나도록 미영은 돌아오지 않았다. 전화도 받지 않았고, 문자메시지를 보내도 답장이 없었다. 나는 휴학계를 제출한 후에도 학교에 나갔다. 신문방송학과 강의실 앞에서 서성이는 나를 본 친구가 미영이 휴학한 사실을 아느냐고 물었다. 내가 고개를 저었더니 친구는 혀를 찼다. 미영의 방에는 이미 다른 학생이 살고 있었다. 나는 집에 처박혀서 보르헤스를 읽었다. 사실과 허구 사이의 경계를 지운 포스트모던한 소설이라는 평가는 작가의 의도나 독자의 감상과는 별개로 출판사의 오도된 선전 문구에 불과했다. 보르헤스의 장광설은 아무리 읽어도 이해할 수 없는 헛소리였으며 출구 없는 미로였다. 나는 책을 집어던지고 침대에 누워 미영의 벗은 몸을 떠올리며 자위를 했다. 하지만 아무리 애를 써도 사정의 순간은 오지 않았다. 친구가 미영의 주소를 알려주었다. 내게 필요할 거 같아서 보냈다고 친구는 말했지만 그 선의가 반갑지는 않았다. 휴대폰 액정 위에 떠 있는 미영의 주소는 낯설었다. 그리고 너무 멀었다. 강릉이라니. 다음 날이 되자 강릉으로 가봐야 할 것 같았다. 거기 미영이 있을 테니까, 어쩌면 거기서 미영이 나를 기다릴지도 모르니까. 하지만 다음 날에는 다시 부질없는 짓처럼 여겨졌다. 미영이 나를 기다릴 리가 없었다. 나는 매일 망설였다. 그러던 중에 『은하』에 대한 재판 결과가 나왔다. 소설은 결국 판매금지 처분이 내려졌다. 표절이라고 볼 만한 상당한 근거가 인정된다는 것이 재판부의 최종적인 판단이었다. 인터넷에서는 실화의 주인공들에 대한 안 좋은 소문도 떠돌았다. 그들이 현재 별거 중이고 아이는 줄곧 여자의 부모가 떠맡아서 기르다시피 했으며 남자는 폭력 사건에 휘말려서 경찰에 입건되었다는 것이다. 어디까지 사실이고 어디까지 거짓인지 알 수 없었다. 미영의 말처럼 『은하』는 쓰레기였던 것일까? 나는 끝내 강릉에 가지 않았다.

나는 군에 있는 동안 단 한줄의 소설도 읽지 않았고 단 한줄의 글도 쓰지 않았다. 모든 하루가 꽉 짜인 일정에 따라 숨 쉴 틈 없이 돌아간 건 아니었다. 아무 의미 없이 소진해버린 시간은 많았지만 책을 읽고 글을 쓰는 일이 단지 시간이 많다고 해서 언제 어디서나 쉽게 해낼 수 있는 일이 아니라는 걸 그때 깨달았다. 제대를 하고 다시 돌아온 학교에는 친구도 없고 미영도 없었다. 미영이 어찌 되었는지 궁금했지만 그런 사정을 안다고 달라질 건 아무것도 없었다. 집에 쌓여 있는 책들을 끄집어내서 정리하다가 소설 『은하』를 발견했을 때, 나는 마치 미영과 마주치기라도 한 것처럼 화들짝 놀랐다. 나는 『은하』와 다른 모든 소설들을 끈으로 단단히 묶어서 대문 밖에 내놓았다. 그것들은 폐지 줍는 노인들의 손을 거쳐 고물상에 팔려가야 마땅했다. 그런데 밤에 돌아와보니 책들이 고스란히 내 방으로 돌아와 있었다. 비싼 책들을 왜 버리느냐고, 버릴 거면 자기가 읽을 테니 그냥 두라고 엄마는 말했다. 과연 엄마가 읽을 수 있을까? 카프카를, 보르헤스를, 밀란 쿤데라를, 그리고 『은하』를. 갈피마다 땀과 정액의 흔적으로 얼룩진 그것들을, 거기 밑줄 쳐진 문장들을 엄마는 얼마나 이해할 수 있을까?

　나는 소설을 놓았다. 합평 수업 때문에 단편 하나를 겨
우 완성했는데 새뮤얼 베케트의 여러 소설들을 어설프게
모방했다고 욕을 먹고 나서 파일을 깔끔하게 삭제해버렸
다. 4학년 학기 초부터 선배가 운영하는 논술학원에서 아
르바이트를 시작했다. 복사, 채점, 청소. 이런 단순한 일들
이 좋았다. 선배는 가끔 내게 초등학생들을 대상으로 논
술 강의를 할 기회도 주었는데, 덕분에 남에게 뭔가를 가
르치는 적성 따위는 나의 유전자에 조금도 들어 있지 않
다는 걸 알 수 있었다. 졸업 후 나는 출판사에서 중고생용
국어 교재를 만들었다. 나쁘지 않았다. 주어진 일만 하면
되었으니까. 어떤 여자와 연애도 했다. 그 여자와 야구장
도 가고 스키도 타고 태국으로 여행도 갔다. 그런데 재미
가 없었다. 사랑이라고 부르기엔 많은 게 부족한 관계여
서 오래가지 않았다. 2년 반쯤 지나서 인터넷 강의 업체로
옮겼다. 출판사보다 직원 수도 많았고 월급도 삼십만원이
나 더 많았다. 거의 매일 술을 마셨고 외박도 많이 했다.
사모펀드의 투자를 받아서 자금이 두둑하다고 소문난 경
쟁업체의 무슨 과장이 나를 만나자고 하더니 파격적인 연

봉 인상과 성과에 따른 인센티브를 약속하며 이직을 제안했다. 나는 망설임 없이 그 회사로 옮겼다. 그곳은 한마디로 엉망이었다. 원칙도 순서도 없었다. 매달 월급날만 지나면 출근을 하지 않는 직원들이 속출했다. 그 와중에 이십대 중반의 여자 강사와 6개월 정도 사귀었다. 항상 바쁜 척하고 딱히 그런 거 같지도 않은데 부자인 척하는 여자였다. 그녀는 오럴을 좋아했다. 내가 해주는 것도 좋아했고 나에게 해주는 것도 좋아했다. 그러다보니 절정에 오르는 순간 그녀의 얼굴을 본 적이 없다. 그뿐이다. 친하게 지내던 논술 강사 두명이 나까지 포함해 셋이서 공동투자하는 형태로 대치동에 학원을 차리자고 제안을 했다. 그들은 강의를, 나는 학원 관리를 맡고 수익도 투자 비율에 따라 나누는 구조였다. 이번에도 나는 별 고민 없이 흔쾌히 받아들였다. 그리고 대치동 학원가의 한복판에서 야심차게 시작한 학원은 일년 만에 문을 닫았다. 학생들의 반응이 기대보다 미지근하자 강사들은 경력이 짧은 강사들에게 강의를 떠맡겼고, 약속했던 투자금도 절반만 내놓았는데 어차피 지분에 따라 수익을 나누기로 했으니 자기들이 그만큼 적게 가져가면 되지 않느냐는 게 그들의 논리였다. 시간이 갈수록 손해는 늘어났고, 학원을 정리했을 때 내게 남은 돈은 거의 없었다.

　군 제대 후 십년을 최대한 짧게 요약하려 했지만 쉽지 않다. 차라리 한 문장으로 정리하는 게 더 쉬울지도 모르겠다.

　"그 지랄을 하더니 결국 이 꼴이구나."

　종일 잠만 자다 점심도 저녁도 아닌 어중간한 오후에 일어나 찬밥을 물에 말아 휘젓고 있는 내 앞에 달걀부침을 내려놓으며 엄마가 한 말이다. 엄마는 소파에 앉아서 한숨을 내쉬다가 마음의 평화를 찾으려는 듯 책을 펼쳐들었다. 엄마는 동네 도서관에서 주관하는 독서모임의 열성 회원이어서 매달 한권씩 책을 읽고 감상을 발표해야만 했다. 식탁에 머리를 처박은 채 밥을 퍼 넣다가 엄마에게 요즘은 무슨 책을 읽느냐고 물었더니 엄마가 책의 제목을 말했다. 나는 식탁에서 벌떡 일어나 엄마 손에 있던 책을 낚아채서 표지를 뚫어져라 노려보았다. 신미영 소설집 『은하』. 책날개에 적혀 있는 저자 소개에 따르면 미영은 강원대학교 국문학과를 졸업했고 3년 전에 신춘문예를 통해 등단했다. 함께 실린 조그만 사진 속 미영은 갈색 뿔테 안경을 썼고 얼굴에도 살이 붙어서 세월의 흐름이 느껴졌다. 『은하』는 네달 전에 출간된 미영의 첫번째 소설집이었다. 거기 실린 일곱편의 단편소설 중 표제작인 「은하」의 내용이 꽤 흥미진진했다. 소설가가 가출 청소년들이 주인공인 『은하』라는 제목의 장편소설을 발표했는데, 어떤 여인이 자신의 딸이 그 소설을 읽고 영향을 받아서 집을 나갔다며 작가를 스토킹하는 내용이었다. 여인은 작가가 사인회나 북토크를 할 때마다 행사장에 나타나서 소란을 피우고, 강연을 하면 이상한 질문을 던져서 작가를 곤혹스럽게 만들더니 급기야 작가의 뒤를 밟아 밤늦게 집까지 찾아와서 딸을 찾아내라며 행패를 부린다. 소설은 시종일관 긴장감을 유지하면서도 문학적 자극을 놓치지 않았다. 나는 미영이 이런 소설을 썼다는 게 믿기지 않아서 도중에 몇번이나 읽기를 멈추고 숨을 골라야만 했다. 「HeHisHimHis」라는 제목의 작품도 인상적이었다. 화자인 젊은 여자의 가부장적인 아버지가 어느 날 말없이 집을 나가서 종적을 감춘다. 젊은 여자는 과거에 남자와 사귀다 임신을 했었는데, 수술을 하라는 회유와 설득에도 불구하고 여자가 아이를 포기하지 않자 남자는 연락을 끊고 잠수를 타버렸다. 소설은 현재와 과거의 두 사건을 평행하게 놓고 서술하는데, 여자가 가출한 아버지를 찾을 필요 없다고 어머니를 설득하는 장면이 절정이었다. 또다른 단편인 「그 여자의 전쟁」도 삼십대 초반인 여자의 일인칭 시점이고, 임신한 여자가 혼자서 출산을 준비하고 아이를 낳고 돌보며 산후조리를 하는 이야기다. 출산 전후에 여자에게 일어나는 육체적, 정신적 변화들을 아찔할 정도로 세밀하게 묘사해놓은 소설이었다. 나머지 소설들의 주인공도 모두 여자이고 그들은 절대 남자에게 기대지 않는다. 아내와 어린 두 딸을 모아놓고, 이제 더이상 갈 곳이 없으니 온 식구가 함께 세상에 하직을 고할 수밖에 없다고 토로하는 남편에게 아내는 이렇게 일갈한다.

"당신 돌았어? 우리가 왜 당신이랑 같이 죽어야 하는데? 당신이 뭐라고 우리까지 끌어들여. 한 식구? 우리가 언제부터 그렇게 한마음 한뜻으로 움직이는 식구였어? 우리가 언제부터 같이 목숨도 끊을 만큼 그렇게 절절한 사이였냐고. 우리가 로미오와 줄리엣이야?"

미영의 소설들은 그녀가 그토록 흠모했던 레이먼드 카버와는 너무도 달랐다. 그리고, 한가지 걸리는 부분도 있었다. 표제작 「은하」에서 소설가와 여인은 이런 설전을 나눈다.

"그게 사실인가요?"

"뭐가요?"

"당신 소설, 실화라면서요?"

"실제 사연에서 모티브를 얻은 건 사실입니다."

"어떻게 그럴 수가 있죠?"

"무슨 말씀인지 모르겠군요."

"당신 소설에서 열일곱살짜리 애들이 가출하고 섹스하고 임신하고 살림까지 차려요. 그게 말이 돼요?"

"애들도 어른들처럼 사랑을 할 수 있습니다. 작가로서 그걸 표현한 것뿐이고요."

"사랑? 열다섯, 열일곱이 사랑? 그게 사랑이야? 그래서, 내 딸도 길바닥에서 남자애들이랑 그 잘난 사랑을 하느라 집에도 안 들어오는 거니?"

"전 소설을 썼을 뿐입니다. 모두 지어낸 이야기라고요."

"진짜 있었던 일이라면서? 실제 사연이라고 했잖아, 방금!"

이걸 읽으며 과거에 미영과 나 사이에 오갔던 대화가 떠올랐다면 내가 너무 예민한 걸까? 하지만 다른 소설들 이곳저곳에서도 기시감이 느껴졌다. 습관적으로 골프채로 집 안을 때려 부수는 남편과 이혼하는 과정을 그린 단편은 두 사람의 좋았던 연애 시절을 묘사하면서 영화「프라하의 봄」과 소설『참을 수 없는 존재의 가벼움』을 이용했다. 얼마든지 그럴 수 있다. 소설이란 결국 작가의 기억과 경험에서 나오는 거니까, 미영에게 나와의 연애가 그토록 강렬한 경험이었다는 걸 이제라도 알았으니, 적어도 미영의 소설에 내가 도움을 준 셈이니, 무조건 기분 나빠할 일만은 아니었다. 엄마가 다 읽고 나서 이거 다 네 얘기지?라고 다그칠 가능성도 제로다. 그런 건 아무래도 상관없다. 하지만, 하지만. 임신을 했다고? 미영이 임신을 하고 출산을 하고 혼자서 아이를 길렀다고? 물론, 소설 속 이야기다. 하지만 일곱개의 단편들을 다 읽고 나면 이건 작가가 직접 경험한 일이구나, 하는 생각이 절로 들고, 또 실제로 그런 부분이 적지 않으니, 만약 소설 속 임신이 사실이라면, 그때 미영이『은하』에 대해 예민하게 굴고 겨울 내내 내 곁을 떠나 있었던, 그 모든 변화의 시작이 임신이었다면, 그게 소설 속 이야기가 아니라 현실에 있었던 사실이라면, 아무리 12년 전 일이라 해도 그냥 넘어갈 문제가 아니다.

　　미영의『은하』를 펴낸 출판사에서는 작가의 개인정보는 알려줄 수 없다고 딱 잘라 말했다. 지방에 있는 독립

서점인데 작가와 독자가 대화하는 자리를 만들려 한다고
둘러댔더니 작가님께 여쭤보고 연락 주겠다며 내 전화번
호를 요구해서 통화를 그냥 끊어버렸다. 미영은 그 흔한
인스타그램이나 페이스북도 안 하는 모양이었다. 나는 인
터넷을 뒤지며 돌아다니다 '소설과 맥주가 있는 저녁'이
라는 북토크에 작가 신미영을 초대한다는 블로그 게시글
을 찾아냈다. 장소는 용인에 있는 작은 서점이었다. 퇴근
시간과 맞물려서 차는 더디게 나아갔고 마땅히 주차할 곳
이 없어 주변을 빙빙 돌다 두 블록 떨어진 곳에 있는 유료
주차장에 차를 세워놓고 걸어서 서점 앞에 도착했다. 통
유리 너머에 있는 미영은 가는 은테 안경을 썼고 사진으
로 본 모습보다 다소 야위었지만 열명이 조금 넘는 사람
들에 둘러싸여 뭔가를 말하는 그녀의 낯빛은 잔뜩 상기되
어 있었다. 안에서 왁자하게 웃는 소리가 새어 나왔다. 서
점 문에 붙어 있는 안내문에 따르면 북토크는 이미 삼십
분 전에 시작되었다. 내가 문을 열고 들어서면 모든 시선
이 나에게 쏟아질 테고 미영도 크게 놀랄 게 분명했다. 나
는 밖에서 기다리기로 했다. 길 건너 편의점에서 캔 커피
를 마시며 휴대폰으로 『은하』에 대해 검색했다. 미영의
소설에 대한 블로그의 리뷰나 인터넷 서점의 독자 평가는

극과 극이었다. 남녀관계를 피해자와 가해자로 단순 치환해버리는 무식한 시도. 페미니즘이 뭔지 알고 싶다면 이 소설을 읽어라. 이 책은 분명 페미니즘의 폐해를 지적하는 대표적인 사례가 될 것이다. 과대망상과 피해자 코스프레로 똘똘 뭉친 삼류 소설. 같은 여자로서 남의 일 같지 않아 읽는 내내 화도 나고 참 많이 울었습니다. 특히 남성들의 반응이 유독 안 좋았는데 작품에 대한 반감은 작가에 대한 인신공격으로 이어졌고, 늘 그렇듯 전문가들의 참고할 만한 비평은 어디서도 찾을 수 없었다. 나는 편의점에서 나와 서점을 바라보며 담배를 피웠다. 그리고 얼마 후 사람들이 하나둘씩 서점에서 나왔다. 나는 차도를 건넜다. 미영이 몇명의 여자들과 함께 밖으로 나왔다. 그들은 서점 앞에 서서 누군가를 기다렸다. 나는 그들로부터 대여섯걸음 떨어진 곳에서 미영을 바라보았다. 시선을 의식한 듯 미영이 내 쪽으로 고개를 돌렸다. 서점의 불이 꺼지며 미영의 주위가 어두워졌고 나이 든 여자가 마지막으로 나와서 열쇠로 서점의 문을 잠갔다. 그러는 잠깐 동안 미영은 나를 보고 있었다. 흐린 가로등뿐이어서 미영의 표정은 제대로 보이지 않았고, 아마도 내 얼굴 또한 그녀의 눈에 뚜렷하게 드러나지는 않았을 것이다. 나는 그녀를 향해 다가갔다. 하지만 내가 무슨 말을 건네기도 전에 미영은 돌아섰고, 나이 든 여자가 팔짱을 끼더니 한 무리의 여자들과 함께 미영을 나로부터 멀리 데려갔다. 나는 그 자리에서 꼼짝도 하지 않았다. 그녀를 부르지도 않았다.

미영은 꽤 잘나가는 작가였다. 분당에 있는 백화점의 이벤트홀에서 작가와의 대화와 사인회를 하는데 초대 작가가 신미영이었다. 나는 예정된 시각보다 일찍 도착해서 백화점을 돌아다니다 행사장으로 갔다. 지나다 우연히 들른 게 아니라는 걸 보여주기 위해 손에는 『은하』를 들고 있었다. 참석자들의 대부분은 여자였다. 미영은 다소 중후해 보이는 정장 원피스를 입었고 머리와 화장에도 꽤 공을 들인 것 같았다. 작가와의 대화는 사회자가 질문하면 미영이 대답하는 형식으로 진행되었다.

"다른 작품들은 모두 여성이 일인칭 화자인데「은하」만은 삼인칭이더군요."

"처음에는「은하」도 작가를 스토킹하는 여인이 일인칭 화자였습니다. 그런데 써가면서 계속 뭔가 부족한 게 느껴졌어요. 그 당시 제 안에서는 작가와 여인 모두를 이해하는 측면들이 공존했거든요. 그래서 고민 고민하다 결국 삼인칭으로 가기로 했죠."

"이 소설 속 여자들에게 일어나는 일 중에 작가님의 실제 경험도 있나요?"

"경험의 범위를 어떻게 보느냐에 따라 대답은 달라질 거 같은데요, 어찌 됐든 중요한 건 공감이라고 생각해요. 제가 아무리 직접 겪은 일이라고 우겨도 독자의 공감을 얻지 못한다면, 그냥 허황된 얘기가 되고 마니까요. 나보코프의 소설에 이런 문장이 있더라고요. 예술의 거짓이 우리 인생의 진실보다 훨씬 사실적이다.* 저도 동의하는 말이에요."

정말? 12년 전에는 달랐잖아. 너는 그때 내 앞에서 사실이 곧 개연성이라고 주장했잖아. 왜? 어째서 생각이 바뀐 거니? 그때는 독자였고 지금은 작가라서? 한시간가량 대화가 이어지는 동안 미영과 나의 시선은 두번 마주쳤다. 그럴 때마다 미소를 지어보려 했지만 잘되지 않았다. 아무 이유 없이 웃는 건 쉬운 일이 아니었다. 미영의 얼굴도

---

* 천신만고 끝에 블라디미르 나보코프의 소설 『절망』에서 유사한 문장을 찾아냈을 때, 내가 느꼈던 복잡한 감정을 지금 이 소설을 읽는 당신이 이해할 수 있을까?

굳어졌다. 나만의 느낌이었을까? 틀림없이 그랬다. 그녀를 놀라게 하고 싶지는 않았지만 어쩔 수 없었다. 대신 나는 아무 말도 하지 않고 조용히 앉아만 있었고 미영과 눈이 마주치지 않도록 주의했다. 대화가 마무리되자 참석자들은 사인을 받기 위해 『은하』를 들고 줄을 섰다. 나도 미영을 만나려면 줄을 서야만 했다. 미영은 환한 얼굴로 독자들이 내미는 책에 사인을 했다. 12년이라는 시간은 미영과 나를 너무 멀리 떨어뜨려 놓았다. 나는 대열로부터 멀찌감치 떨어져서 그녀를 잠시 바라보다 그냥 집으로 돌아왔다. 그날 밤, 나는 『참을 수 없는 존재의 가벼움』을 읽었다. 잘 읽히지 않았다. 문장이 도처에서 삐걱거렸고 단어 선택도 거슬렸다. 도대체 왜 그었는지 이유를 알 수 없는 파란 밑줄들은 내가 남겨 놓은 실수와 실언처럼 도처에서 나타나 나를 괴롭혔다.

며칠 후에 참석한 마포의 『은하』 북토크에서는 참가에 별다른 자격이나 절차도 필요 없고 대형 서점 내에 마련된 행사장도 개방적인 탓이어서 그런지 작은 소란이 있었다. 몇개의 질문과 답변이 오간 후 사회자가 미영이 페미니스트인지 물었고, 미영은 이렇게 대답했다.

"그건, 요즘 고민 중이긴 한데, 사실은 아직 잘 모르겠습니다. 독자들에게 재미와 감동을 전하는 게 저의 일이고 그러기 위해 여자로서 가장 잘 아는 걸 소설로 옮겼을 뿐인데, 여자가 여자에 대해 쓰면 페미니즘이고 남자가 남자에 대해 쓰면 안티 페미니즘인가요?"

미영이 자신의 질문에 스스로 답하려 할 때, 어떤 젊은 사내가 손을 들며 불쑥 일어나더니 큰 소리로 물었다. "질문 있습니다. 결혼하셨습니까?" 사회자가 잠시 후에 질문 시간이 있으니 기다려달라고 했지만 그는 아랑곳하지 않았다. "출산 경험은요? 혹시 미혼모세요?" 사회자의 만류에도 불구하고 남자의 목소리는 더 커졌다. "당신 아버지가 집을 나가서 행방불명이 되어도 안 찾을 겁니까? 대답해보세요!" 직원들이 다가가 제지하자 그는 욕설을 뱉었다. 안타까운 심정으로 남자를 바라보다 미영이 걱정돼서 시선을 옮겼더니 놀랍게도 그녀는 미간을 잔뜩 구긴 채 나를 노려보고 있었다. 소란을 피운 건 내가 아닌데 나를 원망하는 눈빛이었다. 남자가 직원들과 함께 행사장에서 사라지고 사회자가 나서서 분위기를 수습했다. 미영은 굳은 표정으로 말을 이어갔고 참석자들은 아무 일 없었던 것처럼 다시 작가의 말에 귀를 기울였다. 대화를 끝낸 뒤

미영은 질문도 받지 않고 직원들과 함께 서둘러서 그곳을 빠져나갔다. 남자의 서투른 행동 때문에 가장 피해를 본 건 나였음이 분명했다.

어수선한 분위기 속에서도 미영은 외부 행사를 멈추지 않았다. 파주 시립도서관에서 '읽기와 쓰기의 즐거움'이라는 주제로 네명의 작가가 일주일에 한번씩, 총 4회에 걸쳐 강연을 하는데 두번째 강연자가 미영이었다. 백이십명이 앉을 수 있는 소강당에 사십명이 조금 넘는 참석자들이 띄엄띄엄 앉아 있었다. 그날의 주제는 '내 인생 단 하나의 소설'이었다. 미영이 가방에서 꺼내 청중들을 향해 들어 보인 책은 『은하』였다. 미영의 소설집 『은하』가 아니라 장편소설 『은하』. 서점에서 사라진 지 오래라 지금은 구할 수 없는 유물이 되어버린 『은하』. 미영은 실제의 사연이 소설이 되고 소설이 다시 현실을 흔들다 끝내 소설마저 세상으로부터 버림받게 된 과정을 차분한 말투로 들려주었다.

"저는 이 소설을 둘러싸고 일어난 모든 일들에 대해서 화가 났어요. 도저히 이해가 가지 않는 부분도 있었고 이해는 가지만 절대 받아들일 수 없는 일도 있었죠. 그래서 그 혼돈에서 벗어나기 위해 소설을 써야만 했습니다."

미영은 두권의 『은하』를 양손에 하나씩 들고 말했다.

"한쪽은 소설 속 아이의 이름이고 다른 쪽은 단편소설
의 제목이지만 두 은하는 서로 다른 존재가 아닙니다. 한
쪽의 은하가 나를 찾아와서 나를 통해 다른 쪽의 은하가
되어 세상 밖으로 나왔으니까요. 하나가 없었으면 다른
것도 존재할 수 없었을 겁니다."

이어지는 미영의 말 속에서 두개의 『은하』는 책의 제목
이 아니라 새로운 생명체의 이름처럼 들렸고, 미영은 그
런 『은하』를 지키기 위해 소설을 둘러싼 현실에 절대 굴
복하지 않을 거라고 거듭 다짐했다. 청중들의 반응은 시
큰둥했다. 딱히 작가 신미영이나 그녀의 소설 때문에 모
인 게 아닌 탓이었을까? 하품을 하거나 아예 고개를 뒤로
젖히고 자는 노인도 있었다. 나는 미영의 강연이 채 끝나
기도 전에 밖으로 나왔다.

나는 도서관 주차장에 세워진 차 안에서 담배를 피우
며 강연이 끝나기를 기다렸다. 용인, 분당, 마포, 파주. 모
두 대중교통만으로 다니기에는 먼 거리이니 미영도 틀림
없이 차를 가지고 다닐 거라고 나는 확신했다. 삼십분쯤

지나자 두권의 『은하』가 들어 있을 큼직한 가방을 손에 든 미영이 도서관 건물에서 나왔다. 그녀는 주변을 두리번거리며 주차장으로 걸어왔다. 나는 차에서 내렸다. 그녀의 걸음이 하얀 경차 앞에서 멈추었고 나는 그녀를 향해 다가갔다. 미영은 그대로 서서 나를 바라보았다. 도서관에서 흘러나온 불빛과 주차장 여기저기에 서 있는 가로등 덕분에 사방은 대낮처럼 밝았다. 먼저 입을 연 건 미영이었다.

"왜 그래?"

미영은 지쳐 보였다. 그리고 예민했다.

"뭐가?"

"계속 나를 쫓아다녔잖아."

"누구나 갈 수 있는 곳에 간 것뿐인데."

"벌써 네번째야. 도대체 왜 그래?"

"반가워서 그러지."

"반가운 마음만으로 오기엔 너무 멀지 않니?"

대화는 쉽게 이어지지 않았다. 우리 옆으로 사람들이 지나가고 몇대의 차들이 주차장에서 빠져나갔다. 어색한 침묵이 불편한 듯 미영은 한숨을 내쉬며 고개를 가로저었다.

"피곤해. 가야겠어."

미영은 차문을 열어 뒷좌석에 가방을 실었다. 나는 말했다.

"네 소설을 읽었어."

내 말은 독자가 작가에게 건네는 단순한 인사가 아니었다. 그녀의 소설이 적어도 우리에게는 평범한 소설이 아닌 것처럼 말이다. 미영은 운전석의 문을 열려다 손을 떼고 물었다.

"그래? 넌?"

"나? 내가 뭐?"

"소설 안 써?"

미영의 재주는 여전했다. 상대의 입을 단숨에 틀어막는 재주. 미영은 말했다.

"나는 너야말로 소설가가 될 거라고 생각했어."

그랬나? 나는 네가 소설가가 될 거라곤 전혀 예감하지 못했는데, 너는 어째서 그런 생각을 했을까? 나는 입안에서 맴도는 말들을 차마 뱉지 못하고 삼켰다. 무엇을 말하고 무엇을 묻든 그것은 거짓말이거나 변명일 게 분명했다. 미영은 차 문을 열었다.

"갈게."

미영은 차에 올라탔고 나는 돌아서서 내 차가 있는 곳으로 느리게 걸음을 옮겼다. 주머니를 더듬어 담배를 꺼내 입에 물고 돌아보니 바로 떠날 것 같던 미영의 차가 그대로 서 있었다. 나는 운전석에 앉아 창을 열고 담배연기를 내뱉었다. 담배가 반쯤 줄어드는 동안 미영의 하얀 차는 미동조차 없었다. 통화 중인가, 설마 울고 있는 건 아니겠지, 가서 살펴봐야 하나. 나는 이런 생각을 하며 차 안에 앉아 남은 담배를 피웠다. 그러나 미영은 꼼짝도 하지 않았고, 그러다 퍼뜩, 어쩌면 내가 먼저 가길 기다리는 걸지도 모른다는 생각이 들었다. 미영이 먼저 출발하면 내가 뒤를 쫓을지도 모른다고, 그녀의 소설처럼, 내가 그녀의 집까지 쫓아올지도 모른다고, 그런 상상에 사로잡혀 핸들을 움켜쥔 채 내가 앞서 가길 기다리는 건 아닐까. 나는 거의 필터만 남은 담배를 밖으로 내던졌다. 시동을 걸고 막 출발하려는데 미영의 차가 움직이기 시작하더니 빠른 속도로 주차장을 빠져나갔다. 나는 시동을 끄고 다시 담배를 꺼내 입에 물었다.

미영이 지나갔을 도로를 따라서 달리는 동안 나는 무엇을 해야 하는지 깨달았다. 나는 아무것도 묻지 않았지만 미영은 이미 내게 답을 말한 셈이었으니 더이상 그녀를 쫓아다니는 건 무의미했다. 이제 내 차례. 나는 사흘 낮과 밤 내내 방에만 틀어박혀 이것을 썼다. 쓰는 동안 즐거웠다. 나의 텍스트 안에서 허구와 사실은 다르지 않았고, 그것들은 이란성 쌍둥이처럼 서로 이어지고 서로 쳐다보며 서로를 반영했다. 글이 이어질수록 멀어진 건 미영과 나뿐이었다. 그녀는 이것에 대해 뭐라고 말할까? 혹시 자신의 작품들을 표절했다고 화를 낼지도 모른다. 이 정도면 완전히 짜깁기 수준이라고, 제목마저 똑같으니 너무 파렴치한 만행 아니냐고 비난을 퍼부을 수도 있다. 하지만 나는 소설의 개연성을 확보하기 위해 이런 방식을 택할 수밖에 없었으며 제목은 작가의 의지와 무관하게 운명적으로 정해져 있었다. 더구나 그녀 또한 나와의 추억들을 아무런 동의 없이 가져다 썼으니 그렇게 기록된 것들을 내가 똑같이 쓴다고 해서 무조건 나의 잘못만 지적하는 건 말이 안 된다. 나는 어떠한 반응이든 받아들일 각오가 되어 있다. 아니 오히려 설레는 마음으로 기다릴 작정이다. 나의 소설이 누군가의 마음을 건드려서 그의 생각이 달라진다면 그로 인해 하나의 세계가 바뀌는 셈이니. 그리하여 우리가 『은하』를 둘러싼 모든 가정과 추론과 소문으로부터 벗어나 오로지 우리만의 이야기를 나눌 수 있다면, 그로 인해 우리가 마침내 진실을 공유하게 된다면, 나는 다시 한번 소설이라는 마법을 믿고 의지하게 될지도 모르겠다.

그녀에게 무슨 일이 있었나

수진이 눈을 뜬다. 하마터면 더 오래 잠들어 있다 기훈과 마주쳐 민망한 꼴을 들킬 뻔했지만 다행히 채 닫히지 않은 커튼 사이로 쏟아져 들어온 햇빛이 수진을 불안한 잠의 기운에서 건져낸다. 주위를 살펴 이곳이 어디인지 깨닫자마자 그녀는 본능적으로 두 손을 움직여 자신의 얼굴과 몸을 더듬는다. 청바지의 단추 한개가 풀어진 걸 알고 깜짝 놀라지만 원래보다 작은 사이즈여서 저절로 풀렸거나 자다가 불편해서 무심결에 풀었을 가능성이 떠올라 마음을 놓는다. 다행히 지퍼는 단단히 잠겨 있고 셔츠의 단추도 늘 그랬듯 위로부터 두개만 빼고 모두 채워진 상태이며 진작 벗어던져도 좋았을 양말마저 그대로다. 오전 다섯시에서 7분 지난 시각. 수진은 휴대폰으로 시간을 확인하고 얼굴을 살핀다. 끔찍하다. 너무 끔찍해서 쳐다보기도 싫지만 그 끔찍함이 익숙한 것이어서 오히려 안도한다. 그리고 당연한 순서처럼 후회와 자책이 뒤따른다.

어제 수진은 고등학교 동창들과 십년 만에 만났다. 대학로의 감자탕 전문점에서 오후 일곱시부터 시작되어 밤 열한시쯤 마무리될 것 같던 모임은 석촌호수 근처에 있는 기훈의 오피스텔로 옮겨서 계속 이어졌고, 새벽 한시쯤이었나, 수진은 갑자기 찾아온 두통을 견디다 못해 진통제를 먹었는데, 오히려 그때부터 취기가 심해지더니 오바이트를 하고 눈물마저 보이다 기훈이 잠시 쉬라며 내준 침대에서 그대로 잠들고 말았다.

수진은 조금이라도 실수를 만회하고 싶어 흐트러진 침대 시트를 정리하고 이불을 반듯하게 개었으며 버건디색 커버가 씌워진 깃털 베개 위에서 머리카락 몇개를 집어낸다. 하지만 겨우 그것만으로 기훈이 오랫동안 사용했을 침구들이 원래의 상태를 회복했을지 그녀는 알지 못한다. 수진은 침대 옆의 바닥에 반듯하게 서 있는 자신의 토트백을 집어 들고 거실로 나간다. 집 안은 깨끗하고 조용하다. 지난밤 술자리의 흔적은 말끔히 치워졌다. 4인용 소파에서 누군가 이불을 둘둘 말고 잠들어 있어서 가까이 가 보니, 기훈이다. 수진은 한숨을 내쉬고는 가방에서 수첩을 꺼내 한장 찢어서 메모를 남긴다.

'어제는 정말 미안했어, 오전에 일이 있어 먼저 간다, 또 연락할게, 수진.'

그녀는 서둘러 나가려다 현관에서 그녀의 살구색 구두 한쪽이 옆으로 누워 있는 걸 발견하고 멈칫한다. 굽이 높은 편이 아니어서 이러기 쉽지 않은데, 뭐지? 어제의 친구들이 남긴 서툰 인사 같아서 수진의 기분은 살짝 비틀어진다. 그녀는 쓰러진 구두를 세워서 다급하게 발을 꿰고 기훈의 집을 나선다.

수진과 기훈은 같은 고등학교의 문예부 부원이었다. 두 사람은 1학년 때 세명의 고3 선배들 앞에 나란히 앉아서 면접을 보았다. 며칠 후 세영과 영민과 현우가 차례로 같은 면접을 거쳐 부원이 되었고 2학년이 되어 교지 제작에 부족한 인원을 충원할 때 종수와 지연이 들어왔다. 그들 일곱명은 고3이 된 후에도 여름까지는 매월 독서 토론회를 하며 시와 수필과 짧은 소설을 써서 돌려 보았고, 가을에는 1,2학년들의 작품까지 한데 모아서 문집을 만들었다. 졸업 후에 그들은 아무런 약속 없이 각자에게 주어진 입시의 결과에 따라 뿔뿔이 흩어졌다. 간혹 행사가 있을 때 모교에서 우연히 마주치거나, 둘씩 혹은 셋씩 따로 약속을 정해 만난 경우는 있어도 그들의 의지나 계획에 따라 전원이 모인 적은 없었다. 거듭된 우연의 반복에 의해 일곱명의 최신 전화번호를 갖게 된 종수가 카카오톡에 단체대화방을 만들었고, 거기서 짧은 인사를 주고받으며 근황을 나누다 거의 6개월 동안 수도 없이 시간과 장소를 바꿔가며 조율한 끝에 십년 만의 모임이 겨우 성사된 거였다.

수진은 집에 돌아오자마자 얼굴에서 화장을 닦아내고 욕조에 뜨거운 물을 받아서 시트러스향 입욕제를 푼 다음, 오늘이 토요일인 걸 다행으로 여기며 몸을 담근다. 따뜻한 기운과 함께 몸의 회복이 시작되면서 정신도 맑아지고, 그러자 수진은 지난밤에 있었던 일을 다시 정리해야 하는 의무감에 사로잡힌다. 수진은 정해진 시간보다 십분 일찍 약속 장소에 도착했다. 종수와 영민은 이미 와 있었고 오분 후에 세영이 왔고 잠시 후 기훈과 지연이 거의 동시에 도착했다. 현우는 오지 않았다. 모두 여섯명. 분위기는 나쁘지 않았다. 아무 말 없이 먹기만 하는 어색한 상황도 있었지만 모두가 파안대소 하는 순간도 몇번인가 있었다. 그리고 기훈의 집. 어쩌다 거기까지 갔을까? 누가 먼저 가자고 했지? 난감해하던 기훈의 표정에도 불구하고 다들 가보고 싶다고 졸라댔다. 세영과는 대학로에서 헤어졌지. 남자친구가 데리러 와서 어쩔 수 없다고 은근히 자랑을 해서 다들 장난스런 야유를 보냈어. 세영은 남자친구가 몰고 온 검은색 쉐보레를 타고 떠났고 남은 다섯명은 대리 기사를 불러서 기훈과 영민의 차에 나누어 타고 석촌호수로 갔다. 혼자 살기엔 꽤 넓은 오피스텔이었지. 서른두평? 등단하고 삼년이 지나서 조만간 첫번째 소설집이 나올 예정인 작가답게 집안은 온통 책이었고, 12층에서 바라본 야경이 예뻤고, 그리고 다들 와인을 많이 마셨어. 편의점에 들러 캔맥주를 잔뜩 사 갔지만 그건 손도 대지 않고 기훈이 갖고 있던 와인만 마셨으니까. 현우 얘기가 나와서 잠시 찬바람이 돌긴 했지만 이내 풀어졌고, 문제는 나였지. 원인이 뭘까? 두통이야 늘 있었지만, 술을 너무 많이 마셨나? 소주와 맥주에 와인까지, 여러가지를 섞어 마셔서? 아무리 그래도 그렇게 맛이 가다니. 약 때문인가? 두통약의 성분과 와인이 화학 반응을 일으켜서? 모르겠다. 수진은 생각을 멈춘다. 더이상 생각이 이어지지 않는다. 뭔가 놓친 것이 있을지도 모른다는 막연한 불안감이 없지는 않았지만 그게 뭔지 수진은 알 수 없다. 몸이 물속 깊은 곳으로 가라앉는 느낌이 들고 눈꺼풀도 나른해진다. 수진은 고민을 그만둔다. 별일 없었으니 다행이라 생각하고 싶어진다. 십대 시절의 추억을 되새기며 감상에 젖을 만큼 한가하지도 않고, 다음 모임이 또 언제 있을지, 과연 있기는 할지도 알 수 없다. 일년에 한두번 어제처럼 모여서 각자 사는 모습들을 서로 비교하고 폼도 잡고 시샘도 하고, 딱 거기까지. 그 정도면 충분하다. 수진은 무사히 집에 돌아왔다고 단톡방에 짧게라도 글을 올리려다 시간이 너무 이른 것 같아 나중으로 미룬다. 우선은 밤새 주인을 기다린 침대로 돌아가서 모자란 잠을 마저 채우고 싶다. 누구의 방해도 받지 않고, 자다 지쳐서 저절로 깰 때까지.

수진의 잠은 깊지도 않고 길게 이어지지도 못한다. 잠들었다 싶으면 쉽게 깨어났고 꽤 잔 듯해서 시간을 확인하면 겨우 삼십분 남짓 지났을 뿐이다. 두시간쯤을 그렇게 뒤척이다 견디다 못한 수진은 휴대폰을 들어 밤새 올라온 기사를 검색하고 이런저런 동영상을 보며 유튜브를 돌아다니다 단톡방에 들어간다. 모임 이후에 새로 올라온 글은 아직 없다. 사진도 많이 찍었으니 언젠가는 올라오겠지. 거기 있는 모든 메시지에는 숫자 1이 남아 있는데 그건 아직 읽지 않은 사람이 있다는 표시이고 그가 현우라는 걸 수진은 알고 있다. 단톡방이 만들어지고 줄곧 그랬으므로 딱히 이상한 줄도 모르겠고 이유가 궁금하지도 않다. 누구에게나 각자의 사정이라는 게 있는 법이니까. 수진은 피로에 지친 눈두덩을 부비며 마치 조각 퍼즐을 맞추듯 자음과 모음 들을 조합해서 짧은 인사라도 남기려 한다. 하지만 우정, 추억, 만남 같은 상투적인 단어들만 두서없이 떠오르다 이내 사라지고 좀처럼 그럴듯한 문장은 되지 않는다. 수진은 휴대폰을 던져놓고 베개에 얼굴을 파묻는다. 몸은 휴식을 원했으나 잠을 재촉할수록 정신은 수면을 피해 자꾸만 달아난다. 다시 휴대폰을 집어 만지작거리는데 문자메시지가 도착한다.

'무사하냐?'

짧고 무뚝뚝한 메시지의 주인은 세영이다. 수진은 그렇다고 답을 적으려다 통화를 선택한다. 세영이 바로 받더니 대뜸 묻는다.

"어디야?"

"어디긴, 집이지."

"너 기훈이네서 잤다면서?"

수진은 깜짝 놀란다.

"어떻게 알았어?"

"정말이야? 거기서 잔 거야?"

수진과 세영은 고등학교를 졸업한 후에도 일년에 두세 번, 서로의 생일과 연말연시 시즌마다 안부를 묻고 소식을 주고받으며 지내왔다. 수진이 분당에 있는 초등학교에 임용되고 세영이 출판사에 취업한 이후에는 홍대 앞과 종로에서 만나 밥을 먹기도 했다. 그때마다 세영은 수진에게 기훈의 근황을 전했다. 어느 신문의 신춘문예에 당선됐고, 언제 어디에 무슨 소설을 발표했으며, 어느 출판사와 계약을 했는지. 심지어 일년 전에 석촌호수 옆으로 이사를 한 사실도 세영이 알려주었다. 처음에 수진은 세영이 기훈에게 관심이 있나 의심했지만, 사실은 수진을 위한 거라고, 고2 때 잠시 기훈을 향해 기울었던 수진의 마음을 아는 세영이 수진에게 특유의 오지랖을 발휘하는 거라고 이해했다. 그래서 수진은 지난밤의 상황을 전하면서도 변명처럼 들리지 않도록 신경 썼고 불필요한 오해를 낳지 않도록 주의했다. 수진의 설명이 끝나자 세영이 묻는다.

"아무 일 없었어?"

"당연하지. 일이 있을 게 뭐가 있어?"

"뭐가 당연해? 너는 약기운 때문에 정신이 없었다며?"

수진은 입을 다문다.

"다른 애들은? 종수랑 영민이랑 지연이랑, 그애들은 뭐래? 물어봤어?"

물어보지 않았다. 그럴 생각조차 못했다. 수진은 세영에게 말한다. 걱정해주는 건 고맙지만 지금 아무런 문제도 없고 완전히 정상이라고, 그러니 걱정 말라고. 하지만 세영은 납득하지 못하는 눈치다.

"너 잊었어? 기훈이 고3 때 버스에서 몰카 찍다 걸린 적 있잖아."

6월 즈음이었다. 3학년 1학기 중간고사와 기말고사의 사이, 그 무렵에 고3 남학생 한명이 시내버스에서 휴대폰으로 어느 여자를 몰래 촬영하다 붙들려 지구대로 끌려갔다는 소문이 퍼졌는데, 당시에 학교에서 돌던 다른 소문들에 비하면 시시한 수준이어서 이삼일 떠돌다 잊힐 운명이었지만, 책 많이 읽고 글 잘 쓰는 모범생 이미지였던 기훈이 범인이라고 알려지면서 아이들에게 충격을 안겼었다. 종수와 영민은 기훈을 문예부에서 탈퇴시켜야 한다고 지도교사에게 건의했고 교무주임까지 나서 그 일은 기훈과 무관하다고 밝혔지만 아이들은 믿지 않았다. 기훈은 아무런 시인도 부인도 없이 문예부를 그만두었다. 하지만 고3들의 활동이 사실상 멈춘 시기여서 그의 탈퇴는 유명무실했고, 10월에 발간된 문집에는 기훈의 글이 두편이나 실렸다. 수진은 말한다.

"그건 그냥 루머였잖아. 그리고 벌써 십년이나 지난 일인데."

"그 약, 두통약 맞아? 이상한 약 아냐?"

세영은 수진의 말은 듣지 않고 자기 말만 한다.

"다른 애들은? 그애들은 너만 놔두고 지들끼리 집에 간 거야?"

무언가 수진의 두개골을 예리하게 건드리며 지나간다. 수진은 손끝으로 관자놀이를 세게 누른다. 잠이 부족해서 조금 피곤한 거 말고는 다 괜찮으니까, 이제 그만 하라고 말하면서도 수진은 갑자기 찾아온 두통을 세영이 알아채지 못하도록 정상적인 말투를 유지하려 안간힘을 쓴다. 세영이 말이 없다. 수진은 두 눈을 질끈 감고 통증이 가라앉길 기다린다. 세영은 나중에 다시 통화하자는 말만 남기고 전화를 끊는다.

수진은 침대 옆 협탁의 서랍을 열어 두통약을 찾는다. 빈 상자와 포장지만 있을 뿐 알약은 없다. 그 약, 두통약. 누가 줬지? 기훈이었나? 머릿속을 아무리 헤집어봐도 떠오르는 건 없다. 아무래도 어젯밤 분위기가 어땠는지 알아야겠다. 수진은 종수, 영민, 지연 중에 그나마 가장 편한 종수에게 전화를 건다. 그는 기다렸다는 듯이 전화를 받는다. 종수의 말에 따르면 수진이 기훈의 부축을 받아 방으로 들어간 뒤부터 뭔가 어색해졌는데, 현우가 카톡조차 보지 않는 걸 영민이 기훈의 탓인 양 말해서 둘 사이에 거친 말들이 오갔고, 그후 분위기가 완전 암울해져서 종수는 먼저 자리를 떴다고 한다. 아마 영민과 지연도 그리 오래 있지는 않았을 거라고 종수는 말한다. 수진이 묻는다.

"무슨 일 있었던 건 아니지?"

"무슨 일? 무슨 일은 너한테 있었지. 넌 괜찮아?"

"난 괜찮아. 근데, 근데 말이야, 종수야. 나 좀 깨워주지, 왜 그냥 갔니?"

수진은 단지 궁금해서 물었을 뿐인데 어쩐지 원망하는

말투가 되고 말았다. 종수는 말이 없다. 그는 잠시 머뭇거리다가 어렵게 말문을 연다.

"그, 글쎄, 그랬어야 했나? 거기까진 생각을 못했네."

수진은 괜한 걸 물은 거 같아 후회한다. 종수는 밝고 긍정적인 성격이었지만 주변 분위기를 읽지 못해 종종 눈총을 받고는 했었다. 그는 고등학교 2학년 겨울에 세영에게 고백을 했다가 거절당했는데, 그후에도 세영을 대하는 태도나 말투에 아무런 변화가 없어서 세영은 어이없다고 했었다. 졸업 후에도 종수는 세영에게 간혹 연락을 하며 기회를 엿봤지만 세영은 조금도 틈을 주지 않았다. 종수가 단톡방을 만들고 모임을 적극적으로 추진한 이면에는 세영에 대한 미련과 어떤 기대가 적지 않게 작용했을 것이다. 그런데 세영이 남자친구까지 불러서 도중에 가버렸으니, 그런 상황에서 종수에게 다른 여자에 대한 염려나 배려를 기대하는 건 과한 욕심일 것이다. 종수가 말한다.

"기훈이도 있고, 영민이도 있으니까, 괜찮겠거니 했지."

"그애들이 있는데, 왜 괜찮아?"

종수는 또 대답이 없다. 그게 말문이 막힐 만큼 심각한 질문인가? 수진은 저쪽의 침묵이 답답했지만 별수 없이 견디며 기다린다. 잠시 후 종수가 묻는다.

"왜? 아무 일 없었다면서? 아니야? 뭔 일 있었어?"

아무 일 없었어. 아무 일 없었지만, 그렇지만, 종수야, 그게 중요한 게 아니잖아. 모르겠니? 수진은 쏘아붙이고 싶지만 그러지 않는다. 종수에게 꼭 그래야 하는 의무가 있는 건 아니니까. 수진은 세영이 될 수 없고 종수가 지켜야 할 그 무엇도 아니니까. 수진은 아무 일 없었다고 말한다. 종수는, 정말 괜찮으냐고, 마치 수진의 남자친구나 오빠라도 되는 것처럼 여러번 되묻는다. 수진은 괜찮으니 걱정 말라고 짐짓 밝은 목소리로 그를 안심시킨다.

세영과 한번, 종수와 한번. 딱 두번의 통화를 했을 뿐인데 수진은 새로 산 구두를 신고 진흙탕에 들어선 기분이 되고 만다. 수진은 커튼과 창을 활짝 연다. 그리고 찬물로 천천히 세수를 하고 가벼운 스킨과 자외선 차단제를 얼굴에 바르면서 이제 그만 터무니없는 스트레스로부터 벗어나야 한다고 스스로에게 다짐한다. 하지만 모든 루틴의 끝에서 습관처럼 휴대폰을 손에 쥐자 다시 고민에 빠져든다. 다른 애들 얘기도 들어봐야 하지 않을까? 특히 지연은, 같은 여자인데, 여자가 남자 혼자 사는 집에서 깜박 잠들었다가 새벽에 깨어나는 상황이 어떤 의미인지 모르지 않을 텐데. 지연은 수진을 싫어했다. 처음부터 편한 사이는 아니었지만 결정적인 계기가 있었다. 교지에 실릴 예정이던 지연의 수필 원고 파일이 수진의 실수로 삭제됐는데 당연히 원본 파일이 있을 거라 믿고 지연에게 사정을 설명했지만 지연은 없다고 말했다. 어떻게 그럴 수가 있느냐고 수진이 묻자 지연은 오히려 그건 자기가 할 말이며 남의 원고를 잃어버렸으면 사과부터 해야 하는 거 아니냐고 반문했다. 수진은 사과를 했지만 지연은 끝내 원고를 제출하지 않았다. 대신 그녀는 선생님들이나 친구들이 교지에 왜 작품이 없느냐고 물으면 수진이 파일을 잃어버려 어쩔 수 없었다고 스스럼없이 대답했다. 그후 두 사람은 피치 못할 상황이 아니면 서로 말을 주고받지 않게 되었고 어제 모임에서도 대화는커녕 형식적인 인사조차 나누지 않았다. 수진은 지연 때문에 모임 전날까지도 참석을 망설였는데, 다른 친구들의 달라진 모습도 궁금했고 어차피 한번은 봐야 하지 않나 하는 심정으로 나간 거였다.

영민은 다소 까칠한 성격이어서 부원들과 크고 작은 충돌이 잦은 편이었다. 기훈과 특히 그랬는데, 영민은 기훈의 말과 행동에 수시로 시비를 걸어서 자신의 반감을 노골적으로 드러냈다. 수진은 영민의 그런 행동이 기훈에 대한 열등감이나 질투심에서 비롯되었다고 여겼다. 영민은 수진과 심각한 갈등은 없었고 지연만큼 불편하지도 않지만 선뜻 내키지는 않는다. 수진은 기훈의 번호를 찾아 터치한다. 진작 그랬어야 했다. 지연이나 영민보다 기훈을 먼저 떠올렸어야 했다. 그러면 간단히 해결될 일이었다. 수진은 길게 이어지는 신호음을 들으며 기다린다. 아직 자는 걸까? 기훈이 전화를 받지 않는다.

수진은 자전거를 타고 6개월 정기권을 끊어둔 실내 수영장으로 가서 한시간 동안 수영을 했다. 평소 물속에서 보내는 시간은 삼사십분 정도였지만 오늘은 한시간 내내 물에 들어가 있었다. 지상의 중력을 벗어나 물의 부력 위에서 수진은 편안했다. 덕분에 기분은 한결 가벼워졌고 숙취와 모든 후유증으로부터 빠져나온 느낌마저 들었다. 따뜻한 물로 천천히 샤워를 하고 탈의실에서 휴대폰을 확인해보니 지연이 남긴 부재중 전화 한통이 있다. 수진은 무시한다. 근처 식당에 들어가 비빔밥을 주문하고 음식이 나오길 기다리는 동안 수진은 종수가 애들에게 수다를 떤 게 틀림없다는 결론에 이른다. 확실한 근거는 없지만 그렇게 단정한다. 그렇지 않으면 지연이 전화를 할 이유가 없으니까. 수진은 비빔밥을 떠서 입에 넣는다. 지연의 전화가 다시 오지 않을까 신경 쓰인다. 어젯밤 자신을 깨우지도 않고 먼저 간 것에 대해 지연이 무슨 변명을 늘어놓을지도 궁금해진다. 그게 자기랑 무슨 상관이냐고 발끈하겠지. 수진은 휴대폰을 의식하지 않으려 애를 쓴다. 지금은 오직 밥을 먹는 것에만 집중하고 싶다. 그녀는 천천히 입을 움직인다. 마치 음식을 무사히 넘겨야 냉정을 되찾을 수 있다는 듯이. 카톡의 신호음이 울린다. 지연이 사진을 올렸다. 감자탕을 앞에 두고 소주잔을 마주치는 남자들의 사진 두장과 서로 팔짱을 낀 채 웃고 있는 세영과 그녀의 남자친구. 그리고 기훈의 집에서 찍은 걸로 보이는 두장의 사진이다. 수진은 마지막 두장에서 눈을 떼지 못한다. 기훈과 종수 사이에 앉아서 고통을 견디느라 잔뜩 일그러진 얼굴. 그리고 기훈을 따라 어딘가로 들어가는 뒷모습. 누군가의 피사체가 된 자신의 표정과 몸짓이 수진은 낯설다. 이건 대체 왜 찍었을까? 그녀를 가둔 앵글에서 수진이 보는 건 짓궂은 악의 말고 아무 것도 없다. 수진은 컵에 반쯤 남은 물을 단숨에 비운다. 달아오르려는 감정을 가라앉혀야 한다. 흥분할 필요도 없다. 그렇다고 아무 것도 모르는 척 가만히 있고 싶지도 않다. 휴대폰을 들어서 지연의 번호를 찾아 누른다. 신호는 가지만 연결되지 않는다. 손에 휴대폰을 든 채 비빔밥을 수저로 뒤적거리다 도저히 소화시킬 자신이 없어 포기하고 식당을 나온다. 수영장 주차장으로 내려가 자전거에 채워둔 자물쇠에 열쇠를 꽂으려는데 착신음이 울린다. 지연이다. 통화 버튼을 누르고 휴대폰을 귀에 대자 호들갑스러운 음성이 수진의 머릿속으로 마구 쏟아진다.

"웬일이야? 네가 나한테 전화를 다 걸고. 어제 일 때문에 그러지? 너를 깨웠어야 했는데 나만 쏙 와버렸잖아. 미안, 미안. 그런데, 사실은 나도 좀 그랬거든. 생각해봐. 남자들 세명이 있는데 나만 혼자였던 거잖아. 걔들이 옛날에나 순진했지 지금은 완전 아저씨들이잖니. 더구나 술까지 마셨으니, 그래서 너 혼자 기훈이랑 방으로 들어갈 때 내가 얼마나 황당했을지, 너 아니? 그래도 나는 이해했어. 왠지 알아? 너 옛날부터 기훈이 좋아했잖아. 그래서 나는, 얘가 아직도 마음이 남아 있구나, 그렇게 생각하고, 잘되라고 속으로 응원까지 했는데, 근데, 어땠어? 아무 일 없었어?"

"누가 그래?"

"뭐? 아무 일 없었다는 거?"

"아니. 내가 기훈이 좋아했다는 거."

지연의 웃음소리가 들린다. 웃음의 여운이 채 가시기도 전에 그녀의 말이 이어진다.

"야, 너 왜 그래? 우리 문예부에서 그거 모르는 애가 어디 있냐? 너랑 기훈이랑 현우랑, 완전 삼각관계였잖아."

수진은 기가 막혔다. 그리 심각하지도 않았고 혼자 놀라서 어쩔 줄 모르다 저절로 사라졌던 감정이어서 남들이 알아챌 거라고는 짐작조차 못했다. 혹시, 세영이? 설마, 그럴 리가.

"근데 기훈이 말이야, 그렇고 그런 구설들이 많았잖아. 현우랑도 좀 그런 사이다, 동성애자다, 아니다 양성애자다. 거기다 몰카 사건까지 터지고. 아니, 뭐 다 옛날 얘기고 지금이야 어떨지 모르지만, 어쨌든 그렇단 얘기야."

기훈과 현우처럼 유난히 친한 사이여서 게이니 레즈니 하는 놀림을 받던 동성 친구들은 그들 말고도 많았다. 수진은 아이들의 유치한 놀림감에 불과했던 그들의 관계가 십년이라는 시간이 무색하게 지금도 진지하게 진행 중이라고 믿고 있는 인간을 설득하고 진위를 밝히는, 그런 명청한 짓에 에너지를 낭비하고 싶지는 않다. 수진은 묻는다.

"그래서, 너랑 영민이는 거기서 몇시에 나온 거야?"

"우리? 글쎄? 한시? 두시? 두시 반인가? 기훈이가 빨리 가라고 어찌나 눈치를 주던지, 더 있고 싶어도 못 있겠더라. 그래서 우리는 은근 기대했는데. 솔직히 말해봐. 정말 아무 일 없었어? 다 큰 성인들끼리 뭔 일 있는 게 무슨 흉이라고 그래."

지연은 대답을 기다리는 눈치지만 수진은 그대로 전화를 끊어버린다. 지연은 십년 전이나 지금이나 똑같다. 그렇다면 수진도 그래야만 한다. 왜 너희만 가버렸느냐고 따지지도 못했지만 전혀 아쉽지 않다. 수진은 심호흡을 한다. 지연의 음성이 뇌리에서 사라질 때까지 천천히 숨을 들이쉬었다 내쉬기를 반복한다. 그리고 다시 기훈에게 전화를 건다. 받지 않는다. 아직도 자고 있거나 어쩌면 샤워 중일 거라고 짐작한다. 일부러 피할 리는 없다고, 뭔가 사정이 있을지 모르니 좋은 쪽으로 생각하자고 자신을 다잡는다. 수진은 일단 영민과 대화를 해보기로 한다. 조바심을 내지 않으려 했지만 신호가 길게 이어지자 저절로 애가 탄다. 어서 받으라고 재촉하길 여러번 하고서야 통화는 연결된다. 영민은 아무 것도 모르는 듯 웬일이냐고 물었는데, 영민의 입장에서 그건 당연한 반응이다. 예전에도 그랬고, 최근에도 둘은 따로 통화를 한 적이 없으니, 그런 걸 감안해서 수진은 밝고 가벼운 어조로 고등학교 졸업 이후 처음 얼굴을 마주했던 소감을 말하고 집에는 무사히 잘 들어갔는지 묻는다. 영민은 대답한다.

"당연히 무탈하게 잘 돌아왔지. 넌? 지금 집이야?"

"응. 집이야."

"이제 괜찮아?"

"괜찮아. 무사해."

"다행이다."

수진은 물었다.

"다들 몇시쯤에 헤어졌니?"

"거기서 정확히 두시 되는 거 보고 나왔어."

"지연이랑 종수는? 걔들도 같이?"

"아니. 종수는, 그 자식은 지가 혼자 삐져서 먼저 갔고, 지연이만 같이 나왔지."

"두시에?"

"응. 대리기사 불러서 내 차로 지연이네 들렀다가 왔는데, 집에 오니까 세시가 넘더라."

"완전 새벽이네."

"그렇지. 그런데, 그건 왜?"

"아니, 그냥, 궁금해서. 무슨 대화를 했는지, 분위기가 어땠는지."

영민은 그들이 주고받았던 얘기를 전한다. 주로 기훈의 소설이 화제의 중심이었는데, 영민이 앞으로의 창작에 도움이 되었으면 하는 마음에서 기훈의 소설에 대해 독자로서 느낀 감상을 솔직하게 전달했더니, 그걸 감정적으로 받아들인 기훈이 불편한 기색을 드러내며 반박을 하고 충고를 하더라고 했다. 순전히 영민의 입장에서 들려주는 일방적인 얘기를 수진은 그냥 흘려듣는다. 전혀 궁금하지도 않고, 그런 대화를 나눌 때 거기 없었던 게 다행이라는 생각만 든다. 그의 말이 끝날 기미가 느껴져 수진이 질문을 던진다.

"혹시 나 때문에 분위기가 안 좋아지거나 그랬니?"

"너 때문에? 아니. 분위기가 나빠질 이유가 없지. 왜?"

수진의 입이 차마 열리지 않는다. 뭔가 더 물어야 할 것 같은데 물어도 될지 묻는 게 맞는지 얼른 판단이 서지 않는다. 어색한 침묵이 이어지자 영민이 다시 묻는다.

"왜? 무슨 일 있었어?"

얼마나 많은 염려가 담겨 있는지 알 수 없는 영민의 물음에 수진은 용기를 얻는다.

"묻고 싶은 게 있는데."

"그래? 뭐?"

"나는 왜 안 깨웠니? 나도 깨워서 같이 데리고 나왔어야 하는 거 아냐?"

영민의 대답이 지체된다. 그의 머뭇거림이 고스란히 수진에게 전해진다. 그는 대답한다.

"너는, 기훈이가 잘 챙긴다고 했고, 나는 지연이, 솔직히 걔 때문에 정신도 없었고, 지연이가 좀 많이 취해서, 너까지 내가 어떻게 할 수는 없었는데, 그런데, 그런데 너 지금 나한테 따지는 거니? 그러려고 전화한 거야?"

"아니. 아니야. 따지는 게 아니라 정확한 사실이 알고 싶어서 그래."

"정확한 사실? 정확한 사실을 알려달라고? 시작은 너였잖아. 갑자기 머리가 아프다고 했으니까. 그래서 기훈이 약을 줬지. 너는 무슨 약인지 물었고, 기훈이 평소에 먹는 두통약이라고 했는데, 그래도 믿음이 안 갔는지 너는 약 상자를 살피고 네 손으로 직접 알약 포장을 눌러서 꺼내 먹었어. 그 모습을 곁에서 우리가 모두 지켜봤고. 그런데도 너는 오바이트까지 하고 더 심해졌지. 많이 불편하면 방에 들어가서 잠시 쉬라고 기훈이 말했더니 너는 그래야겠다며 스스로 일어나서 기훈의 뒤를 따라 방으로 들어갔어. 정확하게 다시 말하는데, 아무도 너를 잡아끌거나 네 등을 떠밀지 않았어. 우리 모두 너를 걱정했고, 우리가 있는 동안 네가 있는 방으로 접근한 사람은 아무도 없었고. 그건 확실해. 우리가 떠난 다음에 무슨 일이 있었는지, 그건 나도 몰라. 그건 너 아니면 기훈이 알겠지."

영민의 말투에서 수진은 조롱을 느낀다. 자신에게 무슨 일이 있었는지도 모르는 바보 천치. 수진의 귀에는 그렇게 들렸다. 영민이 다소 거만한 어조로 재차 확인한다.

"어때? 이만하면 됐니?"

수진은 적당한 대꾸가 떠오르지 않는다. 알려줘서 고맙다고 해야 하나? 아니면, 미안하다고 사과라도 해? 둘 다 마음에 들지 않는다. 그래서 수진은 모호한 어조로 알았다고만 말한다. 영민이 기훈과 통화했느냐고 묻는다. 마치 마땅히 할 일을 제대로 했는지 확인하는 어른처럼. 수진은 이제 할 거라고 대답한다. 전화를 두번이나 걸었는데 안 받더라고 말하긴 싫다. 영민이 묻는다.

"너는 기훈을 어떻게 생각하니?"

너도 그런 게 궁금하니? 우리가 사귀는지, 어젯밤 어땠는지, 그런 걸 물을 참이야? 정말 뭔 일이 있었는지, 그런

게 궁금해? 수진은 대답한다.

"어떻게 생각하긴, 그냥 고등학교 동창이지."

영민은 수진의 대답과 무관하게 하려던 말을 기어코 한다.

"내가 보기에 기훈이 그 자식은 사이코패스 같은 놈이야. 겉과 속이 전혀 다르거든. 겉은 멀쩡하고 평범해 보이지만 속에는 변태 같은 또라이가 웅크리고 있어. 우리들 중에 그걸 모르는 사람은 아무도 없지. 너만 빼고 말이야."

너만 빼고? 이건 무슨 뜻이야? 수진은 묻는다.

"너는 왜 그렇게 기훈이를 싫어하니?"

웃는다. 낮고 불쾌한 영민의 웃음소리가 수진의 머리를 마구 두드린다.

"이거 봐. 너만 모르잖아. 다들 아는데."

영민은 자신이 도울 일이 있으면 언제든 말하라고 덧붙인다. 도울 일? 무슨 일? 그게 뭔지 모르지만 어쨌든 수진은 그러겠다고 한다. 한 템포 빠르게 영민이 먼저 전화를 끊는다.

수진은 자전거를 주차장에 그대로 둔 채 다소 멍한 상태로 길을 걷다 스타벅스로 들어간다. 집에 가고 싶지 않

앉고 혼자 있고 싶지 않았고 커피를 마셔야만 했다. 실내
에는 많은 사람들이 있다. 남자끼리 대화를 나누거나 여
자 둘이 마주 보고 웃는 테이블도 있고 남녀 커플도 있다.
혼자인 사람들도 의외로 많다. 그들은 모두 책이나 노트
북이나 휴대폰을 들여다보고 있다. 수진은 혼자다. 대화
를 나눌 사람도 없고 열중해서 바라볼 그 무엇도 없다. 휴
대폰은 손도 대기 싫다. 수진은 문득 자신이 다른 사람이
된 것 같다. 그건 TV나 영화에서 본 적은 있어도 직접 겪
어본 적은 없는 감정이어서 그녀는 어찌할 바를 모른다.
누군가 벤티 사이즈의 아메리카노를 들고 와서 주문하신
거 맞느냐고 묻고 나서야 수진은 주문한 커피가 나왔다고
직원들이 수차례 알렸지만 전혀 듣지 못했음을 깨닫는다.

　그 방. 기훈이 내준 방. 그 방에 뭐가 있었지? 커튼이 달
린 창문과 침대. 그리고? 모르겠다. 방문을 잠갔던가? 기
억나지 않는다. 약을 먹지 말았어야 했다. 뭔지도 모르고
덥석 받아먹다니. 왜 그랬을까? 바지는? 청바지의 단추
하나가 열려 있었다. 잠결에 내 손으로? 그게 그렇게 쉽게
풀려? 기훈은, 빈방도 있을 텐데 왜 소파에서 잤을까? 기
훈을 깨웠어야 했다. 깨워서 물었어야 했다. 바보같이 그

냥 나오다니. 애초에 거기를 가는 게 아니었어. 그따위 고
등학교 동창들. 수진은 어제의 모든 순간들이 후회스럽
다. 카톡의 신호음이 울린다. 수진은 화들짝 놀라서 휴대
폰을 무음으로 바꾼다. 종수가 사진 여러장을 올린다. 카
메라에 포착된 찰나의 표정들은 너무도 기이하다. 딱딱
한 얼굴들은 화가 난 듯 벌겋게 달아올랐고 시선은 적의
로 가득 찼으며 심지어 웃는 얼굴 위에도 허위와 자조의
잔상들이 떠돌았다. 뭐가 그리 좋은지 술기가 잔뜩 올라
서 입을 크게 벌린 채 웃고 있는 자신의 얼굴이 바보 같
고, 돼지 등뼈 한조각을 손에 들고 살점을 물어뜯는 모습
은 너무 짐승 같아서 수진은 두 눈을 질끈 감는다. 종수와
지연의 메시지가 빠르게 올라온다.

  '발로 찍었냐? 사진들이 다 왜 이래?'

  '건질 만한 게 너무 없어.'

  '너도 만만치 않아. 저게 뭐야?'

  '애들이 다 맛이 갔어 ㅋㅋㅋ'

  영민도 등장한다.

  '사진들이 존나 몰카 같다 ㅋㅋ'

  수진은 소리 지르고 싶다. 이따위 사진들을 도대체 왜
찍은 거냐고, 당장 지우라고. 하지만 손가락이 마음처럼

움직여주지 않는다. 그들의 문장은 계속 발랄하다.

'현장감 있고 좋은데 머.'

'우리가 전문가도 아닌데. 재밌잖아 대충 넘어가.'

'기훈아 너도 사진 올려라.'

'그래 기훈이 사진 보고 싶다.'

'빨랑 올려 궁금해 궁금해.'

수진은 입력을 포기한다. 이미 늦었다. 뭐라고 적든 달라질 건 없다. 기분대로 한다면 단톡방에서 나가버리고만 싶다. 아니, 아직은 아냐. 지금 나가면 더 이상하게 여길 거야. 지들 멋대로 추측하고 부풀리고. 수진이 당장 할 수 있는 최선의 대응은 알림차단뿐이다.

수진은 자전거를 타고 집을 향해 달린다. 차량들 사이를 아슬아슬하게 비켜가며 그들의 성난 경적들을 무시하고 미친 듯이 달려서 집 주위를 한참이나 빙빙 돌다 날이 어두워지고 온몸이 땀으로 흠뻑 젖고 나서야 집으로 들어간다. 집에서도 수진은 가만히 있지 못한다. 집 안 청소도 하고 세탁도 하고 쌓아둔 쓰레기들도 내다버린다. 밥은 먹지 않는다. 콜라와 오렌지 주스만 계속 마셔댄다. 침대에 누워서 TV화면을 향해 시선만 던져둔 채 리모컨으로 끊임없이 채널만 바꾸고 있는데 세영의 문자메시지가 온다.

'나 지금 존나 욕먹는 중 ㅋㅋㅋ'

메시지에 링크된 URL을 타고 들어가니 세영이 트위터에 올린 글이 나온다.

'친구가 동창인 남자애 원룸에서 여럿이 와인을 마시다 두통이 심해져 약을 먹고 깜박 잠이 들었는데, 아침에 깨서 보니 이불도 덮어주고 남자애는 소파에서 자고 있더래. 친구는 무사히 돌아왔고. 그 남사친, 요즘 보기 드물게 너무 젠틀하지 않음?'

세영의 글에 달린 백개가 넘는 답글 중에는 간혹 남자애를 칭찬하는 글도 있지만 대부분의 글에서 세영은 남성 혐오자였고 세영의 친구는 아무 데서나 몸을 굴리는 부주의한 날라리였으며 젠틀한 남사친은 동성애자거나 페티시즘 취향의 변태거나 소심한 등신이었다. 그리고 적지 않은 이들이 정말 실화냐고, 아무래도 주작인 거 같다고 의심했다. 수진은 세영에게 전화를 건다.

"너 지금 제정신이니? 도대체 그런 글을 왜 올려?"

"왜 그래? 내 글 안 읽었어? 나는 좋은 뜻으로 쓴 거잖아."

"좋은 뜻? 거기 달린 악플들 안 보여?"

"그건 이상한 인간들이 많다는 증거일 뿐이고. 그리고 뭐 어때? 어차피 네 얘기라는 거 아는 사람도 없는데."

"아는 사람이 없다고?"

"누가 알아? 우리 애들? 걔들은 어차피 아는 얘기인데 뭐. 오히려 재미있어할걸."

너였구나. 네가 애들에게 기훈에 대한 내 마음을 떠들어서, 기어코 지연이 그년 입에서 나온 헛소리를 내가 듣고 말았던 거야. 맞지? 그런 거지? 수진은 말한다.

"내가 알잖아."

"뭐? 무슨 소리야?"

"내가 안다고. 내가 싫다고!"

자신의 입에서 나온 목소리가 생각보다 커서 수진은 놀란다. 하지만 주위 담을 생각은 없다. 세영의 잔뜩 가라앉은 음성이 들려온다.

"너 왜 그래? 괜찮아? 무슨 일 있어?"

수진은 말한다.

"아무 일 없어."

수진은 옷장에서 어제 입었던 청바지를 꺼낸다. 청바지에 다리를 넣고 배에 힘을 준 상태에서 두 손으로 허리춤을 힘껏 잡아당겨 겨우 단추를 잠근다. 지퍼를 채우고 전신 거울 앞에 서서 거울 속을 바라본다. 평소에 입는 바지보다 한 치수 작은 스키니진이다. 수진은 단추를 푼다. 잠글 때 보다는 좀더 수월하다. 고개를 들어보니 어떤 여자가 눈에 들어온다. 바지의 단추가 풀어진 것도 모른 채 정면만 멀뚱하니 바라보는 여자의 모습은 어쩐지 제정신이 아닌 것 같다. 단지 단추 하나 풀었을 뿐인데 마치 모든 걸 포기한 사람처럼 보인다. 아무 데서나 몸을 굴리는 부주의한 날라리. 수진은 청바지를 벗어서 쓰레기통에 넣는다.

휴대폰 화면에 기훈의 전화번호를 띄워놓고 수진은 생각에 잠긴다. 기훈은 왜 전화를 걸지 않을까? 부재중 전화가 두통이나 있으면 확인을 해야지. 더구나 내 전화라는 걸 알 텐데. 혹시 그래서 모른 척하나? 내 전화라서? 수진은 조금이라도 마음이 진정되길 기다려보지만 아무래도 그런 순간은 오지 않을 것 같다. 오히려 그러기 위해서 기훈과의 대화가 필요하다. 수진은 통화 버튼을 터치한다. 신호음이 두번인가 이어지다 기훈의 음성이 들려온다. 수진은 사과부터 한다. 그게 예의니까. 웃음기 섞인 말투로 아침에 눈을 떴을 때 너무 놀랐고 쪽팔려서 혼났다며 자신의 실수를 가볍게 인정한 뒤, 소파에서 자는 기훈의 모습을 보고 너무 미안했지만 차마 깨울 수도 없어서 그냥 나왔다고, 다시 한번 사과한다. 그리고 자연스러운 귀결처럼 묻는다. 빈방도 있을 텐데 왜 거실 소파에서 잤느냐고.

"내가 바닥에서는 못 자서, 침대가 하나뿐이라 어쩔 수 없었어."

짐작대로다. 그의 대답은 당연하고 상식적이며 반박의 여지도 없다. 그러나 오히려 그렇기 때문에 수진의 의문은 개운하게 해소되지 않는다. 약에 대해 물어도 마찬가지겠지.

"그래? 괜히 또 미안해지네."

"아냐. 나 가끔 소파에 누워서 책 읽다 자기도 해. 생각보다 편하거든."

수진은 이제 사과는 그만하고 싶다. 그래서 대화의 방향을 바꾼다.

"단톡방에 애들이 올린 사진 봤어?"

"응. 봤어."

"넌 사진 안 올려?"

"나? 올릴 사진이 없는데?"

"사진이 없어?"

"응."

"왜?"

"왜긴, 안 찍었으니까 없지."

"사진을 안 찍었다고? 정말?"

대답이 없다. 짧고 무거운 침묵이 흐르고, 기훈이 묻는다.

"왜 내가 사진을 찍었다고 생각하지?"

기훈의 목소리가 무거워졌다. 수진도 그렇게 느꼈지만 그녀의 말투는 달라지지 않는다.

"애들이 그러던데, 그래서 당연히 그런 줄 알았지."

"내가 사진 찍는 거 봤어?"

"아니, 나는 못 봤는데, 내가 못 봤다고 네가 안 찍은 게 되는 건 아니잖아."

"애들이 찍었다고 하면 찍은 게 되고?"

"아냐?"

"뭐가?"

"정말 안 찍었냐고."

기훈이 말이 없다. 수진은 그의 대답을 기다린다. 하지만 돌아온 건 질문이다. 수진이 너무도 많이 들었던 질문.

"너, 무슨 일 있니?"

돌이켜보니 수진은 기훈과 단둘이 대화를 나눈 적이 없다. 십년 전 언젠가 우연히 주고받았던 말들도 사적인 건 아니었다. 밥 먹었니? 마음에 들어? 괜찮아? 이런 말들을 수진은 기훈과 나눈 적이 없다. 그래서 새삼 안부를 묻는 기훈의 목소리는 정말 무슨 일이 일어났음을 알리는 신호음처럼 들려서 수진의 가슴은 서늘해진다. 수진은 말한다.

"그건 내가 묻고 싶은 질문이야. 말해봐. 어제 무슨 일 없었어?"

대답이 없다. 수진은 길게 기다리지 못하고 다시 묻는다.

"사실대로 말해줘. 내가 네 방에서 자는 동안 나한테 정말 아무 일 없었니?"

기훈이 아무 일 없었다고 말하면 아무 일 없었던 게 되나? 기훈이 사실이라고 말하면 사실이 되고? 사실? 그게 뭔데? 기훈이 말한다.

"당연하지. 너도 알잖아. 아무 일 없었다는 거."

내가 안다고? 내가 뭘 알아? 아무 것도 모르겠는데, 도대체 뭘 안다는 거야? 내가 아는 건 오직 내 기분뿐이야. 아무 일 없었다면 내 기분이 왜 이래? 모든 게 엉망이야. 완전 거지 같다고. 수진은 말한다.

"나는 모르겠어."

수진은 더이상 묻지 않는다. 궁금한 건 많지만 무엇을 묻고 무엇을 답하든 달라지는 건 없을 것 같다. 수진은 그저 기다린다. 기훈이 뭔가 말해주기를, 수진이 안도할 수 있도록 기훈만 아는 사실 한가지만, 사적인 말 한마디만 더 건네주기를. 오직 그것만 바란다. 하지만 그는 십년 전처럼 더이상 아무 말도 하지 않는다. 수진은 말한다.

"알았어."

수진은 전화를 끊는다.

수진은 약국에 가서 두통약과 수면유도제를 산다. 그녀는 두 종류의 약을 동시에 먹어도 괜찮은지 약사에게 묻는다. 수진의 엄마와 비슷한 연배로 보이는 여자 약사는 자기도 머리가 너무 아파서 잠을 못 자는 경우가 종종 있는데, 늘 그렇게 먹는다고, 상관없다고 말한다. 수진은 집에 돌아와 두통약을 먹는다. 모든 창문을 잠그고 커튼은 빈틈없이 여민다. 현관문이 제대로 잠겼는지 두번이나 확인한다. 한번도 사용한 적이 없던 침실 문손잡이의 잠금 버튼도 두 눈으로 지켜보는 가운데 힘주어 누른다. 그리고 수면유도제를 먹는다. 수진은 불을 끄고 침대에 누워서 평소처럼 휴대폰을 든다. 카톡 아이콘에 붙어 있는 붉은색의 숫자 1이 제일 먼저 눈에 들어온다. 새로 업데이트된 메시지가 있다는 뜻이지만 수진은 외면한다. 휴대폰을 내려놓고 눈을 감는다. 약기운이 얼른 퍼져서 이곳이 아닌 다른 곳으로 멀리 데려가주기만 기다린다. 하지만 약의 효과는 수진의 기대에 미치지 못한다. 어둠과 고요 속에서도 수진의 신경은 가만히 있지 않는다. 이틀 동안 있었던 일들을 수진의 눈앞에 다시 불러내서 무심코 지나쳤던 말과 행동과 시선 속에 숨겨진 부분들을 들춰내고, 카톡의 '1'이라는 기호 뒤에 뭔가 있을지 모른다고 계속 암시하고, 그게 뭔지 확인하라고 끈질기게 속삭인다. 결국 수진은 못 이기는 척 다시 눈을 뜨고 단톡방에 들어간다. 기훈이 올린 사진 한장이 있다. 뭐야? 사진 없다며? 안 찍었다며? 대학로의 인도 위에서 모두 한줄로 서서 찍은 사진이다. 기훈은 사진 속에 있다. 사진을 찍은 건 세영의 남자친구다. 반듯한 구도와 정확한 앵글 안에서 여섯명의 고교 동창들이 환하게 웃고 있다. 하지만 수진에게 보이는 건 그들의 미소가 아니다. 수진은 거기 없는 걸 보고 있다. 현우. 현우가 없어. 그녀는 처음으로 현우에 대해 생각한다. 그를 둘러싼 소문과 추측들을 다시 떠올리고 진작부터 품었어야 했으나 무심히 지나쳤던 의문들을 곱씹는다. 그리고 수진은 깨닫는다. 자신이 아무리 애를 써도 무엇이 진실이고 무엇이 거짓인지 가려낼 수 없음을. 자신의 처지도 현우와 결코 다르지 않음을. 그리하여 앞으로 그들의 단톡방에 올라올 모든 메시지 옆에 숫자 1이 아니라 숫자 2가 남게 될 것임을. 수진은 휴대폰의 전원을 끈다.

호수

그곳은 지어진 지 이십년을 훌쩍 넘긴 콘도형 리조트였다. 리조트의 홈페이지에는 가까운 곳에 호수가 있어서 나룻배를 타고 낚시를 할 수도 있다는 안내문과 함께 거의 그림에 가까운 푸른 호수의 이미지가 게시되어 있었다. 나는 그곳에서 '한-아세안 문화교류 확대를 위한 민관 협력 방안'이라는 주제로 일박 이일 동안 진행되는 세미나의 초청장을 받았다. 행사를 주관하는 담당 부처의 공무원 중 한명이 대학교 후배였는데, 그는 나의 소설 중 유일하게 5만부를 넘긴 작품의 배경이 베트남이고, 지난해에 그 작품이 베트남에서 번역, 출판되었으니 참석할 자격과 의무가 있다며 수시로 전화를 걸고 문자메시지를 보내서 나의 참석을 채근했다. 내 소설에 대한 베트남 사람들의 반응이 어떤지 나는 모른다. 일년이 넘도록 출판사는 내게 아무런 연락도 없었고, 그러한 침묵이 무엇을 의미하는지 나는 모르지 않았다. 직접 만난 적도 없고 대학과 학과가 같다는 사실 이외에 아무런 개인적인 인연도 없는 후배의 끈질긴 권유가 다소 의아스러웠지만, 거의 일년 가까이 소설 한줄 써내지 못하는 주제에 검은 양탄자가 끝도 없이 이어지는 좁은 복도를 밤새 헤매다 땀에 젖어 깨어나길 며칠이나 반복하고 있던 터라, 나는 마치 숨을 곳을 발견한 길고양이처럼 어둠이 채 가시기도 전에 책상 제일 아래 서랍에 휴대폰을 던져놓고는 조용히 집을 빠져나와 고속버스에 몸을 실었다.

간단한 개회식과 점심 식사를 마친 후 경제와 무역 분야 전문가들의 발제로 세미나는 시작되었다. 강연자 세명의 얼굴과 이름은 모두 낯설었다. 어디서 받았는지 기억조차 없는 팸플릿을 펼쳐보니 경제와 무역이 끝나면 아시아의 정치와 역사를 개괄하고 몇몇 나라의 전통춤 공연을 관람한 뒤에 케이팝과 영화와 게임을 다루고 나서 참석자들의 관심이 시들해질 무렵 문학이 등장할 예정이었다. 다행히 프로그램 어디에도 내 이름은 보이지 않았다. 덕분에 나는 안도했고 홀가분하게 세미나장을 빠져나왔다. 뒤늦게 도착할 참석자를 위해 팸플릿을 의자 위에 내려놓고 타인의 시선을 방해하지 않도록 허리를 깊숙이 숙이는 것만이 내가 세미나를 위해 할 수 있는 최대한의 배려였다.

밖에는 비가 내리고 있었다. 폭우라고 할 수는 없지만 이슬비보다는 세차게 내리는 중이어서 호수를 찾아 나서려던 애초의 마음에도 불구하고 나는 선뜻 빗속으로 들어서지 못했다. 주변에는 몇명의 사내들이 우두커니 서서 담배를 피우고 있었다. 그들은 모두 푸른색 끈이 달린 명찰을 목에 걸었는데 세미나 주최 측에서 참석자들이 신분을 스스로 밝히는 수고를 덜어주기 위해 나눠준 것이었다. 나는 목에서 명찰을 빼서 재킷 주머니에 넣었다. 담배를 다 피운 이들은 비를 원망하며 다시 세미나장으로 돌아갔다. 담배꽁초들이 비에 젖어가는 걸 바라보다 혼자만 남은 듯싶어 주위를 두리번거렸더니 열걸음쯤 떨어진 곳에 그녀가 보였다. 사십대 초반이나 중반쯤 되었을까. 여자는 청바지를 입었고 푸른 핏줄이 도드라진 손으로 아직 펼치지 않은 우산을 쥐고 있었다. 비가 쏟아지고 있음을 뒤늦게 알고 어디선가 급하게 빌려온 게 분명해 보이는, 도무지 그녀와 어울리지 않는 검은색 장우산이었다. 명찰을 걸고 있지 않아서 세미나 참석자인지 아닌지는 알 수 없었다. 뭔가를 기다리는 듯, 어쩌면 망설이는 듯 가만히 빗속을 들여다보던 여자는 내가 얼굴도 모르는 후배를 찾기 위해 돌아서려 하자 우산을 펴들고 빗속으로 걸음을 떼어놓았다. 세걸음이었나, 네걸음이었나. 그녀는 빗속으로 옮기던 걸음을 멈추더니 고개를 돌려서, 여자가 보이는 동안만 잠시 있기로 이제 막 마음먹은 나를 향해 소리 높여 물었다.

"우산 쓰실래요?"

나는 여자의 제안을 듣자마자 그녀를 향해 성큼성큼 걸어가서 그래도 되겠느냐고 되물었고, 여자가 뭐라고 대답을 하기도 전에 그녀의 손에서 우산을 빼앗듯 건네받았다. 우산은 꽤 컸지만 두 사람을 비로부터 완전히 보호하기에는 부족해서 나의 왼쪽 어깨 위에는 줄곧 빗방울이 떨어졌고, 그것을 아는지 여자는 내 곁에 바짝 붙으며 우산을 든 내 손을 밀기도 했지만 나는 괜찮다며 그녀를 우산의 중심에 놓으려 애를 썼다. 우리는 그렇게 십분쯤 걸었다. 걷는 동안 사적인 대화는 나누지 않았다. 나는 버스를 타려 한다고 둘러댔고 그녀는 택시를 탈 작정이라고 했다. 나는 호수에 대해 물었다. 그녀는 이번이 두번째 방문이지만 호수 얘기는 처음 듣는다며 고개를 갸웃거리더니 되물었다.

"있을까요? 호수로 가는 버스가."

그녀의 목소리는 시적인 상상을 불러일으켜서 나는 할 말을 잃은 채 그저 미소만 지었다. 여자와 나는 어깨를 바짝 붙인 채 서로의 보폭과 속도와 방향을 신경 쓰며 걸었다. 우리를 둘러싼 공기 중에는 비와 대지가 만나서 일으킨 물과 흙의 내음이 가득했다. 가벼운 공기와 차가운 물의 기운 속에서 나의 정신은 점점 맑아졌다. 마침내 차도에 이르러 버스정류장이 보이고 몇 미터 앞쪽에 줄지어 서서 손님을 기다리는 택시들을 발견했을 때는 약간 아쉬운 느낌마저 들었다. 우리는 버스정류장에서 걸음을 멈췄다. 버스를 기다리는 사람은 아무도 없었다. 벽돌을 쌓아서 만든 정류장의 정면 벽 한복판에 버스 노선도가 붙어 있었지만 무심하게 기어가는 지렁이의 몸뚱이처럼 구부러진 노선 위에 점으로 표시된 지명 어디에도 호수가 연상되는 곳은 없었다. 정차 중인 택시로 가서 기사들에게 물을 수도 있었지만 나는 그러고 싶지 않았다. 그녀가 택시를 타고 떠나는 걸 확인한 뒤 다시 빗속을 걸어서 리조트로 돌아가면 그만이었다. 그런 심정이 언어가 되어 입에서 흘러나왔다.

"호숫가에서 매운탕에 소주나 한잔할까 했더니 안 되겠네요."

나는 질문을 던진 게 아니었는데 여자는 어떤 응답처럼 내게 물었다.

"매운탕 말고 닭은 어떠세요?"

나의 얼굴 위로 놀라는 표정이 스치는 걸 알아챘는지 여자는 이내 말을 이었다.

"여기에 꽤 잘하는 집이 있다고 해서 갈 건데, 듣기로는 혼자 먹기에 양이 꽤 많다고 하더라고요. 아니, 그러니까, 뭐 꼭 그래서라기보다 혼자보다는 둘이 낫잖아요. 호숫가는 아니지만, 같이 가요."

어쩌면 여자가 나를 알고 있을지도 모른다는 생각이 그제야 퍼뜩 들었다. 비록 베스트셀러 근처에는 가본 적도 없지만, 세권의 소설집과 두권의 장편소설과 한권의 에세이집을 냈고 이런저런 문학 관련 행사에도 뻔질나게 얼굴을 내밀었으니 나를 알지만 내가 모르는 이들이 있다 해도 이상한 일이 아니었다. 아무래도 좋았다. 여자가 나를 알든 모르든, 그녀가 먹으려는 게 닭이든 무엇이든, 세미나장에서 나를 기다리고 있을 게 뻔한 권태와 무의미보다는 내 영혼에 해롭지 않을 테니까.

우리는 택시를 탔다. 여자가 기사에게 식당의 상호를 대자 택시는 바로 출발했다. 여자는 왼쪽 창밖으로, 나는 오른쪽 창 너머로 여전히 비가 내리는 먼 산과 들판만 바라보았다. 아무런 대화도 없이 앉아 있는 우리의 모습을 백미러를 통해 살피는 기사의 시선이 느껴졌다. 나는 단지 기사의 관심을 돌려놓기 위해 근처에 호수가 있는지 물었다. 기사는 꽤 큰 호수가 있기는 한데 택시로 십분쯤 걸린다고 말하더니 백미러를 통해 내게 시선을 건네며 갈 거냐고 물었다. 나는, 그건 아니고 혹시 근처에 있나 해서 물은 건데 택시로 십분이면 근처라고 할 수는 없으니 그 호수는 아닌가 보다고 말했다. 그러자 기사는, 좀 달리면 오분 안에 갈 수도 있고 호숫가에 매운탕집이랑 모텔도 많다고, 시선을 거두지 않은 채 설명했다. 그러자, 여자가 말했다.

"혹시 이런 거 아닐까요? 호수가 있는 게 아니라 호수가 보인다, 근처 어딘가에 가면 호수를 볼 수 있다, 멀리 있는, 손톱만 한 호수를, 그것도 날씨가 활짝 갠 날에만."

"보는 것과 직접 가는 건 다르잖아요. 낚시를 할 수 있는 나룻배도 있다고 하던데요."

"배를 타고 낚시를요?"

"네. 홈페이지에서 봤습니다."

"호수가 홈페이지도 있어요?"

"아뇨. 리조트요."

기사가 이때다 싶었는지 끼어들었다.

"잘 아시네요. 거기 가면 낚시도 할 수 있고 잡은 거를 바로 회 쳐서 드실 수도 있고요. 어쩔까요? 한번 가볼까요?"

눈치가 없거나 머리가 나쁜 기사였음이 분명했다. 대화를 제대로 알아들었다면 우리의 관심이 이미 호수에서 멀어졌음을 알아챘을 텐데 말이다. 우리가 묵묵부답의 태도를 보이자 기사도 입을 다물었다. 하지만 그의 침묵은 오래 가지 않았다.

"예전에 우리 동네에 철공소를 운영하던 친구가 있었는데 말이죠, 그 친구가 개를 한마리 키웠거든요, 어미 배 속에서 나오자마자 데려와서 5년인가, 6년인가 같이 살았는데, 아주 잘생긴 놈이, 늘 그 친구랑 붙어 다녀서 동네에서는 모르는 이가 없을 정도였죠."

기사는 비에 젖은 차도를 주시하며 우리가 듣거나 말거나 이야기를 이어갔다.

"그런데 한 날은 개가 안 보여요, 아무리 멀리 가도 금

세 친구 옆으로 돌아오던 놈이었는데 한시간이 넘도록 나타나지를 않는 겁니다. 친구는 온 동네를 다 뒤지고 다녔어요. 그런데 누가 어떤 노인을 지목하면서 그가 끌고 가더라고 알려주더랍니다. 친구는 허겁지겁 달려갔죠. 그런데 그 노인네는 벌써 냇가에 솥을 걸어 놓고 한창 불을 때고 있는 겁니다. 노인네가 히죽히죽 웃으면서 자기가 발견했을 때 이미 숨이 끊어져서 길바닥에 누워 있었다고, 죽은 놈을 그냥 버리기 아까워서 주워 온 것뿐이라고 말하는데, 기가 막힐 노릇이죠, 만약 우리가 말리지 않았으면 그 인간은 그날 친구 손에 맞아 죽었을 겁니다."

여자는 미간을 찌푸리며 내게 불편한 심경을 드러냈고 나 역시 같은 표정으로 공감을 전했다. 택시는 어느덧 상점들이 몰려 있는 시가지 한복판으로 들어섰다.

"그리고 이듬해에 친구는 자식들 때문이라며 동네를 떠나 가까운 도시로 이사를 갔죠."

기사는 횡단보도 앞에 택시를 세우고 뒤로 몸을 돌리더니 남모르는 무용담을 전하듯 열띤 어조로 말했다.

"그다음에 뭔 일이 있었는지 아십니까? 친구가 동네를 뜨고 석달인가 지난 뒤에 그 노인이 죽은 겁니다. 밭일을 하다 목이 타서 막걸리를 마셨는데 거기에 농약이 섞여

있었다더군요. 경찰이 마을 사람들 모두를 일일이 찾아다
니며 탐문을 하고 동네를 발칵 뒤집어가며 수사를 했지만
단서는 전혀 찾지 못했고, 사건은 결국 오리무중이 되고
말았죠."

말을 멈추고 우리를 바라보는 그의 눈빛에는 뭔가 특
별한 반응에 대한 기대감이 가득했지만 우리는 당황과 불
편을 차마 감추지 못한 채 눈만 동그랗게 뜨고 있었다. 기
사는 이야기의 끝을 알리듯 여자를 향해 씨익 웃어 보이
며 다 왔다고 말했다. 여자가 요금을 내며 식당이 어디냐
고 묻자 기사는 편의점과 안경점 사이에 있는 좁은 길 하
나를 가리키며 저 안으로 '쭈욱' 들어가라고 말했다. '쭈
욱'이 어느 정도냐는 여자의 물음에 그는 '조금만' 가면
보일 거라고 대꾸했다. 하지만 식당은 '쭈욱'이나 '조금
만'과는 동떨어진 곳에 있었다. 우리는 그곳을 찾아내기
위해 우산을 펼쳐들고 십분 넘게 골목을 헤매다 순댓국집
과 미용실에 들어가서 두번이나 길을 묻고 도저히 믿기지
않는 우연의 힘을 빌고 나서야 그 식당의 입구에 도착할
수 있었다.

식당의 외관은 낡은 단독주택이었다. 군데군데 색이 벗

겨진 나무 대문을 지나 대리석 계단을 올라가서 유리문을 열고 들어가니 보통의 가정집 내부로 들어선 듯 넓은 거실과 주방으로 들어가는 입구와 여러개의 방이 눈에 들어왔다. 실내는 따뜻하고 습했으며 들큼한 음식 냄새가 진하게 떠다녔다. 그것은 오랫동안 고기를 삶고 끓이면서 살과 뼈로부터 배어 나와 바닥과 벽과 공기에 스며든 성분이 틀림없었다. 신발을 벗고 원목 무늬의 바닥재가 깔린 거실에 올라서니 앞치마를 두른 종업원이 다가와서 안쪽을 가리키며 방으로 가라고 말했다. 여자와 나는 어색한 시선을 나누다 거실 구석에 놓인 좌식 테이블로 가서 앉았다. 벽에 걸린 메뉴판에는 궁서체로 전골, 탕, 수육이라고만 적혀 있었다. 나는 식당의 분위기와 메뉴판만으로 주 메뉴가 무엇인지 눈치챘지만 여자는 그렇지 않은 모양이었다. 그녀는 약간 어리둥절해진 표정으로 둘러보다 종업원에게 닭백숙은 안 하느냐고 물었다. 종업원은 백숙 먹을 거냐고 되묻더니 하기는 한다고 얼버무리며 썩 반기지 않는 기색을 노골적으로 드러냈다. 삼사십분 정도 걸리는데 괜찮겠냐고 종업원이 묻자 여자가 내게 시선을 건넸고 내가 고개를 끄덕이는 것과 동시에 종업원은 주방쪽으로 몸을 돌리더니, 여기 닭백숙 하나,라고 큰 소리로 외쳤다. 나는 갈증으로부터 달아나기에 물만으로는 부족해서 소주를 주문했다. 종업원은 소주 한병과 김치와 풋고추와 된장과 손가락 길이로 잘린 오이를 무언가에 쫓기듯 다급한 동작으로 우리 앞에 늘어놓았다.

우리는 느린 대화를 나누며 천천히 술을 마셨다. 여자는 자신의 잔에 술이 채워지는 걸 바라보며 평소 육류를 즐기는 편은 아닌데 닭백숙만은 깨끗해서 좋아한다고 말했다. 그녀는 다른 닭요리에 대해서도 얘기했고 그녀의 언어로 이루어진 요리들은 나의 허기를 더욱 부추겼다. 그러는 동안 들어온 손님들은 모두 안쪽 방으로 들어가서 우리 주위의 테이블에는 아무도 없었다. 소주 한병이 거의 비워질 무렵, 커다란 도자기 냄비에 담긴 닭백숙이 나왔다. 통째로 삶긴 닭의 살에서는 윤기가 흘렀고 닭의 몸에서 나온 향과 기름을 머금고 푹 끓여진 누룽지에서는 구수한 향기가 식욕을 자극했다. 닭의 다리는 원래 있던 몸에서 부드럽게 떨어져 나왔다. 뼈에서 살을 떼어내는 건 젓가락만으로도 충분했다. 여자는 연한 살 한점을 입안에 넣고 씹더니 만족스러운 듯 미소를 지었다. 우리는 말없이 닭의 부위들을 분리하고 뼈와 살을 헤집어서 저작의 쾌감과 육즙의 향을 음미했다. 우리의 식사가 시작되고 얼마 지나지 않아 두명의 사내가 소란스럽게 들어와서 나의 등 뒤에 놓인 테이블에 앉았다. 그들은 바닥에 엉덩이를 붙이기도 전에 이모를 불러서 탕 두개와 소주 한병을 시키더니 마치 그곳이 자기들 집 거실인 양 망설임이라곤 조금도 없는 음량과 어투로 대화를 나누었다. 나는 소주 한병을 더 추가했고 우리는 말갛게 풀어진 누룽지와 하얀 살을 입에 넣고 씹었다. 서로 술잔을 부딪지는 않았다. 자신의 잔이 비워지면 스스로 채웠다. 사내들의 수다는 주문한 탕이 나와서 차려지는 동안 잠시 멈추었다가 다시 이어졌는데, 그들은 자신들이 먹고 있는 음식과 그것의 주재료에 대해 서로 의견을 교환하며 웃고 떠들었다. 어느 순간부터 여자는 닭의 살을 씹는 걸 멈추었다. 형체를 잃어버린 닭의 몸뚱이를 바라보는 그녀의 눈빛에서 호의는 흐려졌고, 뭔가를 찾는 것처럼 공중을 떠돌던 시선은 벽에 걸린 메뉴판 위에서 꼼짝도 하지 않았다. 메뉴판에 적힌 탕이 삼계탕을 가리키는 게 아니라는 걸 이제야 알아챈 모양이었다. 여자가 술을 마시는 속도는 점점 빨라졌다. 안주로는 백숙 대신 오이만 씹었다. 나는 사내들에게 목소리를 낮추어달라고 부탁했다. 다행히 그들은 순하게 나의 요구에 응했지만 그들과 우리 사이의 거리는 속삭이는 소리조차 들릴 만큼 가까웠으므로 그런 예의는 공허한 제스처에 불과했다. 여자는 말없이 술잔만 비웠고 안주 대신 물을 마셨다. 나는 점점 술기운에 젖어가는 여자의 얼굴을 보며 내 얼굴 역시 저만큼 달아올랐을 것이라는 짐작만 했다. 사내들은 소주 한병과 탕 한그릇씩을 먹어치우고는 서둘러서 자리를 떴다. 그들이 식당 밖으로 나가자 실내는 안정을 되찾았다. 도자기 냄비에 남은 국물 위에는 누런 기름이 둥둥 떠돌았다. 가만히 시선을 내리깔고 있던 여자는 고개를 들어 잠시 내 얼굴을 응시하다 입을 열었다.

"알고 계셨죠?"

나는 고개를 끄덕였다. 여자는 짧게 한숨을 내뱉더니 말했다.

"아까 그 택시기사요, 이 아저씨가 왜 이러나 싶었는데, 이래서 그랬군요."

"그랬나봅니다. 우리가 여기를 간다 하니 지레짐작을 하고 심통을 부렸나봅니다."

"웃기는 아저씨네요."

나는 잔을 들어 그녀를 향해 내밀었고 그녀는 자신의

잔을 내 잔에 가볍게 부딪쳤다. 우리는 동시에 술잔을 비웠다. 김치를 입에 넣고 씹으며 여자가 말했다.

"그런데, 그 농약 섞은 막걸리요, 정말 기사의 친구가 한 짓일까요?"

"글쎄요. 알 수 없는 일이죠. 어쩌면 모두 기사가 지어낸 이야기일지도 모르고요."

"그럴 수도 있겠네요. 만약 사실이라면 너무 끔찍하잖아요."

그녀가 끔찍해하는 것이 개의 죽음인지 노인의 죽음인지 친구의 복수인지 알 수 없었으나 나는 더이상 묻지 않았다. 여자는 술을 비우고 상 위에 차려진 것들을 둘러보다 김치 한조각을 집어서 입에 넣었다. 그녀의 입가에 김치 국물이 빨갛게 남았다. 나는 그것을 손가락으로 닦아주고 싶은 충동을 가까스로 견디었다. 여자는 술병을 들어 자신의 잔을 채우고 술을 한병 더 주문했다. 괜찮냐고 물었더니 여자는 괜찮다며 고개를 끄덕였다. 하지만 여자는 괜찮지 않아 보였다. 잠시 후, 그녀는 자리에서 일어나 화장실로 갔다. 내가 술잔을 두번을 비우도록 여자는 나오지 않았다. 화장실 문을 두드려보았더니 괜찮다는 듯 안에서도 문을 두드렸다. 나는 음식 값을 치르고 밖으로 나와서 담배를 꺼내 입에 물었다. 빗물이 고인 마당 여기저기에는 담배꽁초들이 나뒹굴고 있었고 비는 그쳤지만 하늘은 여전히 어둡고 무거워 보였다.

여자는 내가 담배 한대를 다 피우고 나서야 마당으로 나왔다. 아마도 내 기분 탓이었을 테지만 그녀는 세수를 하고 화장을 새로 고친 듯 어딘가 시원해 보이는 얼굴이었다. 그녀는 내가 음식 값을 낸 것에 대해 허리까지 숙이며 사과했다. 2차를 사라는 뜻이니 사과는 필요 없다고 말했지만 여자는 죄송하다고 여러번 반복했다. 우리는 식당을 나와서 좁은 골목의 안쪽으로 들어갔다. 여자가 바닥에 고인 빗물을 피해서 발을 옮기다 말문을 열었다.
"차라리 호수로 갈 걸 그랬죠?"
"왜요?"
"비 내리는 호수, 꽤 운치 있는데, 매운탕도 있고."
"결국 또 마찬가지군요. 개, 닭, 물고기. 그런 거 말고 다른 거는 어때요?"
"다른 거, 뭐요?"
"모텔이요."
여자는 걸음을 멈추었고, 따라서 나도 멈춰 섰다.

"네?"

"아까 택시 기사가 그랬잖아요. 매운탕과 모텔이 있다고."

여자는 농담으로 받으며 가볍게 웃었다.

"짓궂으셔라."

하지만 나는 농담이 아니었다.

"갑시다."

"어디요? 호수요?"

"아뇨. 거긴 너무 멀어요."

여자는 내 얼굴을 빤히 바라보았다. 나는 말했다.

"갑시다, 모텔."

내 입에서 튀어나온 말에 가장 당황한 건 아마도 나였을 것이다. 이유가 뭐였을까? 그동안 있는 줄도 모르고 지내온 본능이 불쑥 발현되어 내 옆구리를 쿡 찌른 것일까? 여자의 표정 위에 떠돌던 홍조가 핏빛으로 바뀌었나 싶은 순간, 어처구니없게도 나의 그곳으로 피가 몰려들더니 근육이 경직되며 힘이 들어가는 것이 느껴졌는데, 그것은 나의 이성과 의지의 바깥에서 일어난 현상이라 도저히 제어할 수 없어서 차라리 그녀가 직접 내 몸뚱이가 원상태로 돌아가도록 도와주길 기대하며, 나는 안면 근육에 힘을 주고 여자의 손바닥이 날아오기를 기다렸다. 하지만 여자는 풋, 하고 소리 내어 웃었다.

"재밌는 분이네요."

여자는 몸을 돌려 걸음을 뗐다. 그녀는 뚜벅뚜벅 앞으로 걸어갔고 나는 그녀의 뒤를 좇았다. 여자의 발걸음에는 다급함도 방향도 없었다. 그저 일정한 간격을 유지하며 흐린 하늘이 비쳐 보이는 빗물을 따라서 발을 옮겨놓았다. 나는 여자가 그대로 큰길로 나가 택시를 집어타고 떠나버릴 거라고 생각했다. 만약 그렇다 해도 그건 나로서도 어찌할 수 없는 일이었다. 애초에 그녀와 나 사이에는 아무 것도 없었으니 나 또한 택시를 타고 다시 리조트로 돌아가면 그만이었다. 그런데 닭 한마리와 약간의 소주를 나눠 먹었을 뿐인 우리 사이에 뭔가 생긴 걸까? 그녀는 큰길로 나가지 않고 방향을 틀어 골목의 더 안쪽으로 들어갔다. 좁은 미로처럼 복잡한 골목에는 빨간 입술, 캔디, 하이힐, 분홍 립스틱, 존재의 이유 등등 철 지난 이름의 술집들이 빼곡했다. 이제 곧 완전히 어두워지면 원색의 전등이 술집들을 밝힐 테고 진한 화장을 한 여자들이 나와서 호객을 할 것이다. 나는 한시라도 빨리 그 남루한 골목에서 벗어나고 싶었다. 하지만 여자는 걸음을 멈추고 고개를 돌려 뭔가를 바라보더니 성큼 어딘가로 들어갔다.

그곳의 이름은 수선화였다. 여자의 뒤를 따라 안으로 들어서자마자 내 눈에 들어온 건 오렌지 빛 머리카락과 빨간 입술을 가진 거대한 몸집의 여인이었는데, 그녀는 백발의 노인과 나란히 앉아 있다가 우리가 들어서자 벌떡 일어났다. 그녀가 입고 있던 원피스는 검은 바탕에 무수히 많은 작은 꽃잎들이 어지럽게 프린트되어 있었고 혹시 바디 페인팅을 한 게 아닐까 싶을 만큼 몸에 착 달라붙어 있었다. 실내에는 핑크빛 조명과 은은한 꽃향기가 감돌고 있어서 평범한 호프집의 느낌은 전혀 아니었다. 나는 생맥주를 주문했지만 거대한 몸집의 여인은 생맥주는 없다며 들고 온 쟁반 위에서 병맥주 두병과 유리잔 두개와 한 줌의 땅콩이 든 접시를 우리 앞에 내려놓았다. 그녀는 메뉴판을 내밀며 안주를 고를 것을 권했지만 나는 내 앞에서 굳은 표정으로 앉아 있는 여자에게 묻지도 않고 안주는 필요 없다고 말했다. 여자는 아무 말 없었다. 내가 두개의 술잔을 채울 때에도 그녀는 술을 거부하지 않았다. 우리는 두병의 맥주가 다 비워지도록 아무런 대화도 나누지 않았다. 나는 맥주가 어서 흡수되어 내 안에서 맹렬하게 돌아다니는 조바심을 달래주기를 바랐지만 점점 흐려지는 그녀의 눈빛을 볼 때마다 오히려 피의 흐름은 더욱 빨라졌다. 실내에 있는 네개의 테이블에는 각각 네개의 일인용 소파가 세트로 놓여 있었고 우리의 대각선 방향에 있는 테이블에 거대한 몸집의 여인과 노인이 앉아 있었는데, 장례식이라도 있었는지 검정색 양복 정장에 하얀 넥타이를 단정하게 맨 노인의 복장은 정성껏 빗어 넘긴 하얀 머리카락과 묘한 조화를 이루었다. 노인은 두툼한 여인의 왼손을 잠시도 놓지 않고 계속 주물러댔다. 그들의 모습은 내게 그로테스크한 영상을 떠오르게 했고 끊임없이 이어지는 노인의 음성과 간혹 터져 나오는 여인의 웃음소리가 나의 신경을 계속 자극했다. 나는 맥주 두병과 땅콩을 더 주문했다. 주문한 술이 테이블 위에 놓이자 여자가 여인에게 물었다.

"사장님, 여기 근처에 호수가 있나요?"

거대한 몸집의 여인은 상냥한 어조로 대답했다.

"호수요? 호수가 있긴 한데, 좀 멀죠? 근처는 아니네요."

"어떻게 그래요? 말이 안 되잖아요. 여기가 수선화인데, 어째서 호수가 없죠? 하다못해 시시한 연못이라도 있어야죠."

여자는 취한 게 틀림없었다. 그녀를 말려야 했지만 그
러고 싶은 마음은 조금도 생기지 않았고, 마치 그림이나
영상을 감상하듯 그녀의 눈빛과 입모양에서 숨은 의미를
찾아내는 데 온 신경을 집중했다. 나 대신 멀리 있던 노인
이 두 사람의 대화를 거들었다.

"있었지, 호수가."

노인은 크게 헛기침을 한차례 하고는 다시 말을 이었다.

"지금은 없지만 여기, 이 동네 한복판에 호수가 있었어."

거대한 몸집의 여인은 반색을 하며 노인의 말에 호응
했다.

"정말? 여기 호수가 있었다고?"

"대충 삼십년 전인가? 지금은 그 위로 도로가 뚫려서
흔적도 없지만, 틀림없이 있었지. 여기 토박이들은 다 알
아. 크지는 않았어도 거기 물로 밭농사 논농사 짓고, 메기
랑 쏘가리도 잡아먹고 다 했으니까."

"여기서 장사한 지 십년이 돼가는데 처음 듣는 얘기야.
근데 지금은 왜 없어?"

"군수가 산에서 흙을 퍼다 호수를 메워버렸거든. 그해
유난히 비가 안 왔지. 호수 바닥이 훤히 드러날 정도였으

니까."

"아무리 그래도 어떻게 그걸 메워?"

"그게 다 에이즈 때문이라고."

"에이즈?"

"그래. 에이즈. 스무살을 갓 넘긴 청년이 호수에 몸을 던져 목숨을 끊었는데 그이가 에이즈 환자였다는 소문이 파다했거든."

"저런, 안됐네."

"안됐긴, 뭐가 안됐나. 죽으려면 곱게 죽어야지. 그게 무슨 민폐야. 그것이 그렇게 몇날 며칠을 물에서 떠돌다가니 사람들이 그 물을 찾나? 농사에 끌어다 쓰기는커녕 쓰레기만 내다버리고 아예 얼씬도 안 했다고. 결국에는 물고기들도 배를 까뒤집고 죽어나가더니 물이 썩기 시작했다니까."

"물이 썩어?"

"아주 시커멓게 썩었지. 에이즈가 그렇게 무서운 거야."

거대한 몸집의 여인은, 우리 사장님 고생하셨네,라고 말하며 통통한 손가락을 노인의 입에 넣었다. 노인은 더 할 나위 없는 만족감에 젖어서 입 안에 있는 걸 씹었는데 아무래도 그건 손가락이 아니라 한조각의 사과였던 모양이다. 멍한 얼굴이 되어 노인의 이야기를 듣고만 있던 여자가 물기 어린 목소리로 중얼거렸다.

"말도 안 돼. 다들 말도 안 되는 얘기만 하고 있어."

여자는 잔을 들어 맥주를 단숨에 비웠고 나는 맥주병을 들어서 그녀의 잔을 채웠다. 여자는 질문인 듯 아닌 듯 모호한 어조로 중얼거렸다.

"왜 이렇게 사람들이 바보 같죠?"

"누가요? 당신과 나요?"

그녀는 두 눈을 뾰족하게 세워서 나를 노려보았다. 나는 변명처럼 웃어 보였다.

"그 청년이요. 호수에 몸을 던진."

여자의 초점 잃은 눈빛이 황금빛 액체의 밑바닥으로 힘없이 가라앉았다. 나는 말했다.

"에이즈에 걸린 게 사실이면 그럴 만도 하죠. 옛날에는 그런 병이었으니까요."

"그 청년이 정말 에이즈였다고요?"

"저 노인 말로는 그렇다고 하잖아요."

"소문이잖아요. 에이즈라는 소문 때문에, 그게 억울해서 호수에 투신한 거잖아요."

"그런 얘기였나요?"

내가 잘못 들었나? 아니면 그녀가 틀렸나? 어쩌면 술때문에 우리 둘 다 제정신이 아니었을지도 모른다. 그런 건 상관없다. 어느 쪽이 옳은지 모르는 게 더 좋았다. 그래서 나는 미소를 지었을 것이다. 여자가 한숨처럼 중얼거렸다.

"아아, 몰라 모르겠어, 모두 이상해, 전부 바보 같아."

그녀는 뭔가 더 말하려다 멈추고 눈을 동그랗게 뜨더니 갑자기 높아진 음성을 뱉었다.

"우산."

여자는 사방을 두리번거렸다.

"우산이 없어."

우산. 우리가 처음 만났을 때 그녀가 들고 있던 검은색 장우산. 여자는 벌떡 일어났다.

"우산이 어디로 갔죠?"

나는 일어서서 그녀를 진정시키려 했다.

"식당에 두고 온 모양입니다. 괜찮아요. 거기 있을 테니 가서 찾으면 됩니다."

여자는 주문을 외우듯, 우산, 우산,이라고 중얼거리며 밖으로 나갔다. 나는 얼른 술값을 치르고 그녀를 쫓아갔다. 거리는 어두웠지만 술집들에서 흘러나온 빛의 무리가 좁은 골목을 따라 출렁였다. 그녀는 흥건하게 고인 빗물 위에서 겨우 취기를 견디며 흔들리듯 서 있었다. 그녀는 나를 보자 어느 쪽으로 가야 하는 거냐고 물었다. 나는 여자의 손목을 잡았다. 그리고 우산이 있는 곳과는 반대 방향으로 걸음을 옮겼다. 여자는 아무런 저항 없이 나를 따랐고 우리는 쉽게 골목을 벗어났다. 비에 젖은 4차선 도로 위를 차들이 거칠게 지날 때마다 도로 위를 흐르던 빗물이 사방으로 튀었다. 여자는 걸음을 멈추고 내 손을 뿌리쳤다.

"어디로 가는 거죠?"

나는 아무런 대답도 하지 않았다.

"우산을 찾아야 해요."

여자의 말은 스스로를 다그치는 주문처럼 들렸다. 나는 말했다.

"괜찮아요. 지금은 비도 안 오잖아요."

"뭐라고요?"

"지금은 비가 안 온다고요."

"그게 무슨 상관이죠? 비가 오거나 말거나 우산은 있어야 해요."

여자는 자신의 말이 채 끝나기도 전에 앞으로 걸어갔

196

다. 우산이 어디 있는지 아는 것처럼, 이미 지나온 길보다
더 먼 곳으로, 아슬아슬하게. 나도 걸었다. 어디로 가는지
도 모른 채. 사방은 대낮처럼 환했다. 분명 해가 졌을 시각
인데 어찌된 노릇일까? 하늘은 검푸른색이고 멀리 반달
이 보였지만 주위는 모든 것이 또렷하게 보일 만큼 밝았
는데, 그때 우리가 걷던 길은 4차선 도로 옆 인도였을 테
지만 어째서 물속을 헤치며 나아가는 느낌이었는지, 그녀
와 나는 유사한 몸짓으로, 마치 춤을 추듯 환한 빛의 저편
으로 나아가고 있었는데, 우리 옆으로 흰 개가 달려가고
검은 우산을 쓴 여인들이 무리지어 지나가고, 그거 아세
요, 밤에도 무지개가 뜬다는 거, 비가 그치고 달빛을 받아
서 저기 어딘가에 우리 눈에는 안 보여도 무지개가 있을
거예요, 아마도 이런 음성이 들렸던 거 같은데, 그것이 내
입에서 나온 건지 그녀의 입에서 나온 건지 모르겠지만,
그저 걸음만 재촉하다 문득 그녀가 우뚝 서서 공중의 저
끝을 향해 얼굴을 들었고 그녀의 시선이 가 닿은 곳은 달
의 반쪽도 아니고 무지개도 아니고 우산은 더더욱 아니었
다. 무인텔. 상가의 끄트머리에 우뚝 솟은 6층짜리 건물에
걸린 간판은 그것뿐이었다. 그녀는 그 자리에서 얼어붙
은 듯 꼼짝도 하지 않았다. 그녀의 얼굴 위로 차량의 전조

등과 거리의 불빛들이 어지럽게 흩어졌다. 그녀가 웃었던
가. 아니, 화를 냈던가. 아마 여자가 내 팔을 잡았을 것이
다. 나는 여자의 손을 뿌리쳤다. 말은 하지 않았다. 더 필
요한 건 아무것도 없었다. 나는 무인텔을 향해 돌아서서
내부가 보이지 않도록 검게 코팅된 유리문을 밀고 안으로
들어섰다.

　나는 주머니에서 명찰을 꺼내 목에 걸었다. 안쪽 구석
에 마련된 작은 무대에서 어떤 사내가 마이크를 손에 쥔
채 온몸을 비틀며 입을 벙긋거리고 있었는데 가사만으로
미루어 짐작건대 나훈아의 노래가 분명했다. 연회장 안에
있는 사람들 중 누구도 노래를 듣고 있지는 않았다. 그들
은 술에 취해 정신을 잃었거나 아무도 이해 못할 말들을
되는 대로 떠들거나 잔뜩 화난 표정으로 손에 쥔 술잔만
노려보거나, 셋 중 하나였다. 빈자리를 찾아서 테이블 사
이를 헤매는데 누군가 내 손을 붙들더니 커다란 원형 테
이블 앞에 주저앉혔다. 그는 초청장을 보낸 후배였다. 늘
통화만 하고 직접 만나는 건 처음이라 이 사람이 그 사람
이 맞는지 어리둥절했지만 명찰에 적힌 이름과 직함을 보
고 그가 후배임을 확인했다. 후배는 저녁 내내 나를 찾았

는데 전화도 안 받고 어디서 뭐 하다가 이제야 나타나느냐고 큰일이라도 난 것처럼 부산스럽게 물어댔고, 그 순간 내 머릿속에는 어두운 서랍 속에서 혼자 울어댔을 휴대폰이 떠올랐다. 나는 가까운 곳에 호수가 있다는 얘기를 들어서 다녀오는 길이라고 말했다. 그러자 옆에 있던 사내가 호기심을 드러냈다.

"호수요? 여기에 호수가 있습니까?"

후배가 내 앞에 놓인 잔에 맥주를 따랐다. 테이블에는 후배를 포함해서 여섯명의 사내들이 앉아 있었는데 모두 낯선 얼굴들이었다. 나는 사내의 호기심을 무시하지 않았다.

"있더군요. 아주 깊고 커다란 호수가요."

나의 대답을 듣고 다른 이들도 흥미를 보였다.

"몰랐네. 어디 있나요? 여기서 가까운가요?"

목을 타고 넘어간 맥주가 몸 안으로 흡수되는 것을 느끼며 나는 대답했다.

"택시로 오분쯤 걸립니다."

어떤 남자가 차로 오분이면 걸어서는 삼십분 넘게 걸릴 테니 꽤 먼 거리라고 말하자 다른 이가 걸어서 오분이라면 더할 나위 없이 좋았겠으나 어차피 바로 옆이 아닌

이상 차량을 이용할 테니 오분이면 그리 먼 건 아니라고 말했고 또다른 사내가 지금 당장 출발하면 알코올이 들어 갔으니 더 빨리 갈 수 있다고 일분이면 도착한다고 큰 소리로 말했다. 그들은 동시에 웃음을 터트렸다. 누군가 거기서 뭘 했느냐고 물었다.

"뭘 하겠어요. 당연히 호수를 봐야죠."

내가 답하자 당연한 소리라며 다들 크게 웃었다. 웃음이 잦아들기 전에 누군가 말했다.

"보는 것도 좋지만 호수에 가면 홀딱 벗고 뛰어들어야죠."

그러자 서로 앞다투어 한마디씩 거들었다. 맞아, 물 밖에서 보는 것과 물에 직접 들어가는 건 완전히 다른 차원이지. 달빛을 받으며 한밤중에 알몸 수영이라. 시적이네요. 꼭 홀딱 벗어야 합니까? 당연하죠. 앞으로 나아갈 때마다 거기를 감싸는 물결이 퍽이나 에로틱하지. 많이 해보셨나보군요. 다들 웃었다. 그들이 왜 자꾸 웃는지 이유를 알 수 없었다.

"역시 뭘 좀 아시는 분들이군요."

나는 그들을 한바퀴 둘러본 다음 말했다.

"제가 거기서 재미있는 이야기를 들었는데, 한번 들어

보시겠습니까?"

사내들은 입을 다물고 나를 쳐다보았다.

"오래 전에 한 소년이 살았습니다. 소년에게는 어릴 때부터 줄곧 함께 살아온 개 한마리가 있었다는군요. 하얀 털을 가진 멋진 개였죠. 어느 날, 늘 소년을 따라다니던 개가 보이지 않았습니다. 소년은 마을과 호수 주변을 샅샅이 뒤졌지만 도저히 개를 찾을 수 없었죠. 그런 모습을 본 마을 사람이 가까운 군부대에서 훈련 나온 군인들이 개를 끌고 갔다고 소년에게 알려주었습니다. 소년은 군부대를 찾아갔죠. 하지만 아무리 하소연을 해도 소용이 없었고, 오히려 군인들은 총부리를 들이대며 소년을 쫓아냈습니다. 결국 소년은 개는커녕 개의 흔적조차 못 찾았죠."

나는 잔에 반쯤 남은 맥주를 입안에 털어 넣었다.

"소년이 청년이 될 만큼 긴 세월이 흐르고, 군부대에서 사고가 터졌습니다. 내무반에서 취침 중이던 많은 군인과 장교 들이 총과 수류탄에 의해 몰살당했는데, 범인은 같은 군부대의 병사였다는군요. 그런데, 살아남은 군인들이 경찰의 협조를 받아서 사방을 샅샅이 뒤졌지만 범인은 도저히 잡을 수 없었습니다."

잔이 비어 술을 찾았지만 맥주병은 모두 비었고 소주병

은 멀리 있었다. 그것을 내게 건네주려는 이는 아무도 없었다. 테이블 위에 드리워진 침묵을 깨고 누군가 물었다.

"그게 소년의 짓이라는 건가요?"

나는 대답 없이 자리에서 일어나 멀리 있는 소주를 가져다 잔을 채웠다. 또다른 목소리의 질문이 들렸다.

"그런데 그게 호수와 무슨 상관입니까?"

나는 단숨에 잔을 비웠다.

"며칠이 지나고 한 주민이 호숫가에 버려진 군복과 군화와 속옷을 발견합니다. 그리고 종일 비가 퍼붓던 어느날 한구의 시신이 호수 한복판에 떠올랐다는군요. 실오라기 하나 걸치지 않은 시신은 형태조차 식별하기 어려웠지만 그가 누구인지 모르는 사람은 없었습니다."

사내들은 술도 마시지 않고 그저 입을 꾹 다문 채 내 얼굴만 응시했다. 나는 그들의 관심에 부응하듯 한마디를 덧붙였다.

"그 일이 있은 후 매년 사람들이 찾아와서 호수에 몸을 던진다는군요. 모든 걸 벗어던진 알몸으로, 다시는 돌아올 수 없는, 캄캄한 물속으로 말입니다."

어딘가에서 코 고는 소리가 들려왔다. 마른 얼굴에 검은 안경을 걸치고 단정하게 넥타이까지 맨 어떤 남자가 마이크를 잡았다. 반주도 없이 남자의 입에서 흘러나온 노랫말들은 머나먼 이국의 순한 모음만으로 부드럽게 이어졌는데 노래라기보다는 차라리 시낭송에 가까웠다. 후배는 이제 그만 자야겠다며 나에게 배정된 방의 번호만 알려주고는 자리에서 일어났다. 옆에 있던 다른 사내들도 하나둘씩 자리를 떴다. 나는 국적 불명의 남자가 의미를 알 수 없는 낱말들로 빚어내는 리듬과 음조에 귀를 기울이다 그가 마치 모든 걸 포기한 듯 마이크를 내려놓는 걸 보고 나서야 연회장에서 나왔다.

내 방의 키는 프런트에 없었다. 방 안에 누군가 있을 거라고 직원은 말했다. 내 방이 있는 6층에 도착해서 엘리베이터의 문이 열리자 눈앞에 검은 양탄자가 깔린 복도가 길게 펼쳐졌다. 나는 뒤로 한걸음 물러나서 닫힘 버튼을 눌렀다. 올라갈지 내려갈지 잠시 망설이다 망설일 필요가 없음을 깨닫고는 올라가는 버튼을 눌렀다. 가장 높은 곳은 17층이었다. 나는 17층에서 내려 비상구를 통해 몇 개의 계단을 더 오르고 둔중한 철문을 열어서 옥상에 이르렀다. 여전히 밤하늘은 멀고 사방은 어두웠다. 나는 옥상과 허공의 경계까지 바짝 다가가서 담배를 꺼내기 위해 주머니를 뒤졌다. 늘 있던 곳에 담배가 없었다. 어딘가에 빠뜨린 게 분명했다. 나는 그곳이 어디인지 고민하는 대신 경계 너머의 지상을 내려 보았다. 어둠 속 저 밑바닥에서 시가지의 불빛들이 보였다. 그것은 손바닥으로도 가려질 만큼 작았지만 달빛을 받은 물의 표면처럼 반짝거렸고, 빠르게 지나가는 차량들의 전조등은 마치 날랜 물고기처럼 빛의 한복판을 가로질렀다. 나는 꼼짝 않고 서서 그것을 바라보았다. 불빛들에 가려진 심연에 대해 생각했고 저 깊은 곳 어딘가에 가라앉아 있을 어떤 것들을 떠올렸다. 때때로 빗방울이 떨어졌지만 우산이 필요한 정도는 아니었다.

쓰러질 듯 말 듯 도도하게

두달 전이었나. 나는 집 근처 주택가의 좁은 도로를 지나다 다리에 피를 흘리며 걷는 고양이를 발견했다. 고양이는 세 발로 겨우 제 몸을 버티고 있었다. 출혈 중인 우측 앞다리는 차마 땅에 딛지도 못하고 공중에 머문 상태여서 보행은커녕 직립조차 힘겨워 보였다. 흙먼지가 엷게 쌓인 보도블록 위로 떨어지던 붉은 핏방울 때문이었을까. 평소라면 무심코 지나쳤을 골목에 멈춰 서서 나는, 뭔가 해야 되지 않나, 이런 생각만 하며 연약한 짐승이 연출하는 자극적인 장면을 홀린 듯 바라보다, 피를 흘리면서도 도도한 자세를 잃지 않는 고양이가 아무 불편 없이 지나도록 옆으로 비켜섰는데, 그때 뒤에서 어떤 여자의 애타는 음성이 들려왔다. 아아 어떻게 해 어쩜 좋아 얘야 거기 서 이리 와 안 돼 그만 가고 이리 와 내가 도와줄게. 그녀는 고양이의 뒤를 쫓으며 애원했지만 인간의 말과 행동을 이해할 리 없는 그 가련한 것은 금방이라도 무너질 듯 휘청거리며 여자의 손길로부터 멀어졌다. 뒤늦게 그런 상황에 맞는 상식적인 행동이 무엇인지 깨달은 나는 재빠르게 고양이의 곁으로 다가가 평소보다 눈에 띄게 무거워진 네 발 짐승의 몸뚱이를 두 손으로 간단하게 들쳐 안았다. 고양이는 지금 막 치명상을 입은 것처럼 날카로운 비명을 지르며 발버둥 쳤지만, 뼈가 만져질 정도로 연약한 그것의 저항은 무력하기만 했다. 녀석은 연한 회색 털과 진한 갈색 털이 반반쯤 섞인 평범한 고양이였다. 여자에게 고양이의 주인이냐고 물었더니 그녀는 아니라고, 길고양이인 것 같다고 대답했다. 여자는 마치 내게 맡겼던 것을 돌려달라는 듯 두 손을 앞으로 내밀었다.

"병원, 병원에 가야 해요. 가까운 병원을 제가 알아요. 이리 주세요."

여자의 부탁을 거절할 이유가 내게는 없었다. 고양이 역시 자신의 운명을 깨달았는지 갈색의 꼬리를 뒷다리 사이로 말아 넣은 채 여자의 품에 안겼다. 여자는 내게 가벼운 목례만 남기고 돌아서서 병원을 향해 달려갔고, 나는 거기 그대로 서서 혹시 혈흔이 남지는 않았는지 상의와 하의를 살피다 두 손에 남은 몇가닥의 털을 털어내고 가던 길을 마저 갔다.

내 이야기를 조용히 듣고만 있던 감독이 물었다.

"그래서 그 고양이를 처음 보는 여자에게 그냥 넘겨주고 갈 길을 갔다, 그런 얘기인가?"

나는 그런 셈이라고 대답했다.

"뭔가 급한 용무라도 있었나봐?"

그건 아니라고 대답하자 감독은 스태프들을 둘러보다 고개를 가로저었다.

"이해할 수 없군. 그런 경우 보통 병원까지 함께 가지 않나?"

나는 감독에게 되물었다.

"그래야 했나요?"

"고양이의 상처가 어느 정도인지, 다시 걸을 수는 있는지, 그런 게 궁금하지 않았어?"

나는 아무 대답도 하지 않았다.

"이봐, 조감독. 여길 좀 봐. 이렇게 갑자기 다들 모인 이유가 뭐야?"

"그야, 안나와 루이 때문이죠."

"그렇지? 만약 자네가 그 고양이를 곧장 이리로 데려왔다면, 아니 방금 그 얘기를 그 당시에 들려주기만 했어도, 우리 일이 훨씬 수월하게 풀렸을 거라는 생각 안 드나?"

정말? 과연 그럴까? 지난 몇주 동안 나를 비롯해서 우리 영화의 모든 스태프들은 각자의 능력이 닿는 범위 내에서 발견되는 온갖 고양이들의 실물 또는 사진을 감독에게 보여주었다. 하지만 그중 어느 것도 감독의 눈에 들지는 못했다.

"그럼, 제가 방금 얘기한 고양이가 마음에 드신다는, 그런 말씀인가요?"

"내가 지난 한달 동안 매일 여기서 강조했잖아. 우리에게 필요한 건 세상에 널리고 널린 예쁘고 귀여운 고양이가 아니다. 우리 루이는 고양이라는 종이 지닌 일반적인 특성을 뛰어넘는, 매우 특별한 존재여야 한다."

"길에서 피를 흘리며 다리를 저는 고양이가 그런 존재인가요?"

"그래, 바로 그거야. 불의의 사고를 당해 다리를 절게 된 고양이. 그게 바로 우리가 찾던 안나의 고양이, 루이잖아."

그랬나? 언제부터? 나도 모르는 사이에 시나리오가 또 바뀐 거야?

"몰랐습니다."

"당연하지. 자네 얘기를 듣고 방금 내 머릿속에 떠오른 거니까. 그런데 자네가 놓친 그 고양이가 결국 다리를 절게 되었나?"

"아뇨. 그건 모릅니다."

"거봐. 내가 안타까운 지점이 바로 거기야. 조감독이 본인의 역할을 제대로 숙지하고 있었다면, 그리고 영화적인 센스가 조금이라도 있었다면 그 불쌍한 놈을 누군지도 모르는 여자의 손에 넘겨주고 제 갈 길만 가는, 그런 실수는 하지 않았을 거라고."

"하지만 당시 우리 시나리오에 고양이는 없었습니다. 최종적으로 고양이가 추가된 건 그보다 나중이었고, 그것도 상처 하나 없이 멀쩡한 고양이였잖아요."

"그래, 그랬지. 자네 말이 맞아. 하지만 상상을 해봐. 교통사고로 사랑하는 남자를 잃고 혼자만 살아남은 안나에게 이제 남은 건 불구가 된 루이뿐이야. 루이가 세개의 다리만으로 쓰러질 듯 말 듯, 아슬아슬하게 안나를 향해 걸음을 옮겨. 그걸 본 안나는 붕대가 감긴 팔을 뻗어서 루이를 부르고, 루이는 다리를 잃은 아픔도 잊은 채 절뚝거리며 달려가 주인의 품에 안기는 거야. 카메라는 꼼짝도 하지 않아. 멀리 떨어져서 그들을 지켜보기만 하면 돼. 음악도 필요 없어. 어때? 감이 와? 그림이 보여? 그 순간부터 관객들은 안나와 하나가 될 수밖에 없다고. 그런데 이런 루이가 그냥 귀엽기만 한 고양이라면, 되겠나?"

나는 후회했다. 괜한 얘기를 해서 감독의 머릿속을 휘저어 놓고 말았다. 아무래도 우리의 시나리오는 또 한번 대대적인 변화를 겪을 모양이다. 나는 감독에게 물었다.

"고양이가 꼭 다리를 절어야 하나요?"

감독은 마치 오랜 고민 끝에 비로소 답을 찾아낸 사람처럼 단호하게 대답했다.

"당연하지."

이십대 후반의 여자인 안나와 그녀의 남편이 함께 타고 있던 승용차가 시속 백 킬로미터가 넘는 속도로 달리던 음주운전 차량과 충돌한다. 상대 차량이 운전석의 측면을 들이받는 바람에 운전 중이던 남편은 응급실로 이송 도중 사망하고 사소한 말다툼 때문에 기분이 상해 뒷좌석에 앉았던 안나는 경미한 타박상만 입는다. 상대 운전자의 변호사가 안나에게 거액을 제시하며 합의를 요구하지만 그녀는 거절한다. 상대 운전자는 사과는커녕 방문이나 연락조차 하지 않는다. 여기까지는 누구에게나 일어날 수 있는 비극적인 교통사고처럼 보인다. 그러나 안나가 남편의 목숨을 앗아간 사고의 원인이 우연을 가장한 고의임을 알게 되고, 상대 운전자와 남편 사이에 얽힌 범죄와 음모들이 하나씩 드러나면서 영화는 할리우드 B급 오락 영화의 닳고 닳은 스토리를 그대로 따라간다.

영화의 제작을 처음 제안할 때 감독은 섹시한 미스터리 스릴러물이 될 거라고 장담했지만, 아직 입봉조차 못한 후배 감독 지망생에게 억지로 떠맡겨서 거의 세달 만에 나온 시나리오는 감독의 그런 의도와는 거리가 멀어도 한참 먼 시시한 범죄 드라마였다. 다행히 시나리오는 거의 일년 동안 여러 작가들의 손을 거치며 조금씩 진화했다. 소형 승용차였던 음주운전 차량은 중형 트럭으로 바뀌었고 음모의 배후 인물도 상대 운전자가 아닌 그의 변호사로 교체되었다. 안나가 사건의 실체로 다가가는 과정도 보다 정교해졌으며, 사실상 영화의 거의 모든 서사와 감정선을 지배하는 안나는 기존의 여자 주인공들이 갇혀 있던 성적인 고정관념에서 벗어나 중성적인 개성과 인간적인 매력을 지닌 캐릭터로 변모했다.

몇편의 영화에서 스태프로 참여한 게 경력의 전부였던

나는 네달 동안 밤낮없이 매달렸던 영화가 손익분기점을 까마득히 남긴 상태에서 개봉 2주 만에 IPTV로 넘어가버려 정산도 못 받은 상황이었다. 그 영화의 감독에게 나의 다급한 사정을 털어놓았더니 그는 자신이 해결해줄 수 있는 문제가 아니라며 손을 내저었다. 대신 한창 스태프진을 꾸리는 중이던 다른 영화 팀과 나를 연결해주었는데 그때 만난 이가 지금의 감독이다. 그는 네번째 영화를 연출하고 4년 만에 다섯번째 영화를 만들 기회를 잡은 중견 감독이었다. 제작사에서 내준 다섯평 남짓한 사무실에서 두번째 만난 날, 감독이 내게 보여준 시나리오에는 비명횡사한 남편의 혼령만 안나의 주위를 떠돌고 있었다. 의견을 묻는 감독에게 나는 확신이 부족한 어조로 대답했다.

"안나가 병원에서 남편의 사망 소식을 들을 때, 그녀 곁에 아무도 없는 게 좀 걸리네요. 화면도 너무 비어 보이고."

"이제 혼자니까, 혼자 남았다는 걸 제대로 보여줘야지."

"그래도 가족이든 친구든 누구라도 옆에 있어야 오히려 더……"

감독은 내 말을 단호하게 잘랐다.

"너무 뻔하잖아. 상투적이야."

그 부분만 제외하면 시나리오에 심각한 결함은 없어

보였다. 정말 이걸 찍을 수 있을까, 싶을 만큼 과욕이 담긴 장면이 몇개 있었지만 그건 나만의 생각일지 몰라 입 밖에 내지는 않았다. 대신 나는 안나가 매력적이라고, 여배우라면 누구나 탐낼 역할이라고 말했는데, 그건 진심이었다. 감독은 사무실 벽에 걸린 사십 인치 TV에 어느 여자 배우의 영상을 틀어놓고 그녀가 안나라고 소개했다. 그는 영상을 유심히 바라보다 중얼거렸다.

"보면 볼수록 고양이를 닮았단 말이야."

그 말을 끝으로 감독은 침묵에 빠졌다. 그는 십여분 동안 입을 다문 채 화면만 응시했다. 그때부터였을까? 안나의 얼굴을 바라보는 동안 감독의 머릿속에 고양이에 대한 집착이 심어졌고 그것은 점차 뿌리를 내리고 몸집을 키우며 자라났을지도 모른다.

고양이가 등장하게 된 계기가 무엇이든 시나리오도 미완성인 데다 감독의 작업 스타일조차 제대로 알지도 못하는 주제에 덜컥 조감독을 맡아버린 나의 입장에서, 영화에 동물을 출연시키는 건 간단한 문제가 아니었다. 촬영 내내 옆에 붙어서 의사소통에 도움을 줄 전문가가 필요하고, 감독이 원하는 그림을 찍기 위해 동물의 본능과 감독의 의도가 우연히 일치할 때까지 같은 테이크를 수도 없이 반복해야 하며, 간혹 인간으로서는 도저히 이해할 수 없는 사유로 동물이 카메라 앞에 나서길 거부하면 그것의 마음이 저절로 돌아올 때까지 속수무책으로 기다려야만 한다. 그리고 그 모든 불가항력적인 상황들은 결국 예상치 못한 비용의 지출로 이어진다. 그런 걸 감안하면 고양이보다 차라리 적당한 연기력과 외모를 갖춘 여자 사람 친구를 등장시키는 게 영화에 훨씬 이로운 결정일 것이다. 감독도 그런 점을 모를 리 없었지만 그는 고양이를 포기하지 않았다. 감독의 고집을 견디다 못한 작가는 시나리오에서 손을 뗐고, 감독은 안나의 고양이를 루이라고 부르며 직접 시나리오에 손을 댔다. 수정이 거듭될수록 비중을 늘려가던 루이는 급기야 다리 하나를 잃을 운명과 마주하게 된 것이다.

고양이의 다리를 치료한 병원을 찾아내는 건 어렵지 않았다. 고양이를 발견했던 지점으로부터 반경 2킬로미터 내에 있는 세곳의 동물병원 중 두번째로 방문한 곳에서 나는 머리카락이 반백인 나이 든 수의사를 만났다. 두달 전 내가 보고 겪은 일을 다소 과장되게, 고양이에 대한 연민을 섞어 들려줬더니 손님의 발길이 뚝 끊긴 병원을 혼자 지키던 수의사는, 아 그 남자 분,이라며 알은체를 했고, 내가 의아스러운 표정을 짓자 그는 부상당한 고양이를 품에 안고 찾아왔던 여자 분에게 들었다며 경계심을 한껏 낮추었다. 나는 우연히 병원 앞을 지나다 생각이 나서 혹시나 하는 마음에 들렀다고, 고양이는 어떠냐고 물었다. 그는 치료는 이미 끝났고 상처는 완전히 아물었지만 근육의 손상이 가볍지 않아 다리의 기능을 회복시키는 건 불가능했다고 설명했다. 나는 분명하게 확인하고 싶었다.

"그럼 고양이가 세 발로만, 그러니까 다리를 절게 되었다는 말씀인가요?"

"네. 안타깝지만 그렇게 됐습니다. 부상당한 근육이 완전히 제 기능을 잃었으니까요."

나는 안도했다. 만약 고양이의 다리가 정상으로 돌아왔다면 우리 영화는 또 연기될 테고 그후 닥치는 모든 재난을 감독은 내 탓으로 돌릴 게 뻔하니까. 수의사는 고양이의 다리에 치명상을 가한 건 아마도 칼처럼 예리한 흉기였을 거라고 말했다. 상처 부위에 남은 흔적으로 보아 고양이의 저항이 거셌던 모양인데, 덕분에 누군가 다리를 절단하려 시도했다가 그 정도에 그친 것으로 추정된다고, 출혈은 멎고 찢긴 근육과 살은 아물었을지라도 고양이의 영혼은 난도질을 당한 것처럼 상처투성이일 거라고, 꽤나 침울한 어조로 말했다. 나는 할 말이 없었으므로 듣기만 했다. 그는 내게 물었다.

"도대체 이유가 뭐죠?"

그의 목소리가 갑자기 커져서 나는 깜짝 놀랐다.

"허기를 채우려는 목적은 아닐 테고, 설마 SNS나 유튜브에 올려 과시라도 하고 싶었을까요? 아니지. 그랬다간 사방에서 욕은 욕대로 먹고 자신이 저지른 범죄의 증거만 광고하는 꼴인데, 정상적인 인간이라면 누가 그런 바보 같은 짓을 하겠어요. 안 그래요?"

나는 그의 주장에 동조함으로써 그런 바보짓과 나 사이에 선을 그어야만 했다.

"맞습니다. 요즘 제정신 아닌 사람이 너무 많아요."

나의 맞장구가 너무 짧고 시들해서 그는 서운해하는 눈치였지만 나는 수의사와 현대사회의 병리 현상에 대해 토의하고 대안을 찾아 헤맬 만큼 한가하지 않았다. 내게 당장 필요한 건 다리를 저는 고양이였고, 그건 여자가 데리고 있을 테니 그 여자를 만나야만 했다.

"그 고양이, 다음 예약일이 언제인지 알 수 있을까요?"

내가 묻자 수의사는 고개를 저었다.

"이제 안 올 겁니다."

"네? 안 와요? 왜요?"

"어디론가 가버렸다고 하더군요."

"집을 나갔다는 말인가요?"

"네. 며칠 전에 그분이 다른 고양이 때문에 왔다가 그러시더군요. 그놈이 한동안 집에만 틀어박혀서 꼼짝도 안하다가, 어느 날 문밖으로 나서기에 다행이다 여겼는데 그러고는 영영 돌아오지 않았답니다."

나는 이해할 수 없었다.

"왜죠? 길고양이라서 길에서 떠돌던 습성 때문일까요?"

"그럴 수도 있지만, 생각해보세요. 손님이 개한테 다리의 근육을 다칠 정도로 물리는 사고를 당했다면, 그러고도 개와 함께 살 수 있겠어요? 그들도 마찬가지입니다. 그녀석도 낯선 사람이 집에 찾아오면 꼬리를 감추고 온몸을 덜덜 떨었다고 하더군요."

나는 더 이해가 가지 않았다. 그럴수록 인간의 보호가 필요하지 않나? 길에서 헤매는 것보다 자신을 구해준 사람의 집에 머무는 게 더 안전하지 않나? 수의사가 내게 물었다.

"그날, 고양이에게 정확히 무슨 일이 있었는지, 혹시 보거나 들은 거 없으세요? 범행 장소나 범인의 흔적이나, 뭐든."

지금까지 단 한번도 궁금하게 여긴 적이 없는 질문을 받아서 당황스러웠지만 나는 대답을 머뭇거리지는 않았다.

"아뇨. 아마 제가 본 건 그 이후의 상황이었을 겁니다."

"그렇군요."

"여자 분은 뭔가 알고 계시던가요?"

"아뇨. 전혀요."

"경찰에 신고를 하면 알아낼 수 있지 않을까요?"

"당연히 신고했죠. 그냥 넘길 일이 아니잖아요. 그런데 아무 연락이 없군요."

경찰이 범인을 잡기 위해 뭘 할 수 있을까? 시간과 장소를 특정해서 CCTV를 수배하고 녹화된 영상파일을 뒤지겠지. 그 안에 범인의 모습이 남아 있을 거란 보장은 없지만. 사건의 특성상 우발적으로 일어난 범행은 아니니까. 신중하게 도구를 준비하고 대상을 선택한 범인이 CCTV의 감시가 미치지 않는 곳에서 실행에 옮겼겠지. 그럼에도 의무감이 투철하고 동물의 안전을 인간의 그것과 동등하게 여기는 경찰이라면 사건을 심각하게 다룰지도 모르지만, 주인도 없는 길고양이의 다리에 상처를 낸 범인을 잡기 위해 그런 수고를 자청할 경찰이 과연 있기나 할까. 나는 추리를 멈추었다. 경찰도 아닌 내가 신경 쓸 일이 아니었으니까. 나는 수의사에게 물었다.

"그렇게 다쳐서 치료받으러 오는 아이가 많은가요?"

나는 다리를 저는 고양이가 또 있는지, 있다면 얼마나 많은지 알고 싶었다.

"많은 건 아니지만 드물지도 않죠. 더구나 길고양이들은 아무런 관리도 받지 못해서 온갖 사고와 질병에 노출된 상태니까요. 지나는 차량에 치여서 부상을 당하거나 목숨을 잃는 일도 종종 일어납니다."

나는 고개를 끄덕였다. 그러자 마치 응답처럼 수의사도 고개를 끄덕였다. 나는 말했다.

"그놈처럼 불구가 되는 고양이가 꽤 많겠군요."

의사는 계속 고개를 끄덕이며 중얼거렸다.

"정말 끔찍한 일이죠."

동물병원에서 들은 소식을 전했을 때 감독은 짧게 투덜거리며 아쉬워했지만 크게 화를 내지는 않았다. 차라리 잘됐다며 우리에게 맞는 스타일을 찾아보라고 지시했다. 감독은 시나리오를 수정하느라 사무실에는 나오지 않았다. 대신 내게 수시로 전화를 걸어 상황을 묻고 그가 원하는 고양이의 사진을 보냈는데, 그들의 외모에 공통점이나 일관된 특성 같은 건 없고 다리마저 모두 정상으로 보여 혼란스럽기만 했다. 혹시 생각이 바뀌었나? 장애가 있는 고양이는 무리라고, 그냥 평범하게 가는 게 낫겠다고. 설마. 나는 감독에게 확인해볼까 몇번을 망설이다 그만두었다. 더이상 그를 실망시키면 안 될 것 같았다.

동물 보호소, 반려동물 분양숍, 고양이 카페. 그리고 온라인 유기동물 조회 사이트. 나는 고양이가 있을 만한 거의 모든 곳을 돌아다녔다. 때때로 반백의 수의사가 운영하는 동물병원에 들러 다리를 다친 고양이에 대한 소식을 묻거나 치료를 위해 방문한 고양이들을 살피기도 했다. 김포의 어느 동물 보호소에 다리가 불구인 고양이가 있다고 해서 가보니 왼쪽 뒷다리 중 절반도 되지 않는 일부만 남은 상태였다. 내가 사연을 묻지 않으니 보호소 직원도 별다른 설명을 하지 않았고, 대신 그는 나의 동정심을 자극할 의도였는지 저런 아이는 입양이 되지 않으면 안락사시킬 수밖에 없다고 말했다. 다른 아이들은 입양이 될 때까지 계속 돌보느냐고 물었더니 직원은 고개를 저으며 그

렇지는 않다고 대답했다. 온전한 다리가 세개뿐이고 온몸
이 새하얀 고양이는 자신의 처지를 아는지 모르는지 낮은
철책 안을 잠시도 쉬지 않고 돌아다녔다. 그 모습을 촬영
해서 감독에게 보냈더니 그는 이렇게 답했다.

"너무 심하다. 동정심은커녕 혐오감만 생기겠어."

루이가 다리를 절게 될 거라는 사실을 알게 된 스태프
들 중 일부가 그런 아이가 눈에 띄면 알려주겠다고는 했
지만, 그건 영혼 없는 예의였을 뿐 실제로 나를 돕는 이는
없었다. 어떤 이는 변태 같다며 고개를 절레절레 저었다.
나는 그런 반감을 이해하면서도 우리가 만들려는 영화와
내가 하는 일을 동시에 무시당한 기분이 들어서 불쾌했
다. 나는 우리 영화에 필요한 일을 할 뿐이다. 그게 조감독
의 임무니까.

늦은 밤 집으로 돌아가는 이면도로나 제작사 사무실이
있는 건물 근처에서도 나는 매일 길고양이들과 마주쳤다.
그들은 길가에 주차된 차량 아래에 웅크리고 있거나 쓰레
기로 가득 찬 종량제 봉투에 머리를 처박고 있었다. 내가
다가가도 그들은 달아나지 않았다. 오히려 고개를 들고

눈싸움을 걸듯 나를 쏘아보았다. 나도 걸음을 멈추고 마주 노려봤지만 언제나 먼저 시선을 피하는 건 내 쪽이었다. 내가 패배를 인정하며 물러선 뒤에야 그들은 어둠 속으로 몸을 감추었다. 아무리 봐도 루이가 되기에는 다들 너무 멀쩡했다.

열하루 만에 사무실에 나온 감독은 수정된 시나리오를 제작사에 넘겼다. 제작사를 거쳐 투자사의 임원들에게 전달된 시나리오는 며칠간의 검토와 긴 회의를 거쳐 최종 승인되었다. 루이의 출연에 대한 우려와 의문은 처음보다 상당히 줄었지만 말끔하게 해소되지 않은 일부 이견은 여전했다. 심지어 루이의 다리만 CG로 처리하자는 의견도 나왔다. 다행히 시간과 비용만 낭비하고 자칫 싸구려로 전락할 수 있다는 반론이 많아 바로 철회되었지만, 감독은 촬영 시작 전에 반드시 루이를 제작사에 보여주고 컨펌을 받겠다고 약속해야 했고, 회의에 참석한 임원들은 그런 사항들을 문서화하는 조건으로 감독의 요구를 받아들였다.

제작사는 모든 공식적인 절차를 통과한 시나리오를 깔

끔한 표지로 포장해서 남녀 주연 배우들의 소속사에 전달했다. 변호사를 맡을 남자 주인공은 이제 막 지상파 드라마로 이름을 알리기 시작한 배우로 일찌감치 정해졌는데, 그는 이쪽 촬영 스케줄에 무조건 맞추겠다고 할 정도로 적극적인 출연 의사를 밝힌 상태였다. 문제는 안나였다. 감독이 오래전부터 안나로 점찍어둔 여자 배우 쪽에서는 아무런 반응이 없었다. 나는 그동안 시나리오의 수정본이 나올 때마다 그녀의 매니저에게 전달했고, 감독을 만나 대화를 나눠보자고 여러차례 제안했지만 그녀가 도저히 시간을 낼 수 없다는 답변만 들었다. 2년 넘도록 아무런 공식적인 활동이 없는 그녀가 뭘 하느라 바쁜지 궁금했지만 차마 물을 수는 없었다.

그녀는 스물세살에 데뷔해서 여섯편의 영화를 찍는 동안 촬영만 끝나면 함께 출연했던 남자 배우와 어김없이 열애설에 휘말렸다. 그 때문에 부정적인 이미지가 생길 만도 했지만 출중한 외모와 뛰어난 연기력으로 모든 구설들을 잠재우며 연기 경력을 이어갔는데, 감독은 그게 바로 프로 연기자의 에너지라며 좋게 평가했다. 서른살이 되자마자 평범한 직장인과 아무도 모르는 장소에서 스몰

웨딩을 올린 그녀는 삼개월 만에 조용히 이혼을 하더니, 그후 지금까지 외부에 알려진 근황이 없어 연기를 그만두었다는 소문만 파다했다. 만약 우리 영화가 그녀의 복귀작이 된다면 단숨에 화제가 될 게 분명하니 감독과 제작사가 그녀에게 목을 매는 건 어쩌면 당연했다. 과연 그녀가 캐스팅을 받아들일지 의문이라는 주위의 우려에 대해 감독은 당연히 할 거라고 확신에 찬 어조로 말했다. 내가 이유를 묻자 그는 대답했다.

"시나리오를 제대로 읽었다면, 이 영화가 자기를 위한 작품이라는 걸 바로 알아볼 거야. 틀림없어."

시나리오의 변화는 의외로 컸다. 다수의 출연자가 필요한 장례식 장면이 삭제되었고 강남역 사거리의 번화가를 아수라장으로 만들 예정이던 클라이맥스도 서울숲에서 미로처럼 얽힌 성수동 골목을 지나 한강변으로 이어지는 추격전으로 변경되었다. 그외 여러 장면들에서도 스케일의 축소가 뚜렷했다. 수입과 지출에 민감한 제작사와 투자사를 설득하기 위해 감독이 내놓은 타협안일 것이었다. 덕분에 영화는 전체적으로 과욕과 거품을 걷어내고 균형을 얻었다. 그리고 루이. 루이는 남편이 안나에게 준 생일

선물이다. 음주운전 차량과 충돌해서 안나가 남편을 잃을 때 동승했던 루이는 왼쪽 앞다리에 치명상을 입고 불구가 된다. 루이는 안나가 진실을 파헤치는 내내 그녀의 곁을 지키고 때로는 도움도 준다. 몸의 제약을 뛰어넘는 루이의 활약 덕분에 거칠고 어두운 분위기의 영화에 서정성이 더해졌고 덕분에 안나의 말과 행동에도 서사적 개연성 이상의 정서적 동기가 생겼다. 결국 루이는 안나의 평범한 반려동물을 뛰어넘어 조연급 비중을 차지하게 되었는데, 내 눈에는 그 점이 거슬렸다. 루이가 너무 튀었다. 나는 감독에게 물었다.

"관객들이 화를 내지는 않을까요?"

감독이 되물었다.

"화를 내? 왜?"

"루이요. 동물학대라고."

"무슨 소리야? 교통사고잖아."

"맞아요. 불의의 사고죠. 하지만."

"하지만 뭐?"

"꼭 그럴 필요가 있나 싶어서요. 다르게 가도 될 것 같은데."

"이건 범죄영화야. 영화가 시작되려면 희생자는 필수

226

고."

"안나가 있잖아요."

"안나?"

"네. 대중들이 원하는 아름다운 희생자. 그런데도 꼭 루이까지 그럴 필요가 있을까요?"

감독이 입을 닫았다. 그의 머릿속을 지나는 생각이 뭔지 짐작이 갔다. 무식한 투자자들의 손에 생명줄을 내맡긴 채 오직 크랭크 인만을 바라보며 살얼음판 같은 나날들을 지나고 있는 자신에게 헛소리를 내뱉으며 시비를 거는 멍청한 주둥이를 어떤 말로 틀어막아야 하나 고민하는 중이겠지. 나는 그러기 전에 서둘러 덧붙였다.

"루이의 다리가, 아무래도 과잉인 거 같아서요. 감정의 과잉. 서사의 과잉. 요즘 관객들, 수준이 꽤 높아졌거든요."

"관객?"

그는 차갑게 웃는다.

"그건 영화가 완성된 후에나 슬금슬금 나타나는 좀비들이잖아."

감독은 말을 멈추었다. 나도 더이상 아무 말도 하지 않았다. 그와 나의 침묵이 낳은 단단한 돌들이 내 주위로 차곡차곡 쌓이는 게 느껴졌고, 그것들이 높은 성을 이루자 멀리서 감독의 음성이 들려왔다.

"조감독."

나를 부르는 건가? 나는 아무 반응도 보여주지 않는다. 그도 내 반응을 기다리지 않고 할 말을 이어간다.

"루이 때문에 요즘 많이 힘든가?"

그런가? 힘든가? 글쎄. 그럴지도 모르지만, 그런데 그게 지금 무슨 상관이지?

"루이의 비중은 점점 커지고 조건은 갈수록 까다로워지고. 그래서 그래? 응? 말해봐."

감독이 물었으니 나는 마지못해 입을 연다.

"아뇨. 그게 아니라, 저는 그저……"

나는 그저 영화의 완성도에 관해 의견을 나누고 싶었을 뿐이다. 하지만 감독은 나의 의견 따위는 들을 생각이 조금도 없다.

"과잉? 조감독이 뭔데 그런 걸 신경 쓰나? 당신이 감독이야? 도대체 당신 머릿속에 왜 관객이니 과잉이니 하는 단어들이 들어 있느냐고."

감독은 잠시 말을 끊고 흐트러진 호흡을 가다듬더니 다시 말을 잇는다.

"제발, 엉뚱한 데 한눈팔지 말고 빨리 루이나 데려오라고. 그게 당신 일이잖아."

감독은 나의 반응을 기다린다. 하지만 그 순간은 너무 짧다.

"그게 그렇게 어려운가? 못 찾겠어? 세상 고양이들이 다 그렇게 멀쩡해? 그럼 만들어야지. 없으면 만들어서라 도 카메라 앞에 딱 스탠바이 시키라고."

나는 고개를 숙여 그의 말과 시선을 피한다. 일의 매듭 이나 사태의 개선과는 무관한 곳으로 곤두박질치고 만 이 대화에서 나는 벗어나고 싶다. 그런 나의 태도가 거슬렸 는지, 아니면 내가 미덥지 못했는지 감독은 사족을 덧붙 인다.

"영화가 없으면 관객도 없는 거야. 루이가 없으면 영화 도 없고. 알아?"

질문인지 아닌지 알 수 없는 말만 남기고 감독은 자리 를 뜬다. 나는 그때 깨닫는다. 다른 건 몰라도 마침내 루이 가 우리 영화의 주인이 되었음을.

동물병원. 머리가 반백인 수의사는 보이지 않는다. 안 에서 진료 중이라고 직원이 알려준다. 잠시 후 진료실에 서 강아지를 안은 보호자가 나오고 수의사가 뒤따라 나온다. 그는 나를 알아보고 가볍게 인사를 하지만 이내 다른 보호자와 함께 다시 진료실로 들어간다. 이른 아침인데도 아픈 동물들이 꽤 많다. 그들은 예방 주사를 접종하거나 위가 안 좋아 약을 처방받고 몸에 생긴 상처를 치료한다. 나는 수의사가 한가해지길 기다리는 동안, 다리에 피를 흘리며 걷던 고양이를 떠올린다. 그것의 등을 덮은 갈색 털이 줄무늬였던가? 아니면 커다란 얼룩이었나? 모르겠다. 수의사에게 물어볼까? 이상한가? 한시간쯤 지나서야 내 차례가 된다. 내가 묻지도 않았는데 수의사는 그 여자 분이 요즘은 뜸하다고 말한다. 나는 그러냐고 고개를 끄덕인다. 그리고 수의사에게 묻는다.

"그 고양이, 다리를 치료하는 데 얼마나 걸렸나요?"

수의사는 다른 보호자를 대할 때와 같은 어조로 대답한다.

"상처가 완전히 아물기까지 대략 5주쯤 걸렸죠."

"5주요?"

"네. 그런데 그건 왜요?"

나는 그를 향해 미소를 지어 보인다.

"그냥, 걱정이 돼서요."

"상처는 진작에 다 아물었으니 걱정 안 하셔도 됩니다."

"상처가 많이 깊었나요?"

전에 들은 걸 다시 물어도 대답하는 수의사의 어조는 한결같다.

"그렇다고 할 수 있죠. 근육이 잘렸으니까요."

"출혈도 심했겠죠?"

"그야, 뭐……"

수의사는 말을 멈추고 입을 닫는다. 그의 눈빛에서 온기가 사라졌다. 이 사람, 왜 이런 걸 묻지? 이렇게 생각하고 있는 거다. 나는 다시 미소를 지어야 했다.

"죄송합니다. 바쁘신데 제가 쓸데없는 것만 묻고 있네요."

나는 수의사에게 고개 숙여 인사하고 병원에서 나온다.

그동안 방문했던 동물보호소들을 다시 찾아가 감독이 원하는 이미지와 가장 유사해 보이는 고양이 다섯마리를 고른다. 그것들을 촬영한 사진과 동영상 들을 감독에게 보내 그중 하나를 선택해달라고 요청한다. 한시간 만에 답이 온다. 두개의 귀를 포함한 머리의 일부와 등의 대부분과 꼬리 부위는 검은색이고 나머지는 새하얀 털로 덮인 고양이다. 내 시선을 알아챘는지 그것은 온전한 네개의 다리를 뻗어 느린 걸음으로 나를 향해 다가온다. 짧은 다리를 지닌 짐승의 보폭은 길지 않고 하얀 다리는 가늘어서 손으로 가볍게 비틀기만 해도 부러질 것 같다. 보호소 직원은 손바닥으로 고양이의 까만 등을 쓸며 내게 말한다. 순한 놈이라 별 어려움은 없을 거라고.

안나를 연기할 여배우 측에서 감독을 만나고 싶다는 연락이 왔다. 시간도 장소도 이쪽의 의사는 묻지 않고 일방적으로 정해서 알려왔지만 출연 제안을 거절하려고 굳이 불편한 자리를 만들겠느냐며 감독은 기분 좋게 그쪽의 요청에 응했다. 하지만 계약서에 사인도 하기 전에 굳이 저쪽에서 먼저 만나자는 건 출연 승낙 말고도 뭔가 다른 이유가 있을 가능성이 높다. 가령, 자신이 연기할 어떤 장면의 삭제나 수정을 요구하거나 같이 출연할 남자 배우의 교체를 조건으로 내걸거나. 설마, 고양이 알레르기가 있는 건 아니겠지? 나는 온갖 최악의 상황을 상상하며 우리의 주인공을 위해 다양한 종류의 허브티를 준비했다.

다행히 사무실에 나타난 안나의 발걸음은 가벼웠고, 표정도 밝았다.

"감독님, 이번 시나리오 잘 나왔던데요."

"그런가요? 다행이군요."

"다행 정도가 아니에요. 제가 대본을 처음 받아본 게 거의 일년 전이었나요? 그동안 계속 수정하시고 새 책 나올 때마다 보내주신 거, 저 솔직히 하나도 안 읽었거든요. 오해 마세요. 작품이 마음에 안 들었다거나 감독님이 싫어서가 아니라 순전히 제 탓이니까요. 그런데 며칠 전에 이거 읽고 저 완전 감동받았잖아요. 평범한 오락 영화가 아니라고 생각했어요. 전혀 남의 얘기 같지 않았고, 음, 뭐랄까, 아무튼 이건 꼭 해야겠다는 생각이 들었어요."

그녀는 이런 자리에서 필요한 화법이 뭔지 잘 알고 있었다. 덕분에 어색할 뻔했던 대화는 편한 분위기에서 시작되었다. 감독이 안나라는 캐릭터에 대해 설명하면 여배우는 감독의 얼굴을 응시하며 귀 기울이다 자신의 의견을 꾸밈도 감춤도 없이 내놓았다. 그녀는 남자 배우들에 대해서도 호의적이었다. 단 세 장면만 찍고 세상을 떠나는 남편도, 오직 적의와 분노로 상대해야 하는 변호사도, 모두 어설픈 로맨스조차 싹틀 여지가 없는 스토리여서 다행이라고, 요즘 러브 라인은 한물간 설정이라고 그녀는 말했다. 그녀의 앞에 앉아 듣고 있던 나는 배우 간의 스캔들이 마케팅에 적지 않은 도움이 될 거라던 제작사의 기대가 떠올라 내심 쓴웃음을 지었다. 그녀는 영화에 대한 호감과 지지를 적극적으로 드러냈고 많이 웃었다. 그리고 화제는 그녀의 고양이로 이어졌다.

"제가 여덟살 때, 우리 집에 통통이라는 개가 살았거든요. 그 녀석이 어쩌다 밖에서 임신을 해서 들어왔어요. 마당에 있던 개집에서 밤새 혼자 새끼들을 낳았는데 새벽에 나가서 들여다봤더니 주먹만 한 아이들이 자그마치 다섯 마리나 통통이 곁에 누워있더라고요. 그런데 그중 한마리가 좀 이상해요. 생김새나 털의 색깔이 다른 새끼들과 달라도 너무 달랐거든요. 아빠가 그놈을 개집에서 꺼냈는데 그건 누가 봐도 개가 아니라 고양이였어요. 말이 안 되잖아요. 어떻게 개가 고양이를 낳아요? 할머니는 통통이가 낳은 게 틀림없다고 했어요. 보라고, 다른 새끼들과 똑같이 젖을 물리고 있지 않느냐고, 저건 부모 자식 간이 아니면 있을 수 없는 일이라고요. 정말 그래 보였어요. 고양이도 다른 새끼 강아지들처럼 눈도 제대로 못 뜨고 있었거든요. 하지만 아빠와 엄마의 생각은 달랐어요. 엄마는 무사히 출산을 마친 통통이가 어미의 본능에 따라 냄새를 맡고 집 밖을 헤매다 길고양이가 낳은 새끼를 주웠을 거라는 거예요. 의견은 분분했지만 식구들은 통통이의 젖을 빠는 어린 고양이를 하나같이 요물 취급했어요. 완전히 미운 오리 새끼였죠. 어른들은 그 아이를 다른 집에 줘버리자고 했지만 저는 절대 안 된다고, 제가 맡아서 키우겠다고 고집을 부렸어요. 베일에 가려진 출생의 비밀도 그렇고, 제 눈에 그 아이는 평범한 고양이로 보이지 않았거든요. 이름도 제가 지어줬죠. 럭키라고."

그녀는 말을 멈추고 찻잔을 들어 루이보스티를 마셨다. 나는 궁금했다. 그녀의 이야기가 어디로 가닿을지, 도대체 이런 이야기를 하는 이유가 무엇인지.

"초등학교, 중학교, 고등학교를 졸업하고 뭘 할지 몰라 방황하다 연기라는 걸 시작하고, 그렇게 사는 동안 럭키는 늘 제 곁을 지켰어요. 운 좋게 주연을 맡게 된 영화의 현장에서 럭키가 끝내 하늘로 떠났다는 엄마의 전화를 받았을 때는, 그날은 정말, 도저히 카메라 앞에 설 수가 없었답니다. 민폐도 그런 민폐가 없었죠."

혹시 감독은 이런 사연을 알고 있었던 게 아닐까? 그래서 그녀의 마음을 얻기 위해 안나의 곁에 루이를 데려다놓았고? 그럼, 루이의 다리는? 감독의 욕심? 허영? 오만?

"죄송해요. 쓸데없이 얘기가 길어졌죠? 그러니까, 저에게 고양이는 아주 특별한 존재다,라는 걸 말씀드리고 싶었어요. 그래서 시나리오를 읽고 여기 등장하는 루이라는 아이가 장식처럼 쓰이는 애완동물이 아니어서 정말 기뻤어요."

그녀는 말을 멈추고 찻잔을 입으로 가져가 잠시 숨을 고르다 다시 말을 이었다.

"그런데, 그런데요, 감독님. 루이 말이에요. 루이가 꼭 다리를 절어야 하나요?"

결국 그녀의 목적은 이 질문이었나보다. 감독은 예상했다는 듯 이미 수많은 사람들에게 수도 없이 했던 것처럼 루이의 불구가 갖는 영화적 의미를 그녀에게 다시 한번, 그러나 어느 때보다 천천히, 그리고 쉽게 풀어서 설명했다. 감독의 대답을 듣고 그녀가 말했다.

"그래요. 감독님의 그런 의도, 의미, 저도 짐작했어요. 충분히 이해하고 저도 공감해요. 그런데요, 루이 역할을 위해서 루이처럼 다리가 불편한 아이를 데려다 촬영한다면서요?"

감독이 미소를 지었다.

"당연히 그래야죠. 여러가지 검토해봤는데 그게 최선이라는 결론이었습니다."

그녀의 얼굴이 일그러졌다.

"실제로 그런 아이가 있어요? 진짜로 다리를 저는 고양이를, 구하셨다고요?"

"그럼요. 촬영이 코앞인데 루이가 없으면 큰일이죠. 그렇지, 조감독?"

감독은 나를 쳐다봤다. 안나도 내 얼굴을 보며 대답을 재촉했다. 고양이를 닮은 배우의 두 눈을 바라보며 나는 대답했다.

"네. 있습니다, 루이."

나의 착각일까? 안나의 얼굴에서 핏기가 사라진 것 같았다. 그녀는 내게 물었다.

"정말 루이처럼, 다리를 저는 고양이라고요?"

나는 대답했다.

"그야 당연하죠."

"그 아이는 도대체 어쩌다 그렇게 되었나요?"

나는 대답하고 싶었다. 그녀의 궁금증을 해소하기에 적당한 이유는 많았으니까. 당장 떠오르는 것만 해도 대여섯개가 넘으니까. 하지만 감독이 테이블 아래로 손을 내려 내 허벅지를 세게 틀어쥐었고 나는 그게 무슨 뜻인지 모를 만큼 아둔하지는 않았으므로 입을 다물어야 했다. 대신 감독이 그녀에게 말했다.

"그런 건 우리 일이니까, 우리가 알아서 할 테니 당신은 배역에만 집중하세요."

"내 배역이요?"

"당신은 안나잖아요."

"그래요. 나는 안나니까, 루이가 어떻게 다쳤는지 알아야죠."

"당연히 그래야죠. 루이는 남편이 당신에게 준 선물이고 당신과 함께 차를 타고 가다 사고를 당했어요. 끔찍한 사고였습니다."

"그건 영화고요. 제가 궁금한 건 진짜 루이, 현실 속 루이의 사정이에요."

"현실의 문제는 저희한테 맡기시라니까요. 그러라고 여기 조감독이 있는 거잖아요."

그녀의 시선이 다시 나를 향했다. 그녀의 눈동자 위에 물기가 비친다고 느낀 건 나의 착각이었을까.

"루이도, 아니 루이를 연기할 그 아이도, 뭔지 모르지만, 끔찍한 사고를 당한 거잖아요. 그래서 다리 하나를 잃고 세개의 다리만으로 살게 되었고. 그렇죠?"

그녀가 물었지만 나는 대답하지 않았다. 감독도 마찬가지였다. 그건 고의적인 침묵이 아니라 우연한 혼돈이었고 그 안에서 나는 길을 잃었다.

"루이의 그런 모습을 제가 아무렇지 않게 바라볼 수 있을까요?"

호소에 가까운 그녀의 물음에 감독은 대답했다.

"아무렇지 않으면 안 되죠. 당신은 안나니까요. 루이를 보면 슬프고 화가 나는 게 당연합니다. 하지만 안나는 거기에만 머물지 않아요. 안나는 그 모든 감정들을 더 강렬한 분노로 터트려야 하는 인물입니다."

안나는 고개를 세차게 가로저었다.

"이해를 못하시는군요. 이건 안나 이전에 배우로서 제 감정에 관한 문제라고요. 내 앞에서 멀쩡한 다리가 세개뿐인 고양이가 힘겹게 걷고 있는데 그걸 보고도 아무렇지 않게 내 대사만 뱉으라고요? 걷는 것조차 힘든 아이한테, 달려 루이 넌 할 수 있어 어서 달려, 이렇게 외치라고요?"

그녀의 말투가 거칠어지고 목소리가 높아졌지만 감독은 알아채지 못한 모양이었다.

"그런 감정을 컨트롤해서 연기에 집중하는 게 배우의 능력입니다. 영화 밖 현실에 휘둘려서 자신의 연기를 망치는 배우에게 누가 배역을 맡기겠어요?"

이 말을 뱉고 감독은 속으로 아차 싶었을 것이다. 정작 감정조절에 실패한 건 감독 자신이었으니까. 배우는 차마 대꾸를 못하고 말이 나오려다 멈춘 입을 반쯤 열어둔 채 감독을 응시했다. 짧지만 깊은 침묵을 견딘 후, 그녀는 잔뜩 가라앉은 음성으로 말했다.

"이십대 때 스캔들이 터질 때마다 들었던 말을 지금 여기서 감독님한테 다시 들으니 감회가 새롭네요."

그녀의 시선이 찻잔 속으로 가라앉았다. 허브티를 마실 생각은 없어 보였다. 감독은 입을 닫고 그녀를 바라보고만 있었다. 더이상 뱉을 말이 없어서가 아니라 이미 쏟아낸 말을 어떻게 도로 주워 담을까 궁리 중이었을 것이다. 안나가 가늘게 미소를 짓더니 입을 열었다.

"럭키는 16년 3개월을 살았어요. 소소한 잔병치레는 있었지만 크게 앓거나 심각한 사고를 겪은 적도 없고, 말 그대로 자기 명대로 살다 숨이 다해 세상을 떠났죠. 역시 우리 럭키는 참 특별한 아이였네요."

그녀는 짧게 날숨을 뱉어 마음을 다잡고는 자리에서 일어나 죄송하다고 말했다. 그리고 그대로 사무실을 떠났다. 테이블 위에 놓인 찻잔에는 절반의 루이보스티와 연붉은 립스틱 자국이 남았지만 안나는 다시 돌아오지 않았다.

내가 애완동물용 이동 가방을 들이밀고 손짓까지 하며, 가자 루이,라고 말했을 때, 어쩌면 루이는 병원을 떠올렸을지도 모른다. 동물 보호소를 떠나 내 방에 와서 하룻밤을 지내고 다음 날 외출한 곳이 동물병원이었으니까. 거기서 몇가지 검사를 하고 주사를 맞고 약을 처방받아 돌아온 기억은 루이에게도 선명하게 남았을 것이다. 하지만 그날은 한낮이었고 지금은 자정을 넘긴 시각이니 아마도 고양이의 예민한 감각은 사방에 깔린 어둠을 보자마자 평범한 외출이 아님을 감지하고 온몸의 털을 곤두세웠을지도 모른다.

나와 함께 지내는 열흘 동안 루이의 경계심은 상당했다. 빈 그릇에 먹이를 채워주고 물을 새것으로 바꿔줄 때만 마지못해 몸을 움직여 나의 호의를 받아들였다. 서운하지는 않았다. 불안과 공포를 감지한 짐승의 본능적인 반응이었을 테고 노골적으로 적의를 드러내진 않았으니 그나마 다행이었다. 나 역시 루이가 적당한 컨디션을 유지하도록 최소한의 관리만 해주고 나머지 시간은 멀리 내버려두었다. 그런 거리감을 자신의 통제 영역으로 여기는 고양이의 습성은 루이와 내가 처한 상황을 감안하면 꽤 다행스런 본능이었다. 중요한 결단이 필요한 순간, 우리 사이에 싹튼 어설픈 애정이 방해가 되면 곤란하니까.

나는 기나긴 골목을 십분 넘게 걸어서 대로변에 이르렀다. 사차선 도로의 건너편에 놀이터가 보인다. 농구 코트와 그네와 미끄럼틀과 시소와 몇개의 벤치가 설치된 흔한 놀이터다. 벤치 뒤쪽에 몇그루의 아름드리나무가 거대한 울타리처럼 높이 솟아 있고 그 뒤에 키 작은 수목과 꽃들이 심긴 화단 사이로 뚫린 오솔길은 육백여세대가 거주 중인 아파트 단지로 이어진다. 놀이터에는 여러대의 CCTV가 설치되어 있지만 나무 뒤에 몸을 감추면 그것들의 감시를 피할 수 있고, 화단에서 아파트 입구까지는 가로등도 CCTV도 없다. 굳이 그러지 않아도 되는데 그런 부분까지 신경이 쓰인다. 내가 지금 하려는 짓이 나쁜 짓인가. 해서는 안 되는 행동인가. 누군가는 화를 내며 나를 비난하겠지. 하지만 그건 그들의 사정일 뿐. 루이가 골칫거리가 된 건 내 탓도 루이의 탓도 아니다.

놀이터에는 아무도 없다. 그런데도 여러개의 등을 밝혀놓아 사방이 환하다. 나는 보통의 걸음으로 산책하듯 놀이터를 가로지른다. 주위를 살피지도 않는다. 벤치 옆을 지나 내 어깨보다 폭이 넓은 나무들 사이에서 걸음을 멈춘다. 화단과 좁은 길의 경계를 지우는 희부연 어둠은 길의 끝을 향해 멀어질수록 깊어진다. 나는 그쪽으로 몇걸음 옮기다 방향을 바꿔 나무 뒤의 그림자 속으로 들어간다. 찰나의 망설임도 없이 바닥에 쪼그리고 앉아 이동 가방의 지퍼를 연다. 출구가 열리면 루이가 기다렸다는 듯 뛰쳐나오리라 예상했지만, 아무런 기척이 없다. 나는 기다린다. 루이가 제 발로 걸어 나오기를. 루이의 영혼을 가두었던 시나리오에서 벗어나, 우리가 없는 곳, 우리가 모르는 곳으로 달아나기를. 하지만 루이는 가방 안쪽에서 몸을 웅크린 채 꼼짝도 않는다. 손을 대보지 않아도 상위 포식자에게 포획된 어린 짐승의 긴장이 고스란히 전해진다. 나는 루이를 부르지 않는다. 말도 건네지 않는다. 어떤 달콤한 말도 녀석을 달랠 수 없다는 걸 나는 안다. 흑과 백의 일그러진 경계선이 지나는 루이의 얼굴을 바라본다. 빛을 갈구하는 푸른 동공의 호소가 들린다. 나 때문에? 나는 벌떡 일어선다. 그래, 그럴지도 모르지. 인간은 함부로 믿을 게 못 되니까. 나는 루이를 그대로 둔 채 조심스럽게 발을 떼어 그곳을 빠져나온다. 대낮처럼 밝은 놀이터로 돌아와 벤치 위에 주저앉아서 스스로를 달래고 타이른다. 동전을 던져 미래를 정하듯 우연에 맡기라고, 자신의 운명에 대해 아무 것도 모르는 어린 짐승의 선택을 그냥 기다리라고.

　얼마나 시간이 흘렀을까? 애초에 품었던 모진 결심은 저만치 물러나고 만약 루이가 끝내 스스로 나오지 않으면 그대로 가방을 들고 돌아가리라 마음먹을 즈음, 마치 환청처럼 어디선가, 낮고 짧은 울음소리가 내 귀를 스친다. 소리가 나는 쪽으로 고개를 돌린다. 아름드리나무의 경계를 지나 저쪽에서 이쪽으로 들어서는 고양이의 하얀 다리가 보인다. 루이. 녀석은 환한 빛 속에서 온몸을 사납게 흔들어 몸에 남은 어둠을 털어내더니 아무런 망설임도 없이 이쪽으로 걸어온다. 나는 입을 다문 채 꼼짝 않고 지켜본다. 하늘을 향해 곧게 뻗은 까만 꼬리를, 지상의 중력을 거스르는 가벼운 발걸음을. 마침내 고양이는 네개의 다리를 움직여 딱딱한 벤치의 가파른 높이와 뾰족한 각을 부드럽게 타고 올라 배를 깔고 눕는다. 그러는 동안 녀석은 내게 단 한번도 시선을 주지 않는다. 가늘게 뜬 두 눈으로 정면 어딘가를 응시하고 있을 뿐. 그러다 문득, 인간의 눈초리와 카메라의 시선을 의식한 듯 모든 이빨이 드러날 정도로 크게 입을 벌리더니 하품을 한다. 그의 몸짓에서 흘러나온 나른한 안도감이 주위로 퍼진다. 루이는 가만히 눈을 감는다. 팔을 뻗으면 손끝이 녀석의 조그만 머리에 닿을 것 같지만, 나는 루이를 그대로 둔다. 루이와 나는 하나의 벤치에서 적당한 거리를 두고 앉아 모든 것이 잠든 우주의 고요를, 잠시, 공유한다.

말의 속도가
우리의 연애에 미친 영향

영주와 내가 경마공원에 간 건 백 퍼센트 우연이었다. 원래 우리의 목적지는 서울랜드였다. 사방으로 끝없이 펼쳐진 파란 하늘, 몽환적인 형상으로 떠다니는 흰 구름, 신나는 음악과 온갖 꽃들의 울긋불긋하고 유치찬란한 향연, 그리고 롤러코스터의 비현실적인 질주. 나는 세상에서 가장 불행한 표정으로 내 앞에 앉아 있는 영주를 그런 것들의 한복판으로 데려가고 싶었다. 나흘 전에 영주는 주 2회 수업에 오십을 받던 수학 과외에서 잘렸다. 송파구 방이동에 살던 그들 가족이 용인으로 이사를 가게 되었다는 게 학생의 엄마가 밝힌 사유였다. 영주는 학부모에게 말했다. 용인 어디로 가시느냐고, 수지 정도면 얼마든지 가능하다고. 학부모는 웃으면서 다음에 기회가 되면 그때 보자고 말했다. 영주는 나무젓가락으로 김밥의 속을 헤집었다.

"왜 그랬지? 도대체 왜 그랬을까? 그냥 쿨하게, 아 그러세요, 하고 나왔어야지. 존나 비굴하게, 그게 뭐냐고."

나무젓가락으로 노란 단무지를 집어내며 영주는 투덜거렸다.

"짜증 나. 단무지 빼달라고 말하는 거 까먹었어."

나는 젓가락으로 영주의 김밥에서 단무지를 끄집어냈다. 그건 어려운 일이 아니었다. 하나씩 조심스레 단무지를 꺼내 한데 모으면서 영주에게 여기서 나가 멀리 놀러가자고, 예를 들어 서울랜드는 어떠냐고, 가서 코끼리도 보고 놀이기구도 타자고, 그런 말을 두서없이 늘어놓았다. 영주는 좋다고, 그러자고 했다. 그래서 우리는 김밥지옥에서 빠져나와 평소라면 영주는 과외를 하고 나는 학교 도서관에서 행정법을 달달 외우고 있어야 할 토요일 오전에 서울랜드로 가는 전철을 탄 거였다.

영주와 나는 3월의 두번째 토요일에 처음 만났다. 구름 한점 없이 맑고 화창한 날이었다. 나보다 세살 위인 대학 선배가 종각역과 종로3가역 사이의 어느 골목에서 치킨과 생맥주를 파는 소규모 펍을 개업했는데, 공교롭게

도 그의 동업자이며 동거인인 여자가 영주의 대학 선배였
다. 조촐한 오픈 기념 파티라고 해서 갔더니 거기 영주가
있었고, 나의 선배와 그녀의 선배가 우리를 한 테이블에
앉혀놓고, 찰떡이다 사귀어라,라고 부추겼다. 우리는 둘
다 대학교 4학년이었다. 그녀는 졸업하면 교사가 될 거지
만 그게 과연 적성에 맞는지 아직 확신이 없다고 했고, 나
는 공무원이 못 되면 부모와 인연을 끊어야 할 판인데 그
직업 말고 딱히 내세울 게 없어서 아마 부모의 뜻대로 될
거라고 마치 남의 일을 전하듯 늘어놓았다. 공무원 남편
과 교사 아내. 두 선배는 우리가 천생연분이라고 입을 모
았다. 파티가 끝난 후, 우리는 선배들의 집까지 끌려가 이
제 막 시작된 자영업자의 애환과 이미 한쪽으로 가파르게
기울어진 대차대조표의 살벌한 실상을 한 귀로 듣고 다른
귀로 흘리며 서로 눈치만 살피다, 동틀 무렵 정신이 몽롱
한 상태에서 다음 토요일에 하마구치 류스케의 「우연과
상상」을 보러 가지 않겠느냐는 나의 제안을 그녀가 흔쾌
히 받아주면서 우리의 연애는 시작되었다.

다시 말하지만, 우리의 목적지는 경마공원이 아니라 서
울랜드였다. 그때 영주와 나의 머릿속에는 경마공원, 또

는 그 비슷한 것도 들어 있지 않았고 우리가 탄 전철이 그 곳을 지난다는 사실도 몰랐으며 서울랜드에 가는 것도 고등학교 졸업 이후 처음이었다. 우리는 전철에 타자마자 휴대폰을 꺼내서 검색을 시작했다. 요금을 최대한 할인 받으려면 어떤 방법으로 티켓을 구입해야 하는지, 요즘 핫한 놀이기구가 무엇인지, 꼭 들러야 하는 맛집이나 꼭 사야 하는 기념품은 있는지. 그런 걸 찾아내서 서로 보여주고 비교하며 선택을 미루고 망설였다. 그러는 동안 전철 안은 놀이공원으로 가는 게 틀림없는 아이들의 소란과 그들을 만류하는 보호자들의 고함으로 채워졌다. 우리앞에 커다란 배낭을 내려놓은 남자는 이미 상반신이 땀에 젖어 있었고, 옆에서 유모차를 붙들고 선 여자는 거의 울음을 터트리기 일보 직전의 표정인 남자 아이에게 연신잔소리를 해댔다. 우리는 그들 가족에게 자리를 내주고 문가로 피했다. 5월의 주말이니 당연한 상황이었지만 덕분에 우리는 서울랜드에 가까워질수록 놀이공원에 대해 품고 있던 환상에서 깨어나야만 했다. 놀이기구 하나를 타기 위해 저런 가족들 사이에서 기나긴 웨이팅을 견뎌야 할 게 뻔했으니까. 내가 동물원은 좀 나을 거라고 했더니 영주가 말했다.

"우리에 갇힌 애들 보고 있으면 더 우울해질지도 몰라."

나는 검색을 멈추고 고민에 빠졌다. 뭔가 특별한 대안이 필요했다. 그때 머리 위에서 다음 정류장이 경마공원임을 알리는 안내 멘트가 흘러나왔다. 영주에게 경마공원에 가본 적 있느냐고 물었더니, 그게 뭐냐고 되물었다. 나도 경마공원에 가본 적은 없지만 그곳이 사실은 경마장이고 경마장이 어떤 곳인지 대강은 알고 있어서 놀이공원이나 동물원보다는 차라리 그쪽이 나을지 모르겠다는 직감이 퍼뜩 머리를 스쳤다. 그 순간 영주의 손목을 잡아당긴 건 나의 의지가 아니라 순전히 우연한 충동이었고, 그렇게 해서 우리는 대공원역이 아니라 경마공원역에서 내리게 되었다.

경마공원은 놀이공원이 되려 했다. 경마나 경주보다 런(run)이라 불리길 원했고 어두운 안색과 거친 피부를 훈장처럼 지닌 사내들보다 단란한 가족과 해맑은 연인들이 여가를 즐기러 오는 장소임을 홍보하려 애를 썼다. 이중으로 세워진 담장의 안쪽에서 펼쳐지는 말의 질주는 놀이공원과 동물원을 결합시켜 시너지 효과를 낸 듯 박진감이 넘쳤지만, 영주도 나도 그 정도 스펙터클에 감탄하고 재미를 느낄 만큼 어리지는 않았다. 말들의 레이스보다 우리의 관심을 사로잡은 건 각자의 자리에 얌전하게 앉아 있다 총성이 울리고 말들이 동시에 출발선에서 달려나가면 일제히 몸을 일으켜 두 팔을 휘두르고 고성을 질러대는 관중들의 격렬한 반응이었다. 우리에게 그건 눈이 의심스러울 정도로 초현실적인 장관이었는데, 그거야말로 경마공원이 절대 서울랜드가 될 수 없고, 저 가련한 말들의 레이스가 결코 단순한 런이 될 수 없는 명확한 이유였다.

메인 건물의 실내는 시험기간 중의 학교 도서관처럼 조용했다. 푸드코트의 식탁에서도, 2층으로 올라가는 계단에서도, 화장실 입구에서도, 아저씨도 아줌마도 아이들도, 모두 손에 펜을 들고 휴대폰과 책자를 숙독하며 성찰과 고민에 빠져 있었다. 영주는 무섭다며 몸을 떠는 시늉을 했고 나는 소리 내어 웃다가 얼른 입을 다물었다. 그건 기이한 풍경이었지만 게임에서 이기려면 정확한 분석이 필요했으니 그들이 직면한 현실을 감안하면 전혀 이상할 게 없었다. 영주와 내가 필요한 정보를 숙지하는 데 걸리는 시간은 십여분이면 충분했다. 나는 런에 참여하는 말들에 관한 다양한 정보가 담긴 「천군만마」 한권과 OMR

카드에 사용할 컴퓨터용 사인펜 두개를 구입했다. 영주는 복승식이 좋겠다고 했다. 복승식은 1등과 2등 두마리를 맞혀야 했다. 내가 1등만 고르는 단승식이 확률이 더 높지 않느냐고 묻자, 머지않아 수학교사가 될 영주가 내게 설명했다.

"단순하게 확률만 보면 그렇지. 그런데 확률이 높으면 들어오는 수익은 그만큼 적어지는 거야. 저기 전광판에 배당률을 봐. 단승식보다 복승식이 훨씬 높잖아."

영주의 말이 옳았다. 어차피 1인당 베팅 금액이 제한되어 있어 한번에 큰돈을 노릴 수 있는 상황이 못 되니 소액으로 짜릿한 승부를 즐기는 게 나았다. 우리는 「천군만마」를 펼쳐놓고 다음 경주에 참가할 말들 중에서 각자 두마리를 선정했다. 나는 우승 경력이 있는 말과 가장 어린 말을 골랐다. 영주는 다른 두마리를 선택했다. 이유를 물었더니 영주는 그냥 감이라고 했다. 우리는 삼천원씩 베팅했고 나의 최종 배당률은 12.6배, 영주는 32.5배였다. 그만큼 영주의 말들보다 내가 선택한 말들이 1등과 2등이 될 확률이 높다는 뜻이었다.

확률은 어디까지나 가능성이다. 그런 사건이 일어날 수

도 있다는 뜻이지 반드시 일어난다는 건 아니다. 발생 확률이 99퍼센트인 사건이 일어나지 않고, 확률이 1퍼센트인 사건이 실제로 일어날 수도 있다. 그날 우리에게 그런 일이 일어났다.

출발은 좋았다. 우승 경력이 있는 나의 말이 선두로 치고 나갔다. 그러나 나이 탓인지 얼마 안 가 뒤로 처졌고 가장 어린 말은 좀처럼 앞으로 치고 나가지 못했다. 중반 이후, 영주의 말 중 한마리가 선두로 나서자 영주는 내 팔을 덥석 잡았다. 나도 내 말은 포기하고 영주의 말을 응원했다. 우리는 어느새 같은 번호를 중얼거리기 시작했고 나머지 한마리마저 2등으로 치고 올라오는 순간 영주는 자리에서 벌떡 일어났다. 다른 관중들처럼 우리도 두 주먹을 불끈 쥐고 목이 터져라 말들의 번호를 외쳐댔다. 영주의 말들이 1등과 2등으로 결승선을 통과하자 사방에서 탄식과 욕설이 쏟아졌다. 기뻐서 날뛰는 건 우리뿐인 것 같았다. 두 팔을 하늘로 내뻗으며 어쩔 줄 몰라 하던 영주는 내 목을 끌어안고 한껏 톤이 올라간 말들을 쏟아냈다.
"우리가 이긴 거야? 진짜? 정말 이겼다고? 어떻게? 어떻게 이럴 수가 있어?"

영주는 자신의 선택이 현실에서 그대로 이뤄졌다는 사실이 좀처럼 믿어지지 않는 모양이었다. 이어지는 정산에 대해서도 그랬다. 정말 삼천원의 32.5배를 현금으로 주는 거냐고 내게 물었다. 창구에서 차례를 기다리는 동안에도 영주는 계속 확인했다. 신분증 없어도 될까? 그냥 돈을 줘? 아무 확인 없이? 정말 그랬다. 마권을 확인한 직원은 약간의 세금을 뗀 지폐와 동전을 마치 거스름돈을 건네주듯 기계적인 동작으로 영주에게 내주었다. 십만원도 채 되지 않았지만 그 돈에 들인 수고에 비하면 적은 금액이 아니었다. 영주는 그 돈을 고스란히 내 손에 쥐여주고는 흥분을 가라앉히려는 듯 나의 허리를 부둥켜안았다. 그녀는 계속 중얼거렸다.

"말도 안 돼. 말도 안 돼."

우리는 차가운 생수를 하나씩 사서 마시며 흥분을 가라앉혔다. 나도 영주도 그대로 집으로 돌아갈 생각은 없었다. 우리는 다음 경주를 준비했다. 열두마리의 말이 1200미터를 달리는 레이스였다. 나는 우승 경력이 있는 말들과 젊은 말들을 선별하고, 그중 몸무게가 가벼운 순서로 네마리를 선정한 다음, 그들을 무작위로 두쌍으로 나누었다. 영주는 두마리만 골랐는데 기준이 뭐냐고 물었더니 이름이 멋지다고 했다. 불의날개와 은빛천둥. 이번에도 영주의 말과 내 말은 하나도 겹치지 않았다. 영주에게 두마리 더 골라보라고 했지만 딱히 끌리는 애들이 없다고 했다. 나는 한쌍에 오천원씩 베팅했고 영주는 만원을 베팅했다. 영주가 선택한 말들의 최종배당률은 7.2배였고, 전체 배당률 중에서 여섯번째로 낮았다. 그건 영주의 말들이 1등과 2등이 될 확률이 여섯번째로 높다는 뜻이었다. 확률이 낮은 편은 아니었지만 우리는 크게 기대하지 않았다. 두번 연속으로 맞힐 확률은 굳이 계산해보지 않더라도 거의 제로에 가까우니까. 그래서 우리는 불의날개와 은빛천둥이 선두로 치고 나왔을 때에도 동시에 자리에서 일어나기는 했지만 아까처럼 손을 휘두르거나 환호를 지르지는 않았다. 설마. 그럴 리가 없으니까. 영주의 말들이 결승선을 통과했을 때, 우리가 느낀 건 기쁨보다 놀라움에 가까웠다. 우리는 잔뜩 상기된 표정으로 서로의 얼굴을 바라보다 우여곡절 끝에 겨우 만난 연인들처럼 간절하게 서로의 몸을 끌어안았다. 이번에는 내가 영주의 마권을 들고 창구로 가서 현금을 받았다. 지난 경주보다 적은 금액이었지만 단지 돈으로만 측정할 수 없는 경이로운 감정이 영주와 나를 비현실적인 감각으로 몰아넣었다.

　우리는 다음 경주를 패스했다. 1층에 있는 푸드코트에서 느긋하게 비빔밥을 먹은 다음, 편의점에서 달콤한 커피 음료를 하나씩 사 들고 경마공원의 이곳저곳을 돌아다녔다. 예시장이라는 곳에도 들렀다. 경주에 출전할 말들이 아담하고 둥근 잔디밭 주변을 천천히 걷고 있었다. 영주도 나도 말을 그렇게 가까운 거리에서 보는 건 처음이었다. 그건 정말 말이었다. 온몸이 근육으로 이루어진 짐승이었고 긴 목덜미를 덮은 갈기와 속눈썹으로 반쯤 가려진 두 눈과 네개의 단단한 다리와 길고 우아한 꼬리를 지닌 생물이었다. 그들에게는 이름도 있었다. 영블러드, 광야, 슈퍼탱크, 미라클파워, 최강질주, 왕발이, 드림맥스. 「천군만마」에도 그들의 이름이 적혀 있다. 대부분 촌스럽고 이상했다. 그래서인지 관람객들은 말의 이름을 부르지 않았다. 사람들은 번호로 말들을 구분했다. 전광판에도 번호로만 표시되었고, 사람들은 OMR카드에도 답안 체크하듯 번호만 골라서 색칠했다. 기수는 레이스 중에 말의 귀에 대고 이름을 부를까? 달려라, 미라클파워! 힘내,

미라클파워! 그 이름이 자신을 가리킨다는 걸 미라클파워는 알까? 나는 영주에게 마음에 드는 말이 있느냐고 물었다. 영주가 심드렁하게 대답했다.

"모르겠어. 그 말이 다 그 말 같아."

나도 그랬다. 많은 사람이 손가락으로 말들을 가리키며 유심히 관찰하고 있었는데 그들이 보는 게 무언지 우리는 알 수 없었다. 예시장을 거니는 말들의 근육이나 눈빛은 경주로를 달리는 말들의 그것과 전혀 달랐다. 그들에게 경주의 긴장감이나 승부에 대한 욕망 따위는 전혀 보이지 않았다. 나는 중얼거렸다.

"이런 게 우승마를 고르는 데 도움이 될까?"

영주도 중얼거렸다.

"그러게. 과연 도움이 될까?"

다음 경주는 열두마리가 출전하는 1400미터 레이스였다. 영주는 「천군만마」를 펼쳐놓고 말들의 이름을 소리내어 읽었다. 거기 적힌 정보들을 꼼꼼하게 읽지는 않았다. 점자를 읽는 맹인처럼 손끝으로 문장들을 짚으며 빠르게 지나갔다. 영주는 사인펜으로 OMR카드에 두개의 번호를 체크했다. 1과 7. 나는 원래 1이라는 숫자를 좋아하지 않았다. 1등도 처음도 혼자도 다 별로였다. 7도 마찬가지다. 그때 나는 7급 공무원과 9급 공무원을 두고 엄마와 실랑이 중이었는데 엄마는 완강하게 7급만 고집했다. 영주가 아니었다면 나는 7을 최우선으로 제외했을 것이다. 나는 영주에게 왜 하필 1과 7이냐고 묻지 않았다. 그런 건 중요하지 않았다. 선택의 이유나 과정이 결과에 아무런 영향도 미치지 않음을 우리는 이미 두번이나 경험했다. 고민은 필요 없었다. 다른 선택을 고려할 이유도 전혀 없었다. 영주가 1과 7을 선택했다. 그것 말고 달리 무슨 이유가 필요한가? 우리는 가진 현금을 모두 1, 7에 베팅했다. 1인당 1회 베팅액이 십만원까지여서 어쩔 수 없이 가진 돈을 둘로 나눠야 했다. 최종배당률은 11.5배. 영주는 이번에는 아마 우리가 질 거라고 말했다. 확률적으로, 그리고 합리적으로 그래야 맞는다고. 그렇지만 그래도 괜찮다고, 충분히 재미있었으니까. 이대로 돈을 다 날려도 아깝지 않고, 오히려 속이 후련할 거라고 말하며 영주는 과외 따위 까맣게 잊은 듯 환하게 웃었다. 나는 달랐다. 이대로 만족할 수 없었다. 나는 영주에게 말했다. 이번에도 네가 해낼 거라고, 틀림없이 우리가 이길 거라고, 그래서 그 존나 재수 없는 오십의 몇배나 되는 돈을 따내고야 말 거라고. 영주는 발갛게 상기된 얼굴로 크게 소리 내어 웃었다. 내가 영주의 얼굴을 두 손으로 감싼 채 입을 맞추자, 기다렸다는 듯 멀리서 출발 신호가 울렸다.

선두마가 결승선에 들어오는 데 걸린 시간은 1분 31초. 그 짧은 시간 동안 무슨 일이 있었는지, 우리가 어땠는지 솔직히 기억나는 게 없다. 필름이 끊기는 건 만취 상태에서만 일어나는 현상이 아니다. 그때 영주와 나는 만취를 넘어 도취에 이르러 거의 정신을 잃었고, 다시 제정신으로 돌아와보니, 우리는 양손 가득 두툼한 지폐를 들고 창구 앞에 서 있었다.

나는 영주에게 속삭였다.
"도대체 어떻게 한 거야?"
영주도 속삭였다.
"나도 몰라."
"무슨 방법이 있었을 거 아냐?"
"그런 게 있을 리가 있겠어?"
"그냥 아무 생각 없이 찍었다고?"
"아무 생각이 없지는 않았지."

"그럼?"

"「천군만마」를 읽었잖아."

"「천군만마」?"

"그 책자. 모든 말들의 정보가 실려 있는."

"그게 도움이 됐어?"

"모르겠어. 확실하진 않아. 그런데."

"그런데?"

"그걸 읽는 동안 떠올랐어. 두 말들이."

"떠올랐다고? 수학 문제를 보면 푸는 방법이 떠오르는 것처럼?"

"그거랑은 다르지. 수학은 기본 개념이나 공식을 숙지한 상태니까. 그런데 이건 그렇지가 않잖아. 나는 경마에 대해서 아무런 지식도 경험도 없다고."

"그럼 뭐야? 그래도 뭔가 이유가 있을 거 아냐."

"몰라. 그냥 그 말들이 끌렸어."

"그냥?"

"응. 그냥."

나는 한숨을 내쉬었다. 영주도 한숨을 내쉬었다.

우리는 경마공원을 빠져나와 전철을 탔다. 전철에서 우

리는 아무 말도 하지 않았다. 나는 영주의 손가락만 만지작거리다 휴대폰을 꺼내서 검색을 했다. 찾아낸 걸 화면에 띄워 영주에게 보여줬다. 시그니엘 서울 호텔. 123층에 이르는 롯데월드타워에서 76층부터 101층까지 차지하고 영업 중인 최고급 숙박업소. 주말이 아니었다면, 그래서 빈방이 있었다면 우리는 거기로 갔을 거다. 디럭스 더블룸이 주말 일박에 백만원이 넘는 곳이지만 우리 수중에는 그러고도 남는 돈이 있었으니까. 영주는 눈을 흘기며 주먹으로 내 복부를 때렸다. 그리고는 내 얼굴에서 눈을 떼지 않았다. 전철 안은 붐볐지만 어쩐지 전혀 복잡하지 않았고 조금도 시끄럽지 않았다. 우리는 그들과 다른 차원의 공간에 존재했다. 나는 영주의 볼에 손등을 댔다. 뜨거웠다. 뜨거운 게 영주의 볼인지 내 손등인지 알 수 없었다. 영주의 손등을 내 볼에 댔다. 뜨거웠다. 이마를 그녀의 목덜미에 대자 영주는 그러지 말라고 어지럽다고 거의 신음처럼 중얼거렸다. 영주의 옷깃을 헤치고 나온 다디단 체취가 내 콧속으로 흘러들었다. 나는 말했다. 나도 어지럽다고. 나는 어지럼을 떨치기 위해 영주의 손가락 사이에 내 손가락을 넣었다. 나의 단단한 손바닥과 그녀의 부드러운 손바닥이 하나로 포개졌다. 영주가 손가락을 말아

내 손을 쥐며 다시 중얼거렸다. 뜨거워. 우리는 다음 역에서 내렸다.

다음 날은 일요일이었고 경주도 있었지만, 우리는 경마공원에 갈 수 없었다. 영주는 수학 전문 학원에서 경시대회를 준비하는 중학생들을 대상으로 종일 강의를 해야 했고, 나는 오전에는 토요일에 빼먹은 행정법 특강을 온라인으로 들은 다음, 오후에는 기분전환이 필요하다며 부모님의 집으로 휴가를 떠나버린 영주의 선배를 대신해 선배의 펍에서 청소와 서빙을 도와야 했다. 선배는 우리가 잘 만나고 있는지 궁금해했다. 나는 더할 나위 없이 좋다고 말했다. 전날 있었던 대박 사건이 잘나가는 우리 연애의 적절한 예시가 될 거 같아 자랑도 하고 의견도 듣고 싶었지만, 초인적인 인내심을 발휘해서 끝까지 입 밖에 꺼내지 않았다. 왠지 그걸 발설하는 순간 믿기 힘든 마법의 효능이 사라질 것 같았다. 오직 영주와 나만 아는 비밀로 하고 싶었다. 그리고 영주도 내 생각에 동의했다.

도대체 이게 무슨 일일까? 영주는 우연이라고 했다. 그래. 첫번째는 우연이라고 하자. 두번째도 또 한번의 우연이 일어났을 뿐이라고 하자. 그런데 세번이라니. 영주는 두번의 우연이 있으면 세번도 얼마든지 가능하다고, 동전을 세번 던져서 연속으로 앞면만 나오는 경우가 의외로 많다고 말했다. 하지만 경마는 동전 던지기가 아니다. 열 마리의 말 중에서 두마리를 고르는 방법의 수는 모두 마흔다섯가지이고, 그중 우리가 선택한 한쌍의 말이 승리할 확률은 45분의 1이다. 그런데, 같은 결과가 세번 연속으로 나올 확률은 세개의 45분의 1을 서로 곱해야 한다. 91125분의 1. 우리에게 그런 일이 일어난 거다. 내가 그런 얘기를 하자 영주는 그래 봤자 로또에 비하면 아무것도 아니라고, 확률은 매우 낮지만 가능성 제로는 아니니 충분히 발생 가능하다고 했다. 하긴 그렇다. 로또에 비하면 소소한 행운에 불과하다. 하지만, 그래도 여전히 나는 찜찜했다.

"우리가 평생 나눠 써야 할 운을 여기에 한번에 몰아 쓰는 거 아닐까?"

"뭐야? 그럼 우리 앞으로 죽을 때까지 불운만 계속되는 거야?"

정말 그렇든, 그렇지 않든, 그 세번의 승리는 마냥 좋아 할 수만은 없는 이상한 행운이었다.

우리는 불안했다. 그 일의 원인이 오리무중인 것과 별개로, 혹시라도 하루만의 기적으로 끝난다면, 사실은 그게 당연한 건데, 그런 불가사의한 승리가 계속된다면 오히려 그게 이상한 일인데, 그건 잠깐의 단꿈이었고, 이제 마법이 풀려 원래의 현실로 다시 돌아간다면, 영주도 나도 꽤나 우울해질 거 같았다. 그래서 우리는 조심스러웠다. 일주일 전과 같은 시각에 전철을 탔고, 지난번 사용했던 사인펜을 챙겼고, 같은 판매점에서 「천군만마」도 구입했고, 심지어 그날과 똑같은 옷을 입었다. 영주는 속옷도 그때 그거라고 내 귓가에 속삭였다. 나도 그렇다고 했다. 웃기는 짓이었지만 그게 우리가 할 수 있는 최선이었다. 어떤 분께서 우리를 어여삐 여기시어 은총을 베푼 거였다면, 우리가 그때 그 아이들임을 쉽게 알아볼 수 있도록 만반의 준비를 하는 수밖에.

스타차일드와 로켓리더. 「천군만마」에 따르면 그들은 경마에 투입된 지 일년을 막 넘겼고 우승 경험은 단 한번도 없었다. 하지만 영주는 「천군만마」의 조언을 무시했다. 그녀는 단호했다.

"얘들이야. 틀림없어."

1300미터 경주에 출전한 말들은 모두 아홉마리, 그중 두마리를 골라서 만들 수 있는 조합의 개수는 서른여섯개. 영주는 그중 스타차일드와 로켓리더를 선택했다. 1분 23.7초 만에 스타차일드가 가장 먼저 들어왔고, 그와 반마신(馬身) 차이로 로켓리더가 결승선에 닿았다. 나의 뒷목과 양쪽 팔에는 서늘한 소름이 일어났다. 영주는 의자에 얼어붙은 듯 앉아서 넋이 나간 표정으로 나를 바라보다 두 팔을 뻗어서 내 허리를 힘껏 끌어안았다. 내가 환호를 질렀던가? 아마 그러지 않았을 것이다. 그건 단순히 게임에서 이긴 차원의 결과가 아니었으니까.

그후에도 영주가 고른 말들은 계속 1등과 2등으로 들어왔다. 우리는 어찌할 바를 몰랐다. 하늘 높이 도약해서 날뛰고 싶은 기분이었지만 왠지 그래선 안 될 것 같았다. 그때마다 영주와 나는 아이스 아메리카노에 가라앉아 있던 얼음을 씹어 먹거나 서로의 손을 꼭 붙들어 달아오른 체온을 나누며 상대를 진정시켰다. 우리는 주변의 시선을 끌지 않도록 주의했다. 환호성을 지르지도 않았고 응원도 자제했다. 침만 삼키며 지켜보다 경주가 끝나면 주먹을 불끈 쥐거나 서로를 바라보며 조용히 미소만 나누었다. 승리가 이어질수록 우리는 냉정하게 처신했다. 관중석을 벗어나 아이들을 동반한 가족들 근처에 주로 머물렀고 매 경주마다 자리를 바꾸었다. 한번은 실내에 설치된 모니터로 결과를 확인하기도 했다. 환급을 받을 때도 각자 자신의 마권을 들고 서로 멀리 떨어진 창구로 갔으며, 직원들의 관심을 받지 않도록 여러 창구를 돌아가며 골고루 이용했다. 우리는 마지막 경주는 남겨두고 남들보다 먼저 경마공원을 빠져나왔다. 전철을 타고 가다 마음 내키는 곳에서 내려 가까운 ATM기를 찾아 그날의 소득을 각자의 계좌에 입금했다. 그리고 일요일에도 우리는 경마공원에 갔다. 토요일보다 삼십분 늦게 출발했고 다른 옷을 입었다. 속옷도 갈아입었다. 사인펜도 굳이 새것으로 바꾸고 다른 매장에서 「천군만마」가 아니라 「질풍노도」를 구입했다. 그건 일종의 실험이었고 도발이었지만 어쩔 수 없었다. 너무 궁금했으니까. 다행히 신은 우리의 걱정보다 유치하지 않았고 훨씬 현명했다. 영주는 일요일에도 연전연승이었다. 나는 확신했다. 영주의 승리는 그런 사소한 것들에 영향을 받을 만큼 단순한 기적이 아니라고. 그건 신의 뜻과는 전혀 무관하며, 수학적 계산을 무시한 우연이나 일생에 한번은 온다는 대운 따위도 아니고, 그야말로 진짜 영주의 능력이라고.

　토요일과 일요일, 겨우 이틀 동안 경마공원에서 내가 벌어들인 돈은 천만원이 넘었다. 물론 영주도 마찬가지였다. 만약 그런 상황이 영원히 계속 이어진다면 영주와 나는 평생 일을 하지 않아도 된다. 그게 가능할까? 그럴 리 없다. 우리는 그 기적이 언제 끝나도 이상하지 않다고 생각했다. 갑자기 시작되었으니 아무런 징후나 예고 없이 돌연 끝날 거라고. 그래서 모든 경주를 마지막일지 모른다는 자세로 임했고, 영주는 늘 진지했으며, 나는 영주의 판단을 흐리지 않도록 주의했다. 우리는 배당률이 3.0 미만인 경주와 마지막 경주는 패스했고, 대신 매 경주마다 상한선인 십만원을 베팅했다. 그러고도 주말 이틀 동안 각자 천만원이 약간 넘는 돈을 벌어들였다. 나는 모든 아르바이트를 그만두었고 영주는 평일 중 주 2회 하던 수학 학원 강의만 남겼다. 그것도 돈 때문이 아니라 어차피 교사를 안 할 수는 없을 테니 그때를 위해 강의 경험을 쌓아두는 거라고 했다. 만약 이게 평생 계속되면 어쩔 거냐고 물었더니 영주는 웃으며 대답했다.

"그럴 리도 없지만, 아무리 그래도 어떻게 경마만 하면서 사니?"

영주는 그럴 리 없다고 했지만, 이후에도 그녀의 레이스는 멈추지 않았다. 영주가 고른 말들이 어김없이 1등과 2등으로 들어오는 광경은 수십번을 봐도 경이로웠다. 나는 아무도 듣지 못할 만큼 낮은 목소리로, 경마의 신이라든가 말들의 어머니 같은 유치한 미사여구를 써가며 영주를 추켜세웠다. 영주는 장난하지 말라고 했고, 나는 장난 아니라고, 진지하게 말하는 거라고 했다. 영주는 고개를 저었다.

"이건 내 능력이랑 상관없어. 그냥 로또 당첨이랑 비슷한 행운일 뿐이야."

"그러니까, 그 행운이 너에게만 따르는, 그게 바로 너의 능력이라는 거지. 그냥 능력도 아니고 완전 초능력."

"행운은 너한테도 따르잖아."

"나는 그냥 네 옆에 있을 뿐이잖아. 하는 것도 없고."

"내 옆에 있는 게 중요하지."

"그런가?"

"그럼."

영주는 손바닥으로 내 뺨을 쓰다듬었다. 그녀의 손은

따뜻했다. 나는 영주의 눈을 들여다보며 물었다.

"이 게임에 나도 끼워주는 거야?"

영주는 내 눈을 보며 대답했다.

"무슨 소리야? 우린 원래 한 팀이잖아. 너 없으면 안 돼."

그녀는 두 눈을 감았다. 나는 영주의 착한 남자 친구였으므로 그녀가 원하는 걸 해주었다.

우리의 계좌에 쌓여가는 잔고를 두 눈으로 확인하는 건 무엇보다 즐거운 일이었지만 매주 주말의 이틀을 온종일 경마장에서만 지내는 건 쉬운 일이 아니었다. 지난 4주 동안 우리는 주말에 잡히는 모든 일정들을 평일이나 주말 저녁으로 조정하며 지내왔고, 심지어 6월이 되면서 시작된 기말시험도 우리의 레이스를 멈춰 세우지는 못했다. 그때 우리에게는 그 무엇보다 경마가 최우선이었다. 그런데 도저히 내 힘으로는 어찌할 수 없는 스케줄이 생기고 말았다.

"일요일에 형의 결혼식이 있다고?"

영주가 놀라는 건 당연했다.

"응. 그날이 하필 길일이래."

그 날짜는 우리 엄마와 형수의 어머니가 두달 가까이

숙고 끝에 세달 전에 택일한 거였다. 영주는 물었다.

"몇시?"

"오후 한시. 시간도 참 애매하지?"

"애매하네."

친형의 결혼식이니 예식뿐만 아니라 여러가지로 신경 써야 할 것들이 많아서 거의 종일 붙들려 있어야 하는 상황이었다. 나는 영주에게 그런 사정을 변명처럼 길게 늘어놓았는데, 마치 형의 결혼이 불의의 재난이라도 된 듯싶어 마음이 불편해졌다. 영주가 말했다.

"어쩔 수 없지 뭐."

형의 결혼식이 있기 전날인 토요일에도 우리는 일부러 패스한 마지막을 제외하고 열한번의 경주에서 모두 승리했다. 그런데 배당률이 5.0을 넘는 경주가 한개도 없었다. 3.0을 밑도는 경주도 두개나 있었는데 다른 때라면 패스했겠지만 그날만은 원칙을 깨고 베팅에 참여했다. 그래도 우리의 그날 소득은 평범한 샐러리맨의 한달 월급을 훌쩍 넘는 금액이었다. 하지만 영주의 얼굴은 어두웠다. 돌아오는 전철 안에서 영주가 내게 물었다.

"내일 결혼식 하는 거지?"

"그러게 말이야. 내가 그렇게 말리는데도 우리 형님께서 굳이 결혼을 하시겠다네."

나는 어떻게든 영주의 기분을 풀어주려 했지만 잘되지 않았다. 나는 영주에게 물었다.

"너 혼자 가는 건 좀 그렇지?"

영주는 나를 쳐다보았다.

"전에도 말했잖아. 너가 있어야 한다고."

영주는 내 손을 잡았다.

"괜찮을까?"

"뭐가?"

"우리 말이야."

"당연히 괜찮지. 안 괜찮을 이유가 없잖아."

영주는 내 손을 잡은 자신의 손에 힘을 주었다. 그녀의 손에서 전해지는 악력이 너무 강렬해서 손끝이 저렸다. 나는 다른 손으로 그녀의 손을 잡고 내 손가락을 빼냈다. 영주가 말했다.

"나 좀 걱정돼."

"뭐가? 우리 이거?"

"이것도 그렇고, 다, 모든 게."

나는 영주의 걱정이 뭔지 알 것도 같았고, 모를 것도 같왔다. 비정상적인 방법으로 돈을 버는 것에 대한 도덕적 불편과 이것이 언제든 끝날 수 있다는 불안감이 뒤섞인, 복잡 미묘한 감정일 거라고 나는 짐작했다.

"걱정하지 마. 다 잘되고 있잖아."

"그럴까?"

"우울할 땐 은행 계좌에 들어가봐. 그럼 기분이 좋아질 거야."

그 말이 효과가 있었을까? 영주의 입가에 살짝 미소가 스쳤다.

형이 인생의 새로운 전환점을 향해 한걸음 한걸음 걸어 들어가는 동안 나는 영주에 대해 생각했다. 아니, 사실은 경마에 대한 걱정이었는지도 모른다. 틈이 날 때마다 영주에게 전화를 걸어 지금 뭐 하고 있는지, 기분은 괜찮은지, 밥은 먹었는지, 어디서 뭘 먹었는지, 내일 어디서 볼지, 계속 묻고 확인을 요구하고 조금이라도 기분을 풀어주려 애를 썼던 것도, 혹시라도 영주의 마음이 멀어져서 우리의 경마에, 그러니까 매주 들어오던 그 듬직한 소득에 지장이 초래되지는 않을까, 하는 우려 때문이었을 것이다. 내가 그때 정말 걱정했던 건 뭐였을까? 지금도 나는 모르겠다. 영주는 종일 공부 중이라고 했다. 아침에 전화했을 때는 집에서 하거나 도서관에 갈 거라고 했는데, 예식이 시작되기 직전에 연락해보니 카페에서 공부 중이라고 했다. 예식과 폐백이 끝나자마자 밖으로 나와 전화를 걸어서 저녁을 같이 먹자고 했을 때는 집중이 안 돼서 집에 왔다고, 계속 공부를 해야 한다고 했다. 그후 영주는 전화를 받지 않았다. 자정이 가까워서야 공부하느라 전화 못 받아서 미안하다고 이제 잘 거라는 문자메시지만 보내왔다.

우리는 월요일 오후에 늘 만나던 카페에서 만났다. 영주가, 또 결혼할 사람 있느냐고 물어서 내가 그런 사람 이제 없다고 했더니 영주는 웃었다. 경마에 대한 얘기는 하지 않았다. 딱히 할 이유도 없었고 원래도 안 했었기 때문에 이상하지 않았다. 예전과 다르지 않은 평화로운 평일들이 지나갔다. 수업을 듣고 공부를 하고 시험을 보고 매일 함께 저녁을 먹었다. 영주는 학원에서 중학생들에게 직선의 방정식과 원의 성질을 가르쳤다. 하루는 아이들이 사랑스럽다고 했다가, 또 하루는 아이들 때문에 너무 화가 난다고 했다. 힘들면 그만하라고 했더니, 그래도 재미

있다고 했다. 다행이었다. 영주의 불안도 사라진 것 같아서 나는 안도했다. 토요일 아침에 경마공원으로 가는 전철에서 나는 더도 말고 딱 일억만 모았으면 좋겠다고 했다. 영주는 우리의 잔고가 일억이 되려면 앞으로 몇번이나 경마공원에 가야 하는지 헤아렸고, 우리는 그리 많은 시간이 필요하지도 않고 어렵지도 않을 거라고 낙관하며 잔뜩 기대에 부푼 표정으로 서로를 바라보았다. 날씨도 좋고 공기마저 깨끗해서 우리는 한껏 들떠 있었는데, 어쩌면 그런 모습이 신의 눈에는 오만과 기고만장으로 보였을지도 모른다. 영주는 마음을 차분하게 가라앉히고 「천군만마」를 신중하게 검토한 뒤에 두마리의 말을 골랐지만, 그때는 이미 신의 판단이 끝난 뒤였을 것이다. 첫번째 경주의 시작을 알리는 총성은 경쾌하게 울렸고, 우리가 베팅한 레드챔프와 에이스퀸도 기다렸다는 듯 출발선을 박차고 달려 나갔지만, 그들은 단 한순간도 선두권에 진입하지 못한 채 레이스는 허무하게 끝나버렸다.

일어나서는 안 되는 일이 일어났다. 나는 말들이 모두 떠난 텅 빈 경주로를 바라보며 방금 우리 눈앞에서 일어난 일이 무엇인지 이해하려 애를 썼다. 도저히 믿어지지 않았다. 그건 나의 계산 밖에서 일어난 일이었고 예감도 준비도 없이 들이닥친 재앙이었다. 영주도 크게 다르지 않았다. 그녀는 한동안 말을 잃은 채 앉아 있다가 짧게 내뱉었다.

"끝났어."

그 한마디 때문에 내 정신이 퍼뜩 깨어났다.

"아니야. 그럴 리 없어. 말도 안 돼. 이렇게 끝나다니. 절대, 그럴 수는 없어."

나는 서둘러서 다음 경주를 준비했다. 차가운 생수를 두병 사서 영주에게도 하나 건네고 「천군만마」를 영주의 앞에 펼쳐놓았다. 영주의 손에 사인펜을 쥐여주며 나는 말했다.

"지나간 건 잊어. 그런 일은 없었어. 우리는 새로운 마음으로 다시 시작하는 거야."

영주는 잔뜩 불안한 눈빛으로 두마리의 말을 골랐다. 다시 한번 1과 7이었다.

"정말?"

내가 묻자 영주는 고개를 끄덕였다. 당연히 번호만 같을 뿐 그때와 전혀 다른 말들이었지만, 나는 의문스러웠다. 왜 하필 또? 나는 영주에게 다시 물었다.

"확실해?"

그녀는 대답했다.

"그렇다니까."

그리고 7은 두번째로 들어왔다. 하지만 1은 꼴찌를 겨우 면하는 데 그치고 말았다.

영주가 말했다.

"너 때문이야."

"뭐?"

"내가 그랬잖아. 이렇게 될 거라고."

"그런데 이게 왜 나 때문이야?"

"하긴 따지고 보면 네 형 때문이지."

그녀의 말은 내게서 할 말을 앗아갔다. 영주는 말했다.

"내가 걱정했던 게 바로 이런 거라고."

"아닐 거야. 이대로 끝나다니. 말도 안 돼."

"두번이나 졌어. 이런 적 없었잖아. 이건 끝이라는 뜻이야."

"이게 끝이라고 누가 그래? 네가 어떻게 알아?"

영주가 내 얼굴을 빤히 쳐다보았다. 주변을 지나던 사람들의 시선도 우리를 향했다. 내 목소리가 너무 컸음을 나는 뒤늦게 알아차렸다. 나는 한껏 낮춘 음성으로 말했다.

"끝이 아닐 거야. 그럴 리가 없어. 이렇게 간단히 끝날 리가 없다고."

영주는 세번째 경주의 우승 예상마 두마리를 골랐고 나는 OMR카드를 들고 가서 마권을 샀다. 영주가 어떤 기분으로 그 말들을 골랐는지 나는 모른다. 그 두마리 말의 이름이나 번호도 기억나지 않는다. 그때 내게 그런 여유 따위는 없었다. 다행히 영주의 말들이 1등과 2등으로 들어왔고, 나는 처음 경마에서 이겼을 때처럼 두 손을 휘두르며 하늘을 향해 환호성을 내뱉었다.

"봤지! 내가 뭐랬어? 끝이 아니라고 했잖아! 절대 그럴 리 없다고 했잖아!"

영주는 나처럼 환호하지 않았다. 관중석에 앉아서 두 손으로 얼굴을 가리고 이마가 무릎에 닿도록 상체를 숙인 채 어깨를 들먹였다. 나는 영주의 곁에 쪼그리고 앉았다. 그녀는 울고 있었다. 두 손에서 흘러넘친 눈물이 그녀의 무릎마저 적셨다. 나는 그녀의 귓가에 속삭였다. 화내서 미안하다고, 너무 놀라서 그랬다고, 하지만 이제 괜찮다고, 걱정 말라고, 우리는 끝나지 않았다고, 끝이 아니라 지금부터 다시 시작이라고. 나는 영주의 가방에서 손수건을 꺼내 손에 쥐여주었고, 그녀의 어깨와 등을 쓸어주며 조금이라도 진정되도록 도왔다. 그리고 다시 말했다. 모든 게 네 덕분이라고, 너의 능력은 그대로고, 그 초능력은 절대 없어지지 않을 거라고, 사랑한다고, 정말 진심으로 사랑한다고.

나는 다음 경주를 패스하자고 했지만 영주는 괜찮다고 했다. 그녀는 차분하게 말을 선택했고 그것들은 어김없이 선두로 결승선을 통과했다. 우리는 계속 이겼다. 나는 승리가 결정될 때마다 영주가 보는 앞에서 크게 환호했다. 영주는 그런 광경을 별다른 내색 없이 담담한 표정으로 바라보았다. 그러다 열번째 경주에서 다시 한번 좌절의 순간이 찾아왔다. 신은 우리의 말들을 최하위로 들여보내서 우리의 영혼을 다시 춥고 어두운 곳으로 내몰았다. 영주는 울지 않았다. 그녀는 승부가 결정되자 창백한 낯빛으로 돌아서더니 진한 커피가 필요하다며 관중석을 떠났다. 커피 덕분이었을까? 다행히 열한번째 경주는 이겼고, 원래 패스하기로 했던 마지막 경주도 베팅해서 승리를 따냈다. 결국 우리는 열두번의 경주에서 세번을 패했다. 바꿔 말하면 열두번 중 아홉번을 이긴 셈이었고, 결과적으로 소득도 평소와 크게 다르지 않았다. 하지만 영주와 나의 기분은 모든 경주에서 패한 것처럼 처참했다. 나는 영주를 위로했다.

"이 정도면 대성공이야. 오늘 왔던 손님들 중 우리보다 많이 벌어들인 사람은 없을걸."

나의 공허한 변명을 영주는 들은 체도 하지 않았다. 그리고 일요일에 우리는 열한번의 경주 중 다섯번을 패했다. 승률이 거의 절반으로 떨어진 것이다. 이로써 신의 뜻은 명확해졌다. 영주는 말했다.

"다음 주가 끝인가봐."

나는 말했다.

"아니야. 그럴 리 없어."

"끝날 때가 된 거야."

"아니라니까."

내 목소리가 커지자 영주는 더이상 말하지 않았다. 집으로 돌아오는 전철에서 영주는 내내 창밖만 바라보았다.

다음 주에도 우리는 경마공원에 갔다. 아무런 고민 없이, 당연하다는 듯, 평소와 같은 시각에 전철을 탔다. 나는 늘 쓰던 사인펜을 챙겼고 늘 가던 곳에서 「천군만마」
를 샀다. 토요일에는 3승을 했고 일요일에는 2승을 했다.
일요일에 마지막 경주까지 다섯번을 연속해서 패한 뒤 경
마장을 빠져나오면서 영주는 소리까지 내며 웃었다. 즐거
움이나 기쁨과는 무관하게 반쯤 정신이 나가서 새어 나
오는, 허탈한 웃음이었다. 나는 영주에게 그만하라고 했
지만 영주의 웃음은 한참이나 이어졌다. 전철에서 영주는
말했다.

"우리 진짜 끝났어."

나는 아무 말도 하고 싶지 않았다. 영주는 나를 쳐다보
며 물었다.

"맞지?"

나는 영주의 시선을 피했고 대답도 하지 않았다.

다음 주 토요일, 우리는 경마공원에 갔다. 만약 오늘 한
번도 못 이기면 이제 그만하자고 영주가 말했다. 나도 동
의했다. 그날 우리는 모두 패했다. 11전 11패. 하지만 일요
일에도 우리는 경마장에 갔다. 그리고 또 전패했다. 영주
는 소주가 마시고 싶다고 했다. 우리는 전철을 타고 가다
한번도 내려본 적이 없는 역에서 내려 소주와 맥주를 마

셨다. 나는 취했고 영주도 거의 정신을 잃을 지경에 이르렀다. 할 수 없이 우리는 근처에 있는 모텔에 갔다. 그리고 다음 날 정오 무렵까지 자느라 학교 수업도 빠졌다.

다음 주에도 우리는 경마공원에 갔다. 토요일에도 갔고 일요일에도 갔다. 우리는 번번이 패했다. 승리에 대한 아무런 기대도 없이 돈을 걸었고 당연한 듯 패배했다. 영주가 말했다.

"이제 진짜 그만하자."

나도 말했다.

"그래. 그만하자."

우리는 전철을 타고 집으로 돌아갔다.

어느덧 여름의 한복판에 들어섰고, 그즈음 영주와 나는 헤어졌다. 그 얘기를 누가 먼저 꺼냈는지 지금은 기억나지 않는다. 그런 건 아무래도 상관없다. 누가 먼저 말했든 결과는 마찬가지니까. 경마가 끝나자 우리의 만남은 의미를 잃었고 저절로 그렇게 되었다. 영주도 그랬겠지만, 나는 그 순간을 당연하게 받아들였다. 그건 우리로서도 어찌할 수 없는 어떤 힘이 작용한 결과였으니까. 우리가 할

수 있는 건 후유증이 남지 않도록 최대한 깔끔하게 정리
하는 거였다.

그후에도 여러번 나는 혼자서 경마공원에 갔다. 어리석
고 부질없는 짓인 줄 알면서도 좀처럼 그만두지 못했다.
나는 베팅한 말들이 1등과 2등으로 결승선을 통과하는 순
간 내 몸을 뒤흔들었던 흥분이 그리웠다. 그 느낌이 기억
속에서 저절로 지워지는 걸 방치하고 싶지 않았다. 계속
실패를 거듭 하다, 딱 한번, 성공한 적이 있었다. 배당률은
1.7. 승률이 가장 높은 말들의 조합이었다. 그래서였을까?
시시했다. 흥분되기는커녕 기쁘지도 않았다. 그들이 선두
권으로 치고 나오는 극적인 장면을 두 눈으로 보면서도
내 영혼은 전혀 들뜨지 않았다. 그것 말고는 한번도 이긴
적이 없다. 영주와 헤어지고 미적지근하게 남아 있던 경
마에 대한 나의 미련이 완전히 식기 위해서는 거의 일년
이라는 시간이 필요했다.

영주와 내가 우연히 마주친다면 경마공원보다는 나의
선배와 영주의 선배가 함께 운영하던 펍에서일 가능성이
높았는데, 내가 영주와 헤어진 후 선배의 펍에 들른 건 아

마 대여섯번 정도인 것 같다. 신경 써서 피하지도 않았지만, 영주 때문에 일부러 찾아간 적도 없다. 자주 좀 들르라며 서운해하던 선배가 펍을 바로 길 건너로 확장이전했다며 오픈 파티에 나를 초대했다. 어쩌면 영주도 올지 모르겠다고 짐작하며 퇴근 후에 갔더니, 역시 영주가 혼자 앉아 있었다. 거의 삼년 만이었다. 영주는 얼굴에 약간 살이 붙기는 했지만 크게 달라진 건 없어 보였다. 우리는 서로의 근황을 묻고 답하며 천천히 맥주를 마셨다. 그녀는 만나는 남자가 있다고 했다. 나는 만나는 여자가 없다고 했더니 영주가 물었다.

"요즘은 경마 안 해?"

"안 해. 끊었어."

"그랬구나. 나는 가끔 갔는데."

"그랬어? 혼자?"

"아니. 남자친구랑도 가고. 여자 절친이랑도 가고."

사귀다 헤어진 여자와 오랜만에 만나서 하는 얘기가 경마라니. 하긴, 그나마 공통의 화제가 있어서 덜 어색한 건가. 나는 그런 생각을 하며 맥주를 들이켰다. 영주는 계속 말했다.

"그런데 한번도 맞힌 적은 없어."

"너 그때 경마의 신이었잖아."

"그랬나? 그런데 그때는 네가 옆에 있었잖아."

"그렇다고 내 덕은 아니잖아. 안 그래?"

나는 맥주잔을 들어 영주에게 건배를 권했고 영주는 잔을 들어 내 잔에 가볍게 댔다. 휴대폰 신호음과 함께 영주의 폰으로 문자메시지가 도착했다. 영주가 메시지를 확인하고 말했다.

"남자친구야. 지금 퇴근해서 데리러 온대."

나는 말없이 고개만 가볍게 끄덕였다. 영주가 말했다.

"나 사실 너한테 고백할 게 있어."

"고백?"

"응. 영원히 말 안 하려고 단단히 마음먹었었는데 시간도 적당히 지났고, 기왕 이렇게 만났으니 털어놓으려고. 나 사실 그거 때문에 계속 신경이 좀 쓰였거든."

"뭔데?"

"우리 처음 경마공원 가서 세번 연속으로 이긴 거 기억나지? 그날이 토요일이었고, 그다음 날, 일요일은 우리 각자 스케줄 있어서 경마 안 가기로 했었잖아."

"그랬지. 나는 선배 펍에서 알바하고, 너는 학원에서 강의하고."

286

"나 그날 경마공원에 갔었어."

"뭐? 혼자?"

"응. 혼자 가서 말 고르고 베팅도 하고. 다섯번이나 했는데 한번도 못 이겼어."

조금 충격이었다. 영주가 한번도 못 이긴 게 충격이 아니라 거길 혼자 갔다는 사실이 충격이었다. 영주는 맥주 한모금으로 목을 축인 다음, 계속 말했다.

"그리고 너희 형 결혼식 날."

"그날도 혼자 갔다고?"

영주는 고개를 크게 끄덕였다.

"그날은 완전 최악이었어. 모든 경주에 베팅했는데 전패였거든."

그 순간 내 미간이 구겨졌을까? 모르겠다. 어쨌든 영주의 얼굴로 향한 내 시선이 가볍지는 않았을 것이다. 영주도 나를 의미심장한 눈빛으로 쳐다보았다. 영주가 물었다.

"그게 무슨 뜻인 거 같아?"

나는 대답했다.

"너는 경마의 신이 아니라는 뜻이야?"

영주는 고개를 저었다.

"역시, 너는 아무것도 모르는구나."

이번에는 내가 맥주로 목을 축여야 했다. 나는 말했다.

"아무래도 상관없어. 다 지난 일이고, 다 끝난 일이니까."

"그래. 다 끝난 일이지. 하지만 오해는 바로잡고 싶어. 그뿐이야."

"오해라니?"

"우리가 그때 계속 이길 수 있었던 건 내 능력 때문이 아니라는 거."

"그럼 내 능력 때문이라는 거야?"

"아니."

"그것도 아니면 뭐야?"

영주는 팔을 뻗어서 손끝을 내 뺨에 댔다. 그리고 말했다.

"우리. 우리의 초능력."

영주의 휴대폰에서 착신음이 울렸다. 영주는 휴대폰을 들어 통화를 했다. 남자친구가 도착한 모양이었다. 그녀는 전화를 끊더니 자리에서 일어났다.

"고백 끝. 가야겠다."

영주는 내게 손을 내밀었다. 나는 그녀의 손을 잡았다. 영주는 말했다.

"나 내일 저 남자랑 경마 하러 갈 거야. 왠지 예감이 좋거든."

영주의 손이 내 손에서 빠져나갔다. 그녀는 휴대폰과 가방을 챙겨 들고 자리를 떴다. 선배들에게 인사를 하고 밖으로 나가서 차도에 정차 중인 하얀 BMW의 조수석에 올라탔다. 영주가 남기고 간 맥주를 바라보며 나는 영주의 고백에 대해 생각했다. 우리? 우리의 초능력?

나는 요즘 마음이 가는 여자가 생기면 함께 경마공원에 간다. 매번 베팅을 하지만 한번도 이긴 적은 없다. 그러면 이내 관계는 시들해진다. 그리고 다른 여자를 찾는다. 나는 포기하지 않는다. 아니, 포기가 되지 않는다. 언젠가는 경마의 신이 내 곁에 와주리라 믿고 눈에 들어오는 여자만 생기면 조용히 다가가 정중하게 묻는다. 우리 서울랜드에 가지 않을래요? 그리고 전철을 타고 가는 도중에 여자의 손목을 끌어당겨 경마공원역에서 하차한 다음, 늘 이용하던 판매점에서 구입한 「천군만마」를 펼쳐놓고 그녀에게 말한다. 부담 갖지 말고 편하게 골라봐요. 당신의 마음에 드는 가장 멋진 두마리의 말을.

단면, 파편, 파열

김요섭

정치학에서 우연의 중요성을 처음으로 인지한 정치학자는 마키아벨리였다. 그가 『군주론』에서 이탈리아를 통일할 모든 조건을 갖추고 있던 모범적인 군주라 칭송한 체자레 보르자는 아주 작은 우연 때문에 몰락한다. 교황이었던 아버지가 사망한 직후 자신에게 우호적인 후임 교황을 선출하기 위해 로마로 향하던 그를 막아선 것은 우연히 그의 어깨 위에 앉은 한마리 모기가 옮긴 말라리아였다. 말라리아로 앓아누워 콘클라베를 놓친 보르자는 새로운 교황이 된 자신의 정적에 의해 몰락한다. 정치적 야망을 달성하기 위한 모든 조건을 갖추었던 체자레 보르자는 오직 한가지, 운, 즉 '포르투나'(fortuna)를 가지지 못해 몰락한다. 우연과 운은 세상의 많은 일을 결정하지만, 학문의 언어는 좀처럼 운을 허락하지 않는다. 예상치 못하게 출현하는 우연이라는 작은 칼날이 이론과 증거를 통해서 직조된 필연의 그물망을 너무 쉽게 찢어버리기 때문이다. 하지만 체자레 보르자를 병들게 한 모기는 어디선가 갑작스레 등장한 것이 아니라, 그 자리에 있어야 했던 분명한 인과가 있다. 단지 인간의 인지가 자연의 복잡한 과정을 전부 설명할 수 없기에 몇가지 사건만을 선별하여 인과를 엮을 따름이며, 우연이라 말해지는 것은 그 설명의 고리에서 탈락해버린 너무 작거나 예상하지 못한 현실의 단면들이다.

너무나 복잡한 현실을 설명하기 위해서 선별된 몇가지 사건을 개연성 있는 인과로 연결하는 작업은 학문의 영역이기도 하지만, 서사가 가장 오랜 시간 해온 일이었다. 기억의 양식으로서 서사는 인간을 둘러싼 세계의 무한히 많은 요소와 사건 중 아주 작은 부분만으로 감각된 세계의 인과를 묶어낸다. 서사 양식으로서 소설은 그래서 인지되지 못한 수많은 세계의 파편들이 돌출되어 덜컹거리는 현실과 달리, 개연성 있는 이야기의 흐름 속으로 우리를 이끈다. 그러나 서사적 인과 위에 구성된 소설은 동시에 우연과 같이 세계의 단면과 파편들 사이로 더 깊이 파고들기도 한다. 인과의 세계로 직조된 서사를 오히려 세계의 파편을 통해서 끌어당기는 소설의 이 역설적 기능이야말로 명학수가 자신의 이야기를 묶어내는 방식이다.

소설집을 이루고 있는 여덟편의 단편은 각각 다른 각도에서만 보이는 세계의 여러 단면을 과장하고 확대해서 그리는 방식으로 굴곡이 진 이야기의 세계를 펼쳐놓고, 사건과 인물의 낙차를 통해 소설적 긴장을 구성한다. 그래서 명학수의 소설은 기이하리만큼 한정적인 방식으로만 사건을 인지하거나, 대화하는 이들이 반복해서 등장한다. 「폴이라 불리는 명준」에서 배우인 '이명준'은 자기 삶에 드리운 굴곡의 시작점이었던 앤디 워홀과의 불행한 얽힘에 붙잡히게 된다. 그는 앤디 워홀이 연출했던 '밥 로버트'라는 가짜 신분을 연기하는 연기자로 무대에 섰다가 이내 앤디 워홀이자 밥 로버트라는, 생애 한순간이어야 했을 배역의 모습에 사로잡히고 만다. 「미친개의 처분에 관한 보고서」에서 '햇빛로 32단지' 거주민들은 미친개를 처분하라는 행정당국의 통지문 하나에 일상을 붙잡히게 된다. 거주민들과 협의하지도 않으며, 통지문을 이해하지도 않으려고 하는 공무원의 일방적인 관찰의 대상으로

전락한다. 「dmswl」에서 '현우'와 '윤희'는 죽은 딸 '은지'
를 위해 인스타그램 계정을 운영하면서 SNS 속에서는 여
전히 딸이 살아 있는 존재로 포착되게 한다. 「그녀에게 무
슨 일이 있었나」에서 고등학교 동창들과 만난 이후 분명
치 않은 당시의 기억을 확인하려는 '수진'은 오직 전화를
통해서만 전해지는 친구들의 이야기 속에서 사건의 단편
들만을 불안하게 바라본다. 소설집의 마지막 작품인 「말
의 속도가 우리의 연애에 미친 영향」에서 연인인 '나'와
'영주'가 끝없이 그들의 포르투나를 시험하는 일에 집착
하는 것도 명학수가 세계의 단면을 펼쳐놓는 방식과 닿아
있다.

공무원과 교사를 꿈꾸는 대학생 연인인 '나'와 '영주'
는 휴일 데이트를 위해 서울랜드로 향했다가 즉흥적으로
경마공원으로 목적지를 바꾼다. 경마에 대해서 전혀 알지
못했지만, 행운은 그들의 편이어서 베팅하는 말마다 우
승한다. 생각지 못한 행운에 흥분한 그들은 시간이 될 때
마다 함께 경마공원을 찾고, 그때마다 영주가 선택한 말
이 계속 우승한다. 영주 덕에 갑작스레 많은 돈을 벌게 된
'나'는 이 행운이 언젠가는 끝나는 것이 당연하다고 생각
하면서도 여러 운의 조건을 시험하며 그 특별한 순간에

도취된다. 하지만 이들의 행운은 '나'가 형의 결혼식 때문에 영주와 함께 경마장을 가지 못하게 되면서 끝을 맺게 된다. 영주의 승률은 조금씩 하락하더니 선택한 모든 말이 경주에서 패배하는 지경에 이른다. 매번 행운이 따라주던 영주의 초능력에 몰두했던 '나'는 영주가 아니라 경마의 승률에 집착하게 되고, 그들의 관계는 끝나고 만다. 영주는 헤어진 뒤 몇년 만에 우연히 마주친 '나'에게 한가지 비밀을 털어놓는다. 행운이 이어지던 시절에 몰래 혼자서 경마장을 찾은 적이 있었다는 것이다. 그때 영주는 한 게임도 승리하지 못했다. 영주의 행운이자 초능력이라고 여겼던 것이 사실 '우리의 초능력'이었음을 뒤늦게 밝힌다. 이 뒤늦은 고백에 '나'는 당황하지만, 영주는 예전에 그 사실을 알렸다. 자신이 영주의 행운에 기대고 있다고 생각한 '나'에게 영주는 "우린 원래 한 팀이잖아. 너 없으면 안 돼"(271면)라며, 함께해야만 한다고 말했다. 중요한 것은 그들에게 찾아온 의문의 행운이 아니라, 서로의 관계였다는 사실을 영주로부터 들은 뒤로 그는 새로운 연인이 생길 때마다 경마장을 찾으며 행운에 집착하기를 반복한다.

「말의 속도가 우리의 연애에 미친 영향」이 우연한 사건에 집착하며 사랑의 관계가 균열이 가해지는 과정을 보여 준다면, 「dmswl」는 사랑했던 이를 파편으로나마 붙잡으려는 기이한 연출에 대한 이야기다. 현우와 윤희의 딸 은지는 남자친구인 '민수'와 관계하여 임신을 하지만 부모가 그 사실을 알게 된 순간은 딸이 죽은 뒤였다. 딸을 잃은 현우와 윤희는 'dmswl'라는 인스타그램 계정을 만들고는 그곳에 고등학생 정도로 추정되는 임신한 여성이 점점 출산에 가까워지는 과정을 찍은 사진들을 계속해서 올린다. 은지가 다녔던 학교에서는 그 사진들이 은지의 모습이라는 소문이 돌고, 민수가 부부를 찾아와 마치 은지가 살아 있는 것처럼 그런 연출을 하지 말라고 항의한다. 그러나 민수의 생각과 달리 그들은 과거를 붙잡으려는 것이 아니라 미래를 가지려고 한다.

앨범의 내부에는 그들이 이미 지나온 시간들만 망각을 견디며 남아 있다. 하지만 두 사람은 어떤 방법으로도 수정할 수 없는 과거에는 관심이 없다. 그들이 원하는 건 추억도 아니고 위안은 더더욱 아니다. 그들은 자신들이 만들어갈 미래를 상상하며 사진들을 관찰한다.(94면)

'dmswl'계정에 올라오는 사진들은 윤희가 은지를 임신했을 때를 찍은 앨범 속에서 가져온 이미지였다. 인스타그램 속에서 은지는 죽은 아이가 아니라, 이제 곧 태어나서 부부를 찾아올 아이가 된다. 다른 맥락 속에 배치된 기억의 파편이 SNS에서 현재의 삶으로 소비되며, 재현은 시간을 교란한다. 「은하」에서도 명학수는 재현을 둘러싼 긴장을 이야기의 중심으로 가져온다.

'나'와 '신미영'은 서로에게뿐 아니라, 소설에도 푹 빠진 대학생 커플이었다. 서로 취향이 만나고 엇갈리는 지점들에서 강한 끌림을 느끼던 이들의 관계를 멀어지게 한 것도 한권의 소설이다. 전 남자친구와의 관계에서 임신한 여자친구의 아이를 함께 기르기로 한 십대 청소년들의 이야기를 다룬 장편소설 『은하』에 대해 '나'와 미영의 평가는 극명하게 엇갈린다. '나'는 개연성 없는 이야기에 지나치게 몰두한 미영을 이해할 수 없고, 미영은 심지어 실화를 기반으로 한 이야기임에도 두 주인공의 관계를 상상할 수조차 없어하는 '나'와 평행선을 달린다. 이 둘의 관계는 『은하』가 동의 없이 타인의 SNS 속 사연과 문장을 가져왔다는 사실이 밝혀지면서 더 복잡해진다. '나'가 군대를 간 사이에 연락을 끊고 사라진 미영은 시간이 흘러 소

설가가 되고『은하』라는 소설집을 발표한다.『은하』의 출
판을 둘러싼 갈등을 소설화한 신미영의 단편「은하」는 실
제 사연을 그대로 가져와서 소설이 되지 못한 소설인『은
하』를 그 소설을 읽고서 소설 속 내용을 현실에 실현한 학
생, 그리고 그 책임을 작가에게 돌리는 어머니의 이야기
로 바꾼다. 소설과 현실, 현실과 소설 사이의 경계와 인과
가 뒤엉킨「은하」는 다시 미영의 소설 속에서 자신의 모
습을 발견한 '나'가 이 관계를 소설로 그리는 내용으로 정
리된다. '허구와 사실'을 "이란성 쌍둥이처럼 서로 이어
지고 서로 쳐다보며 서로를 반영"(130면)하게 하는 전도된
서사의 인과는 역설적으로 이를 묶어내는 소설의 힘에 대
한 확신으로 이어진다.

　「은하」가 허구와 현실을 연결하는 소설의 이야기라면,
「미친개의 처분에 관한 보고서」는 텍스트에 의해 규정된
현실을 보여주는 정치적 우화다. 미친개를 처분하기 위
해서 햇빛로 32단지에 파견된 '국가관리국'의 공무원인
'나'는 주민들에게 일방적으로 기이한 통지문을 전달하
고는 주민들이 이를 따르는 과정을 관찰하고 기록한다.
미친개의 식별은 오직 다른 세대의 청소년만이 할 수 있
고 그렇다고 이를 구체적으로 발설해서는 안 된다는 이

기이한 통지문을 읽은 어른들은 그저 모순덩어리 내용이라 이해한다. 주민들은 '나'에게 그 내용을 묻지만, 통지문을 전달한 '나' 역시 이를 이해하지 못한다. 아니, 이해하지 않는다. '나'가 알지 못한다는 것이야말로 이 통지문의 핵심이다. 이제 주민들은 권력의 이해되지 않는 말을 풀이하고, 불명료한 명령에 순응해야만 한다. 아이들만 이해할 수 있는 미친개를 찾아내는 방법은 서로를 감시하고, 자신을 감시하는 타인의 시선 속에서 위화감을 발견하여 자신의 이질성을 자각하는 일이다. 이 우화적 상황을 어른들에게 설명하는 아이가 인도인 아버지와 한국인 어머니 사이에서 태어난 소년이라는 사실은 상징적이다. 이해를 요구하지 않는 사회적 각본이 무엇을 의미하는지, 그리고 그 각본을 통해 이질적인 존재(미친개)를 발견 혹은 창출하는 방식을 이해하는 이가 바로 경계인이기 때문이다. 통지문이라는 사회적 각본을 통해 삶을 통제하는 이들은 그저 통제력 그 자체에만 관심을 가질 뿐이다. 대화의 가능성을 단절시켜 끝없이 자신을 단속하게 만드는 고립이야말로 이 통제를 가능하게 하는 핵심이다.

　일방적 소통 속에서 통제를 내면화하는 과정을 다룬 우화인 「미친개의 처분에 관한 보고서」를 읽은 뒤라면,

소통이 이 고립에 맞설 방법이라는 생각에 닿게 될지 모른다. 그러나 「그녀에게 무슨 일이 있었나」는 대화와 소통이 얼마나 많은 결로 쪼개지면서 쉽게 뒤엉키고 마는지 보여준다. 고등학교 동창생인 '기훈'의 집에서 친구들과 모임을 가졌던 수진은 술에 취해서 그 집에서 잠이 든다. 각자의 이유로 수진을 남겨두고 간 친구들은 기훈과 그 사이에 무슨 일이 있었는가에 대해 미묘하고 불쾌한 관심을 보인다. 소설가가 된 기훈이 고등학교 시절에 버스에서 몰카를 찍었다던 소문이 있었고, 두통에 시달리던 수진이 그가 준 약을 먹은 뒤에 잠들었기 때문이다. 수진은 친구들에게 전화나 SNS 등으로 계속 대화를 시도하면서 자신을 향한 시선과 잠들었던 순간의 일들을 확인해간다. 음성과 텍스트를 통해 오가는 이들이 대화는 수진의 상황과 기훈의 행동에 대해 구체적 진실이 아닌 모호한 의심과 불안을 키우기만 할 뿐이다. 각자의 내밀한 공간으로 돌아간 뒤에도 알림차단을 하지 않는 이상 끊이지 않고 전해지는 먼 곳의 말들은 서로에 대한 이해로 만나지는 못한다. 수진은 소문 속으로 사라지고 만 동창 '현우'처럼 자신 역시 그 말들에 갇히고 말았음을 깨닫는다.

확인되지 않는 말의 단편인 소문이 관계 사이의 음습

한 긴장을 불러일으킨다면, 「호수」에서 소문은 잊히고 지워진 과거를 마주하는 순간과 일상의 무료함을 흔드는 매혹 사이를 진자운동한다. 그럭저럭 알려진 중견작가인 '나'는 정부가 주최하는 문학 세미나에 초청을 받아서 참석하지만, 그 행사에는 금방 흥미를 잃고는 행사장 주변을 배회한다. 갑작스럽게 비가 쏟아질 때 그는 자신처럼 세미나 참석자로 보이는 중년 여성이 함께 우산을 쓰자고 하자 그와 이야기를 나눈다. 이 지역에 있다는 호수에 함께 가보자는 그 여성을 향한 '나'의 제안은 하룻밤을 꿈꾸는 유혹이자 모험이었지만, 호수를 찾아가는 과정은 이내 사라진 것들의 흔적을 발견하는 일이 된다. 그들이 탄 택시의 운전기사는 호수를 핑계로 이어가던 그들의 대화에 끼어들더니 지역에서 일어난 의문스러운 살인 사건에 대한 이야기로 화제를 돌린다. 낯선 곳에서 만난 이성 사이의 성적 긴장을 지역의 소문과 상상으로 돌려버리고 마는 다른 목소리의 난입은 이후에도 반복된다. 서로의 의중을 떠보던 그들이 향한 남루한 술집에서 대화의 소재였던 호수 이외에 이 지역에 있었던 또다른 호수와 그곳이 사라진 사연을 듣게 된다. 호수에 투신해 죽은 청년이 에이즈 환자였다는 이유로 호수를 메워버리고 말았다는 노인이

들려준 이상한 사연을, '나'와 동행한 여성은 소문과 사건을 반대의 인과로 구성한다. 죽은 이가 에이즈 환자였다는 소문 때문에 사라진 호수의 이야기는 반대로 에이즈 환자라는 소문에 몰려서 죽은 청년의 이야기가 된다. 다시 세미나장으로 돌아온 '나'는 참석자들에게 호수의 사연을 전혀 다른 이야기로 덧씌워서 들려준다. 그들이 찾은 호수는 소문 속에서 기억되고, 소문이 갇혀 있고, 소문 속에서 다시 쓰일 무언가다. 수많은 이야기로 연출될 수 있는 조각들이 가라앉아 있는 깊은 심연일 따름이다.

과거를 다시 꾸며내고 연출할 수 있다면, 우리는 과거로부터 자유롭게 될까? 「폴이라 불리는 명준」에서 자신의 삶 위에 타인을 연출하는 배우 '폴 리'(Paul Lee)이자 이명준의 이야기는 타인이 됨으로써 오히려 더욱 강하게 자신의 과거에 얽히게 된 이의 모습을 보여준다. 명준의 아버지인 '이진욱'은 아들의 크리스마스 선물로 예약해 두었던 물건을 다른 이가 먼저 사가자, 똑같은 제품을 찾기 위해 바쁘게 움직이다 교통사고를 당해 사망한다. 그가 골라둔 선물은 팝아티스트 앤디 워홀이 작품의 재료로 쓰기 위해 구매한 것이었다. 앤디 워홀과의 이 불행한 인연은 이후 한물간 중년 배우가 된 명준이 재기할 기회가 된 배역으로 이어진다. 밥 로버트라는 가명으로 병원에서 수술을 받던 중 사망한 앤디 워홀에 대한 연극의 주인공으로 명준이 캐스팅될 수 있었던 이유는 그가 자신의 치부였던 대머리를 그대로 공개하면서였다. 숨기고 싶은 치부를 가리는 가발처럼 연기는 인종차별과 불행한 개인사를 숨길 수 있는 장치가 된다. 그러나 앤디 워홀을 둘러싼 소문 속의 치부인 탈모를 공개하는 연기를 하는 명준은 자신의 고통과 곤경으로부터는 완전히 숨어버리려고 한다. 이명준도, 폴 리도 아닌 계속 바뀌게 될 배역 속으로 말이다.

내 이름은 앤디 워홀입니다. 사람들이 내게 이름을 물으면 나는 그렇게 대답합니다. 내일은 밥 로버트가 될지도 모릅니다. 하지만, 지금 이곳에서 저는 앤디 워홀입니다.(38면)

명학수의 소설은 연출되고 꾸며지는 삶, 세계의 단면만을 포착하는 프레임의 삐걱거림 속에서 위태로운 균형을 잃지 않으려고 한다. 「쓰러질 듯 말 듯 도도하게」는 그 불안한 긴장 위에 서 있으려고 하는 이의 이야기다. 조감독인 '나'는 우연히 보았던 한마리의 고양이 이야기를 감독 앞에서 잘못 꺼냈다가 곤경에 처한다. 주택가에서 한쪽 다리를 다쳐서 절룩거리는 고양이를 도와서 동물병원으로 이송한 일을 말했던 '나'에게 감독은 준비 중인 영화의 여주인공 '안나'의 캐릭터를 구성하기 위해 그가 정서적으로 의지하는 반려고양이 '루이'를 찾으라고 요구한다. 원래 시나리오에 단 한번도 언급이 된 적 없는 고양이 루이가 갑자기 영화의 핵심에 자리하게 된 것이다. '나'는 본 적도 없는 그 고양이를 캐스팅해야 한다는 감독의 무리한 요구에 자신과 함께 고양이를 구조했던 이름 모르는 여성을 찾지만 헛수고일 뿐이다. 행방을 찾을 수 없는 다친 고양이와 달리, 시나리오 속에서 루이의 자리는 커져만 간다. 여주인공 캐스팅에까지 영향을 끼치게 된 한쪽 다리를 저는 고양이 루이를 찾기 위해 조감독은 수많은 루이 후보를 물색한다. 그렇게 선택된 루이는 다리를 절지 않는 고양이였고, 시나리오 속 '진짜' 루이가 되기 위해 다리를 다쳐야만 한다. 감독과 주연배우 사이의 갈등 속에 입지가 곤란해진 조감독은 자신의 역할대로 루이를 준비하지도, 그렇다고 고양이를 놓아주지도 못한 채로 애완동물 이동 가방을 열고서 그 작은 생물의 선택을 기다린다. 시나리오의 굴레를 스스로 떠나가기를, 그래서 자신은 무엇도 하지 않기를 바라는 그의 기대와 달리 루이는 네 발로 걸어서 다가온다. 그는 루이를 프레임 속에 가두기 위해 잘라내는 일 대신에 루이와 "하나의 벤치에서 적당한 거리를 두고 앉아 모든 것이 잠든 우주의 고요를, 잠시, 공유"(245면)하기를 선택한다.

소설의 세계는 우연과도 같아서, 삶의 프레임이 놓치고 있는 수많은 현실의 단면이 돌출하는 날카로운 장소다. 튀어나온 돌부리처럼 소설은 바쁘게 지나가야만 하는 일상의 경로에 크고 작은 사고를 만든다. 그렇게 멈춰서게 되었을 때, 질문하지 않고 달려야만 하던 세계의 이동 경로와 삶의 진행은 아주 잠시 엇갈리게 된다. 그렇게 잠시 다른 각도로 세상을 볼 수 있게 되었을 때가 선택의 순간이다. 이대로 갈 것인가, 아니면 우연이 지정해준 다른 경로를 통해 다른 삶에 닿을 것인가. 그러니까, 우연은 운명의 일이고 질문은 소설가의 일이다. 여덟번의 질문을 들은 당신은 이제 무엇을 선택할 것인가?

金曜燮 | 문학평론가

　해경(海卿)이 눈을 떴다. 그를 깨운 건 어쩌면 어떤 향기였을지도 모른다. 그는 몸을 일으켜 방 안을 두리번거리다 책상 위에서 무언가를 발견한다. 그것을 손에 쥐고 만지작거리며 생김새를 관찰하고 향을 음미하던 해경은 그것이 한자로 레몬 영(檸)과 레몬 몽(檬)을 사용하는 영몽의 껍질임을 깨닫는다. 입맛을 다시며 영몽의 물기 없는 노란 껍질만 바라보던 해경은 금홍(錦紅)이 그것의 과육을 모두 먹어치우고 껍질만 남긴 것이라 단정한다. 해경은 영몽을 찾아 거리로 나선다. 하지만 1930년대의 경성에서 영몽은 귀한 과일이었다. 일본인들이 운영하는 백화점과 과일가게와 시장, 심지어 식당과 주점과 찻집까지, 과일이 있을 만한 곳은 모두 찾아가 물었지만 영몽은 어디에도 없었다. 해경은 온종일 거리를 헤매다 실의에 잠겨 친구의 화실에 들른다. 그곳에서 해경은 마침내 친구의 정물화 속에 그려진 영몽과 조우한다. 허탈한 마음으로 그림을 바라보던 해경은 탄식한다. 저건 영몽(檸檬)이 아니라 영몽(靈夢)이로구나.

해경은 우리에게 이상(李箱)이라고 알려진 작가의 본명이며 실존 인물이다. 하지만 위의 이야기는 실화가 아니다. 이상이 정말 영몽을 찾아 경성의 거리를 헤맸는지, 심지어 당시 경성에 영몽이라는 과일이 있기는 했는지 나는 모른다. 그러니까, 저건 거짓말이다. 내가 오직 상상에 의존해서 지어낸 어설픈 픽션이며, 대략 십년 전, 종일 소설만 생각하며 습작에 몰두하던 시기에 나도 모르는 사이 내 머릿속에 던져진 작은 씨앗이다.

그때는 저런 씨앗들이 하루에도 몇개씩 나를 찾아오곤 했다. 그중에는 뿌리가 뻗고 싹이 돋아나서 마침내 줄기와 잎을 지닌 한그루의 번듯한 나무로 성장한 것도 있지만 여전히 씨앗으로 남아 있는 것들이 훨씬 많다. 대부분 진즉에 버려졌어야 하는 씨앗들임을 나도 안다. 그런데 차마 그러지 못했다. 일종의 알량한 자존심 때문일지도 모른다. 보관하는 데 큰 수고나 에너지가 필요하지 않다는 것도 이유가 될 수 있겠다. 그저 단순히 미련이 남은 탓일 수도 있다. 혹시 모르니까. 뭐라고 설명할 수 없는 가능성과 여백과 숨겨진 의미가 느껴져서 도저히 포기가 되지 않는 씨앗들이 있다. 저 영몽이 특히 그랬다.

저 씨앗의 씨앗은 영몽(檸檬)이었다. 우연히 영몽이라는 낱말과 그 뜻을 알게 되었고, 그러자 이내 해경이 떠올랐다. 영몽의 주인은 당연히 해경이어야 했다. 이상(李箱)이 아니라 해경(海卿)이었다. 이유는 모르겠지만 그랬다. 거기까지 정해지자 이야기는 금세 만들어졌다. 아마 십분도 채 걸리지 않았을 것이다. 자연스러웠고 당연했으며 다소 상투적인 느낌마저 들었다. 그래도 괜찮았다. 씨앗이니까. 앞으로 차차 제대로 키워내면 되니까. 나는 만족했고 언젠가 멋진 작품이 될 거라고 믿어 의심치 않았다. 그리고 대략 십년이 흘렀다.

십년 사이에 나는 등단을 했고 여러곳에 소설을 발표

했으며 그것들을 모아 이렇게 소설집을 내기에 이르렀다. 그러는 동안에도 나는 영몽을 잊지 않았다. 나는 영몽을 살려내기 위해 다양한 시도를 했다. 만약 성공했다면 잘 자란 다른 나무들과 함께 이 책의 일부가 되었겠지만, 결과적으로 그렇지 못했다.

1930년대 경성의 거리와 상점과 풍물 들을 재현하고, 이상이 자신의 소설과 수필에서 사용했던 어휘와 문장과 사고의 흐름을 고스란히 가져와서, 어쩌면 세상에 드러나지 않았던 그의 작품일지 모른다고 전문가들이 착각할 만큼 유사한 방식으로 서술하면 어떨까, 하는 구상을 했었다. 처음에는 꽤 그럴듯한 아이디어였다. 하지만 왠지 엄두가 나지 않았고, 무엇보다 재미를 끌어낼 자신이 없어서 설정만 쌓다 허물기를 반복하다 그만두었다.

어느 날 문득 영몽(檸檬)이 금홍(錦紅)의 은유 또는 상징일지 모른다는 뜬금없는 생각에 사로잡혀 영몽을 찾으려는 해경(海卿)의 방황을 달콤 쌉쌀한 연애소설로 포장하려는 시도를 해보다 아무래도 너무 뻔하고 올드한 소설이 될 것 같아 중도에 접은 적도 있다.

해경을 파티시에로 변신시켜 세상에서 둘도 없는 레몬케이크를 만들기 위해 고군분투하는 이야기를 쓰려 했으나, 교토의 서점 마루젠 내에 있는 카페에서 가지이 모토지로(梶井基次郎)의 소설 「레몬」을 오마주해서 공들여 만든 레몬케이크를 먹어본 후, 자칫 남의 영업 아이디어를 훔쳤다는 비난을 받고 이상의 명성에 누를 끼칠 것 같아 포기했다. 마루젠 카페에서 판매 중인 레몬케이크의 맛이나 생김새에 대한 설명은 홍보를 한다는 오해의 소지가 있어 생략한다.

친구인 화가를 등장시켜 소설 속 작가가 쓴 소설 「영몽(檸檬)」의 두 페이지를 캔버스 위에 극사실주의 기법으로 모사하는 이야기를 쓰기도 했다. 안 써질수록 써야 결국 써진다,라는 미신에 기대어 억지로 밀어붙인 결과물이었으나, 혹시 파본이 아닐까 싶을 정도로 서사는 조악했고 문장은 졸렬했다. 정말 창피했다. 해경에게, 그리고 영몽에게도 미안해서 얼굴을 들 수가 없었다.

그외에도 실패의 사례는 많지만 계속 적다간 트라우마

가 될 것 같으니 그만두기로 하자.

나는 대화가 통할 만한 어떤 이에게 나의 고충을 털어놓았다. 그는 내 얘기를 귀 기울여 듣다가 물었다.

"왜 레몬이 아니라 영몽(檸檬)인가?"

심지어 그는 내게 잘난 척하느냐고 했다. 나는 내 소중한 씨앗의 근본을 의심받는 것 같아 불쾌했다. 결론적으로 말하면 나는 레몬이어도 상관없다. 앞서 레몬케이크도 있었듯이 처음부터 그랬다. 해경(海卿)이 1930년대의 인물이어서 영몽(檸檬)이라 했을 뿐, 해경이 21세기의 인물이라면 레몬이어도 좋다. 그리고 저 이야기의 마지막 장면에서 영몽이 정물화의 일부인 것도 진부하다고 그는 지적했다. 참 고마운 친구다. 덕분에 해경은 정물화가 아닌 '한그루의 나무'와 마주치게 되었다. 진한 초록의 잎을 풍성하게 지닌 단단한 나무의 가지에 매달린 열매가 바로 샛노란 영몽(檸檬)이자 해경의 영몽(靈夢)이 되는 거다.

그럼에도 불구하고 저 이야기는 여전히 씨앗이다. 지금까지 대략 십년이 흘렀으니 저 씨앗이 나무가 되어 열매를 맺으려면 앞으로 십년, 아니, 더 많은 시간이 필요할지도 모른다.

　지난 십년 동안 다행히 나는 저것을 포기하지 않았고 저것도 나를 떠나지 않았다. 나는 저것이 여전히 내 안에 남아 있는지 수시로 확인한다. 저것이 있어서 든든하고 마음이 놓인다. 저것을 만지작거리며 꿈을 꾸는 시간이 나는 좋다. 그런 시간들이 쌓여 나의 여생이 되기를 바란다. 저것이 레몬 나무가 되지 않아도 좋다. 이대로 영원히 씨앗으로 남아도 좋겠다는 생각도 든다. 그러다 어느새 나는 깨닫는다. 어쩌면 저 씨앗이 나의 영몽(靈夢)일지 모른다고.